KB243134

무아지경
無我之境

무아지경 2

이화영 新무협 판타지 소설

초판 1쇄 찍은 날 § 2003년 6월 5일
초판 1쇄 펴낸 날 § 2003년 6월 15일

지은이 § 이화영
펴낸이 § 서경석

편집장 § 문혜영
편집 § 장상수 · 유경화
마케팅 § 정필 · 강양원 · 이선구 · 김규진 · 홍현경

펴낸곳 § 도서출판 청어람
등록번호 § 제1081-1-89호
등록일자 § 1999. 5. 31
어람번호 § 제2-0214호

주소 § 경기도 부천시 원미구 심곡1동 350-1 남성B/D 3F (우) 420-011
전화 § 032-656-4452   팩스 § 032-656-4453
http://www.chungeoram.com
E-mail § eoram99@chollian.net

ⓒ 이화영, 2003

값 7,500원

ISBN 89-5505-692-3 04810
ISBN 89-5505-690-7 (SET)

이화영 新무협 판타지 소설

무아지경

無我之境

2

박옥혼금(璞玉渾金)

도서출판 청어람

목 차

2 박옥혼금(璞玉渾金)

마모홍! 마력의 증거!
그녀의 시체에서 나온 것은 마모홍이었다

"도는 정성으로써 들어가고 묵묵으로써 지키고 부드
러움으로써 쓰나니… 쓰나니…… 음, 정성을 씀에 어리
석은 것 같고 묵묵함을 씀에 어눌한 것 같고 부드러움
을 씀에 졸한 것 같으니…… 무릇 이 같이 한즉, 가히
더불어 몸을 잊고, 가히 더불어 나를 잊고, 잊었다 하는
것도 잊을 것이니라."

곤륜산의 동쪽 문인 개명문(開明門).

도복 차림의 소년 하나가 거칠게 비질을 하며 중얼거
리고 있었다. 그는 매일 아침 이 경을 암송하였다. 소년
의 사형이 조식(朝食) 전에 삼백 번씩 암송하면 득도에
이를 수 있다고 말한 뒤부터였다.

진성(眞性)은 반신반의하면서도 매일 아침 비질을 할

때마다 암송하는 것을 잊지 않았다. 곤륜사성의 비법이란 소리에 혹했기 때문이다. 그러나 오늘은 번번이 중간에 잊어버려 짜증이 났다. 진성은 빗자루를 들어 땅에 팽개쳤다.

"다 개소리야! 이걸 삼백 번씩 암송하면 우화등선(羽化登仙)할 수 있다구? 내가 속았지, 속았어. 흥! 내가 날 잊으면 대곤륜파의 청소는 누가 하느냔 말야. 내가 빗자루를 놓기만 하면 그날부터 대곤륜파는 먼지 구덩이에 파묻혀 버리고 말걸. 젠장! 들어온 지 일 년이 다 되어가도록 이놈의 빗자루만 들고 있으니…… 언제쯤이나 돼야 나도 검을 들고 강호를 주유할 수 있을까?"

머리 속으로 떠오른 상상에 저도 모르게 입이 벌어졌다. 오른손을 칼날처럼 세워 휘두르자 우연히 마른 나뭇잎 하나가 팽그르르 돌며 떨어졌다. 진성은 기분이 우쭐해졌다.

"나 같은 무공의 귀재를 몰라보다니…… 사부도 실수하는 거라구. 현성 진인 사백 같으면 대번에 알아보셨을 텐데 말야. 사형도 속으로는 내 범상치 않은 자질을 눈치 챘기 때문에 시기하는 게 틀림없어. 평소에는 거들떠보지도 않던 개명문을 청소하라니. 흥! 그러면 내가 기죽을 줄 알고. 두고 보라구 내가 태청검법(太淸劍法)을 익히기만 하면 가장 먼저 사형을 혼내주고 말 테다."

진성은 떨어진 빗자루를 들고 나무들을 향해 연거푸 내질렀다.

험한 산세에 길을 잃은 바람 한 자락이 작은 회오리를 이루며 쓸어 놓은 나뭇잎들을 한쪽으로 몰고 갔다. 목덜미로 선득한 기운이 찾아들었다.

부엉!

부엉이 한 마리가 날아가며 째지는 목청으로 울었다. 더럭 겁이 난

진성은 찌르기를 멈추고 주위를 두리번거렸다. 오늘따라 해가 늦게 뜨려는지 주위는 아직도 암흑이었다.

오경(五更).

달빛이 부스스 머리를 흔들어 남아 있는 잠을 쫓아내고 있었다.

저만큼서 나무 그림자를 가르며 한 사람이 쏜살같이 개명문으로 달려오는 것이 보였다.

진성은 비질을 멈추고 눈을 가늘게 떴다. 이내 반가운 기색이 가득하였다.

"사백님! 이제 돌아오시는군요. 어쩐지 며칠 전부터 이곳을 깨끗하게 쓸고 싶다는 생각이 들어 열심히 비질을 하고 있었는데 사백님께서 돌아오시다니……."

현성 진인의 소매가 나비처럼 펼쳐졌다. 밤하늘에 호선을 그리는 소맷자락에 넋이 나간 진성은 입을 헤벌렸다.

"사백……."

문득 얼음을 통째로 삼킨 것처럼 섬뜩한 기분이 들었다. 진성은 자신의 가슴을 내려다보았다. 옷자락이 나풀거리고 있었다. 붉은 물감이 아주 천천히 스며 나와 허리 쪽으로 번져 갔다. 순식간에 몸속에서 칼날이 솟아 나오는 것처럼 맹렬한 속도로 피가 뿜어져 나왔다. 그것으로 끝이었다. 진성의 나이 이제 열다섯이었다.

태청궁(太淸宮).

곤륜파의 장문인 현기 상인은 손님을 배웅하고 있었다. 새하얀 머리카락이 멀리서도 눈덩이처럼 밝게 빛나고 있었다.

현기 상인은 아랑의 말을 다시금 떠올리고 있었다.

"그녀의 시체에서 나온 것은 마모충(魔毛蟲)이었어요. 마모충에 당한 사람은 자세히 보면 양미간에 검은 실 같은 기운이 새겨지지요. 마모충은 사람들에게 살의를 일으키게 하지요. 사소한 일에도 목숨을 걸려 할 거예요. 그렇게 조금씩 사람들의 마음을 좀먹어 들어가는 것이 마모충이지요."

마모충!
마력의 증거!
그러나 누가 자신의 말을 믿을 것인가? 자신도 전대 장문인의 임종 시 처음 들은 이야기였다.
여인의 살결처럼 하얀 새벽빛이 어스름 밝아오고 있었다.

아랑은 부지런히 산을 내려갔다. 산 아래쪽에서도 중년의 도사 한 명이 발길을 재촉하고 있었다. 이른 아침 뜻하지 않게 산길에서 마주친 여자가 궁금할 법도 하건만 도사는 바쁜 일이 있는지 쏜살같이 산 위로 사라졌다.
"도사들은 늘 느긋한 줄 알았더니만 그도 아니네. 저렇게 바쁜 일이 뭐가 있을까?"
그녀는 걸음을 옮기려다 문득 멈추었다.
"이상한 일이야. 어째서 이런 느낌이 드는 거지? 내가 너무 민감해 있는 탓이겠지. 설마 무슨 일이야 있으려구."
아랑은 마치 뒤에서 누군가 잡아당기기라도 하는 것처럼 연신 뒤를 돌아다보며 천천히 산을 내려갔다. 막 개명문을 지나치려 할 때였다. 갑자기 그녀의 얼굴빛이 차가워졌다.

"저것은……!"

어제 자신을 안내했던 귀여운 얼굴의 도동이었다. 웃음기가 채 가시지 않은 진성의 얼굴은 아직도 따스했다.

아랑은 입술을 깨물고 중년의 도사가 사라진 쪽으로 몸을 날려 달려갔다. 바람처럼 빠른 신법이었다.

태청궁으로 들어가려던 현기 상인은 곤륜으로 들어오는 검은 그림자를 보고 이내 멈추어 섰다.

"저 사람은! 현성 진인 사제가 아닌가?"

현기 상인은 크게 반가워하며 부르려 하였다. 그러나 현성 진인이 가까이 다가올수록 의아한 생각이 들었다.

현성 진인의 얼굴은 마치 시체처럼 싯푸르게 변해 있었으며 동작 또한 뻣뻣하기 그지없었다.

"사제, 무슨 일인가? 왜 그리 무서운 표정을 짓고 있는 겐가? 말도 없이 사문을 떠난 것이 죄스러워 그렇다면 조사동에 가서 참회를……."

그러나 현성 진인은 현기 상인의 말을 듣지 않았다. 그 대신 양손을 번개같이 움직여 현기 상인의 목을 움켜쥐려 하였다.

현기 상인은 깜짝 놀라 몸을 피하며 호통을 쳤다.

"사제! 대체 무슨 짓인가!"

삽시간에 벌어진 소란으로 조용하던 곤륜의 아침은 벌집을 쑤셔놓은 듯하였다. 수십 명의 도사들이 한꺼번에 달려나왔다.

현성 진인은 붉게 충혈된 눈으로 수십 명을 쏘아보았다.

"사제, 어디다 검을 들이대는 것이냐!"

평소에도 현성 진인을 못마땅하게 생각하던 현현 진인(玄玄眞人)이 참지 못하고 앞으로 달려갔다.

펑! 소리가 나며 현현 진인의 태청신권(太淸神拳)이 현성 진인의 등에 작렬했다. 일격에 바위를 부술 정도로 강맹한 위력이었다. 현현 진인은 노기충천하여 연거푸 신권을 펼쳤으나 등이 너덜너덜해지고 살점이 여기저기 튀어나가도 현성 진인은 꼼짝도 하지 않았다.

"이럴 수가?!"

현현 진인은 경악하였다. 돌아서는 현성 진인의 얼굴은 이상하게 일그러져 있었다. 눈알이 뱅글뱅글 돌아가며 입가에서는 침이 질질 흘렀다. 그리곤 화가 났는지 괴성을 지르며 닥치는 대로 손을 쓰기 시작했다. 달려드는 젊은 도사 몇을 그대로 들어 바위 쪽으로 던지자 퍽 하는 소리와 함께 두개골이 으스러지며 뇌수와 선혈이 사방으로 튀었다. 차마 볼 수 없는 처참한 광경이었다.

"장문인, 이게 어찌 된 일입니까?"

"나도 모르겠소. 하나 저자가 현성 사제 같지는 않구려."

평온하던 곤륜산은 일시에 아수라장이 되고 말았다. 곤륜의 도사들은 현성 진인의 손이 번쩍거릴 때마다 선혈을 뿌리며 쓰러졌다.

현성 진인의 무공은 전보다 몇 배는 더 강해진 것 같았다. 곤륜의 절기들이 잇달아 펼쳐졌으나 현성 진인은 개의치 않았다. 그는 자신의 몸이 어찌 되든 상관없이 살육하는 것에 희열을 느끼고 있는 듯이 보였다.

현기 상인은 난감했다.

그때 갑자기 요요한 노랫소리가 들려오기 시작했다.

"애달프구나. 죽은 자여, 어찌하여 가던 길을 돌아왔느냐? 잘살거나 못 살거나 이승에선 다 같은 객이었거늘 길을 찾지 못하고 이리저리 방황하누나. 마른 육신은 썩어 진토가 되니 부정한 혼은 갈 곳이 없구나……."

아래쪽을 보니 아랑이 삼첨양인도(三尖兩刃刀)를 휘두르며 달려오고 있었다.

"다들 조심해요. 그자는 살아 있는 사람이 아니라 귀령초혼술(歸靈招魂術)로 움직이는 활시(活屍)예요."

아랑은 펄쩍 뛰어오르며 삼첨양인도를 수평으로 내질렀다.

꾸룩꾸룩.

현성 진인의 목에서 가래 끓는 듯한 이상한 소리가 들려왔다.

아랑이 손을 뿌리자 노란 종이 몇 장이 삼첨양인도에 따다닥 소리를 내며 들러붙었다. 아랑의 손이 재빠르게 움직였다.

"멸(滅), 혼(魂), 취(就), 인(印)!"

다시 삼첨양인도를 들어 현성 진인을 가리켰다.

"명부사령 아종율령(冥府使靈 我從律令), 거(擧)!"

그 순간 누가 위에서 끌어 올리기라도 하듯 현성 진인의 몸이 위로 두둥실 떠올랐다. 현기 상인을 비롯한 도사들은 뜻밖의 광경에 할 말을 잃었다.

"끄아악!"

현성 진인은 괴성을 지르며 중심을 잡으려는 듯 팔다리를 버둥거렸으나 소용이 없었다.

아랑은 삼첨양인도를 머리 위에서 두어 바퀴 돌린 뒤 천공을 격하며 다시 소리쳤다.

"제제죄업신 멸진무유여(除諸罪業身 滅盡無有餘)!"

그 말이 끝나자마자 현성 진인의 몸은 수천 수만 개의 주름으로 뒤

덮이더니 서서히 부서져 내리기 시작했다.

소리도 없이 바람에 날리는 먼지처럼 작은 머리카락 하나 남김없이 사라져 버린 것이다. 그야말로 흔적도 없이.

넋이 나가 있는 도사들을 향해 아랑이 방긋 웃음을 보였다.

현기 상인이 다가왔다.

"대체 현성 사제가 왜 저런 귀신이 된 것이오?"

"귀령초혼술은 너무나 갑자기 죽어 자신이 죽은 것을 모르는 자들에게 거는 술법이에요. 그들은 죽음을 인정하지 않기 때문에 생전의 일에 미련이 남아 집착하게 되고, 그런 혼을 잡아 다시 육신에 가두어 부리는 것이 마도사들의 술법이지요. 그나저나 큰일이군요. 마림의 힘이 강해지기 시작했어요."

"마림이 뭐지?"

어린 도사들은 중얼거리며 두려운 표정이었으나 곤륜의 명숙들은 침통성만 흘릴 뿐이었다.

아랑은 먼 하늘을 쳐다보며 작게 웅얼거렸다.

"이건 시작에 불과해요, 시작……."

*　　　*　　　*

한 채의 장원은 횃불이 잔뜩 밝혀져 있어 대낮처럼 밝았으나 장원을 둘러싼 어둠은 밝음과 대비되어 마치 음습한 명부 같았다.

구취개 종평은 수염 모양이 마음에 들지 않았다. 입술 위에서 갈라진 팔자수염의 오른쪽 끝이 하나로 뭉치지 않고 자꾸 갈라졌기 때문이다. 그는 침을 묻혀 수염을 배배 꼬며 연신 동경을 보았다. 녹슨 구리

거울이 달빛에 하얗게 반사될 때마다 아삼은 종평의 목을 조르고 싶은 살의를 느꼈다.

"여기가 봉호문이란 말이지?"

종평의 말에 아삼은 고개를 끄덕이며 전방을 주시했다.

경조부에서 요녀가 자신을 찾는다는 것을 알자 아삼은 다시 거지가 되었다. 요녀는 이미 떠났고 자신을 알아볼 만한 거지는 거의 다 죽었기 때문에 오히려 그 편이 더 안전하다고 생각한 것이다. 그는 옷을 갈아입고 목에다 상처를 낸 뒤 인근의 거지 왕초인 종평을 찾아 나섰다. 그가 개방의 인물이란 얘기를 들은 적이 있었던 것이다. 아삼은 개방에 몸을 의탁하고자 했다.

짝눈이 아삼을 아는 척한 것은 그야말로 운이 나쁘다고 할 수 있었다. 아삼은 짝눈을 기절시킨 뒤 혀를 자르고 하나 남은 눈알마저 빼냈다. 반시체처럼 변해 버린 짝눈과 함께 움직인 덕에 종평은 그를 개방의 제자라고 쉽게 믿어주었다.

종평은 아삼을 데리고 개방 총타로 갔다. 혈매화 소취란이 경조부에서 벌인 살겁은 이미 총타에도 알려져 있었다. 그러나 방주인 견비왜개(犬鼻矮丐) 이자오(李子敖)의 행적이 묘연한 탓에 장로들은 이러지도 저러지도 못하고 있었다.

그러던 참에 종평과 아삼이 나타난 것이다.

아삼은 자신과 유천복이 종남산에서 겪은 일을 이야기하였다.

"소상공자는 수옥에 관한 일을 말하지 말라며 저에게 이백 냥이나 되는 큰돈을 주었습니다."

개방 사람들은 처음에는 아삼의 말을 믿지 않았다. 그러나 아삼의 전대에서 그 돈이 나오자 차츰 아삼의 말을 믿기 시작했다. 유천복이 주지 않았다면 거지가 어떻게 이백 냥이나 되는 큰돈을 지닐 수 있단 말인가?

아삼은 더욱 교묘하게 유천복을 끌어들였다.

"미쳤다니, 말도 안 되는 얘기지요. 수옥을 갖고 있다는 소문이 돌면 좋지 않은 일이 생길 것 같으니까 수옥을 제가 가져갔다고 덮어씌운 거지요. 거지라고 만만히 본 게 틀림없어요."

부자 상인이 얼마나 교활한지 가장 잘 알고 있는 부류가 있다면 바로 거지들일 것이다. 개방의 장로들은 아삼의 이야기가 끝나자 다들 분기탱천하여 개방을 무시한 대가를 치러야 한다고 입을 모았다.

얼마 되지 않아 수옥이 출몰했다는 소문과 함께 수많은 방파들이 수옥이 있다는 황산으로 몰려들었다.

개방의 장로들은 오랜 토론을 거듭한 끝에 아삼과 종평을 황산으로 보낸 것이다.

아삼은 지척에서 인기척이 들려오자 몸을 잔뜩 웅크렸다.

*　　　　*　　　　*

팽소연과 헤어진 유천복은 청석교 앞에 이르렀다. 순간 검은 인영이 바위 뒤에서 획 나타났다.

"누구냐?"

상대방은 말도 하지 않고 검을 내려치려다 유천복의 목소리를 듣고는 멈칫하였다.

"마 형님!"

유천복은 그제야 사내가 마유라는 것을 알아보았다. 의외의 곳에서 만난 두 사람은 서로를 어리둥절해하며 쳐다보았다.

"아니, 도대체 어떻게?"

마유는 유천복과 팽소연이 사라진 뒤 천수당과 무룡천의 주위를 샅샅이 조사하였다. 그러다가 한참 만에 비도를 발견하였는데 바로 이 청석교로 통하고 있었던 것이다. 막 나오려다가 인기척을 느끼고 잠시 숨어 있었다.

유천복은 팽소연과 무룡천에 빠져 무지자의 몸을 찾은 일을 간단하게 설명했다. 그러나 이야기에 두서가 없어 마유는 그저 무지자가 봉호문주라는 것을 이해하였을 뿐이다.

두 사람은 얘기를 하며 청석교에 아래에 있는 바구니를 당겼다. 유천복이 올라타려 하자 마유가 저지하였다. 자세히 보니 바구니 여기저기에 금방 묻은 듯한 선혈이 낭자했다.

"히익— 피!"

저 건너편에 대체 어떤 일이 벌어지고 있는지 유천복은 상상하기조차 싫었다.

"우리가 꼭 저기 가야 될 이유는 없잖아요?"

─쓸데없는 소리 말고 어서 가기나 해.

무지자가 단호하게 말했다. 마유는 앞을 경계하며 한 손으로 쇠사슬을 끌어당겼다. 다리를 건너니 상황은 더욱 명확해졌다. 사람들이 여기저기 쓰러져 있었고 구환도(九還刀)나 유성추(流星鎚) 같은 무기들이 주인을 잃고 나뒹굴고 있었다. 챙챙거리는 소리는 더욱 가깝게 들려왔다.

마유는 잠시 시체들을 살피고 있었다. 그는 강철로 만든 검을 하나 집어 들었다. 따스한 온기가 느껴지는 것으로 보아 주인과 떨어진 지

얼마 되지 않는 듯했다. 그 옆에 엎드러진 자를 뒤집어보았다.

'이자는 추혼탈명(追魂奪命) 도환우(道煥宇)가 아닌가? 난주(暖州)의 명숙으로 알려져 있는 그마저 수만 리 떨어진 이곳에 싸늘한 시체가 되어 나뒹굴고 있다니……. 저기 저자는 멸절탕마(滅絶蕩魔) 구기자(九氣子)다. 화산파에 이어 청성파(靑城派)까지 등장하였으니 조마간 구대문파가 모두 모일 것이 자명하구나.'

유천복은 행여 시체를 밟기라도 할까 봐 발끝을 세우고 마유 쪽으로 다가갔다. 이십 평생에 이처럼 끔찍한 광경은 처음 보는지라 가슴이 뛰고 머리가 어찔하여 기절할 것만 같았다.

"여, 여기 웬 시체들이 이렇게 많은 거죠?"

―보고서도 모르냐? 싸움이 벌어진 거지.

두 사람은 조심스레 수풀을 향하여 나아갔다.

막 작은 바위를 지나치려는데 검은 그림자가 바위 뒤에서 튀어나오며 소리쳤다.

"웬 놈이냐?"

―조심해!

유천복은 아이쿠 하며 머리를 감싸고 주저앉았다. 마유는 왼발을 축으로 삼아 빙그르르 돌며 상대의 복부를 내질렀다. 사내의 검이 떨어지며 유천복의 몸을 아슬아슬하게 비켜 나가 발등 바로 옆에 박혔다.

"나는… 나는……."

유천복은 입을 열었으나 가슴이 벌렁거리고 목이 콱 잠겨 소리가 나오질 않았다. 그러나 왼팔은 이미 땅에 박힌 검을 주워 들고 사내의 배를 쑤셔 박고 있었다.

"으악!"

유천복은 손등을 타고 흐르는 뜨거운 감각을 느끼자 불에 데인 듯이 펄펄 뛰었다.

―걱정 마, 죽지는 않을 테니까.

팔을 흔들어 검을 버리려 했으나 떨어지지 않았다.

유가장을 떠나온 이후 유천복이 이 몇 달간 겪은 일은 그가 이십 평생 동안 겪은 일보다 훨씬 복잡하고 다양했다. 그러나 사람을 죽이는 것에 비하면 다른 것은 아무것도 아니었다. 눈앞으로 달려드는 사람들이 마치 나무토막처럼 사지가 절단되고 피를 뿌리며 쓰러져 갔다.

―너는 배운 것도 써먹지를 못하냐. 발이라도 제대로 움직여 봐.

무지자의 말대로였다. 사지 가운데 왼팔만이 살아 있는 생물처럼 움직였고 그 나머지는 마치 인형에 매달린 팔다리처럼 흐느적거렸다. 그나마 두 발은 무지자의 말 때문인지 무의식적으로 신법을 펼치고 있었다.

무지자가 할 수 있는 최대한의 욕이 똥대가리라는 것을 유천복은 그때 처음 알았다. 무지자는 베어 나가는 대로 어김없이 그 소리를 했다.

―똥대가리 하나! 똥대가리 둘! …똥대가리 다섯!

유천복은 나름대로 도비류에게 배운 삼취검을 시전하려 애쓰고 있었다. 그러나 닥치는 대로 베고 자르고 하는 왼팔에 비해 엉성하게 쥔 오른손의 검은 거추장스러운 방해만 되었다.

"죽이지 않으면 죽는 게 바로 인생이지."

마유가 다시 한 사람을 쓰러뜨리며 자조 섞인 한마디를 내뱉었다. 사람들은 상대가 누군지 확인하려 하지 않았다. 그저 앞을 가로막는 자가 있으면 무조건 살수를 펼쳤다.

유천복은 소주의 태호루에서 보았던 석대호와 뇌경룡을 떠올렸다.

마치 불 속으로 뛰어드는 불나방처럼 광기에 사로잡힌 채 눈이 뒤집혀 있었다.

　―똥대가리 열다섯! 온다!

　안광을 흉흉하게 빛내며 거한 두 명이 그를 향해 다가오고 있었다. 유천복은 눈을 질끈 감고 오른손을 휘둘러 이검절수를 펼쳤다.

　―멍청이, 잘하는데. 이제야 가르친 보람이 있군.

　눈을 뜨자 허리가 잘려 피를 펑펑 쏟고 있는 시신이 보였다. 방금 전에 살아서 움직이던 사람이 순식간에 차가운 땅바닥에 누워 있는 것을 보는 건 묘한 느낌이었다.

　'이 사람들은 무엇을 위해 죽은 것일까.'

　정면을 보자 흑립을 쓴 사내들이 연화봉 주위를 빙 둘러 포위하고 있었고 그 안에는 수많은 사람들이 난투를 벌이고 있었다. 사람들 사이로 언뜻언뜻 드러나는 환한 광채는 아마도 수옥일 것이다.

　황색 가사를 걸친 서장승이 회의도사의 목을 베고 수옥을 빼앗자 수십 개의 시퍼런 칼날이 서장승의 몸에 쑤셔 박히는 것이 보였다. 수옥을 차지한 사람은 필사적으로 산채를 둘러싼 울타리 안으로 들어가려 하였으나 뜻을 이루지 못했다. 수옥이 움직일 때마다 거대한 파도가 움직이듯 사람들이 우르르 몰려갔다.

　"저자다! 저자가 수옥을 가지고 있다!"

　누군가 소리쳤고 사람들은 일제히 한곳을 쳐다보았다.

　온몸에 피칠을 하고 수옥을 손에 꽉 움켜쥔 채 광장 중앙에 서 있는 자는 방립(方立)이란 녹림의 졸개였다.

　그는 정작 싸움에는 끼어들지 않고 구경만 하고 있었다. 그런데 수옥이 발 밑으로 굴러온 것이다. 수옥을 쥔 자는 이미 죽어 있었고 방립은 생각할 겨를도 없이 수옥을 움켜쥐었다.

그러나 수옥을 쥔 순간 자신이 얼마나 커다란 일을 저질렀는지 깨달았다. 그의 얼굴은 이제 흙빛이 되어 있었다. 마치 거미줄에 묶인 나방처럼 손가락 하나도 움직일 수 없는 공포가 밀려들었다.

"누, 누구든 나를 살려준다면…… 이, 이것을 넘기겠소!"

방립은 수옥의 무게가 천 근처럼 느껴졌다. 팔을 쳐드는 짧은 순간이 영원이라도 되는 듯 길게 느껴졌다.

수옥의 휘황찬란한 광채가 드러나자 다시 사람들이 웅성거렸다.

"목숨만은 살려줄 테니 이리 오너라."

흑립인들 사이에서 안색이 푸르뎅뎅하고 송장처럼 비쩍 마른 회의노인이 걸어나왔다.

방립은 수옥을 높이 쳐들고 주변의 눈치를 보며 천천히 한 발자국씩 움직였다. 주위를 에워싼 많은 사람들도 방립을 따라 한 발자국씩 움직였다. 멀리서 보면 마치 오색구름이 서서히 움직이는 것처럼 보일 것이다. 그러나 방립은 겨우 세 발자국에서 멈추어야 했다.

"누구 맘대로! 수옥을 먼저 차지하는 자가 임자요!"

누군가 훌쩍 날아 내리며 방립의 앞을 가로막았다.

작달만한 키에 머리가 기형적으로 커서 마치 못처럼 보이는 자였다. 그 왼쪽으로는 하나같이 몰골이 험악한 자들 넷이 일렬로 서 있었다.

이들은 사천에서 악명을 떨치는 대두오괴(大頭五怪)로 가장 처음에 나온 자가 바로 대두였다. 각기 지닌 바의 무공은 일류라 할 수 없었으나 다섯 명이 펼치는 합공은 일류고수 못지않았다.

"건방진 놈들, 지금 노부를 능멸하려는 것이냐!"

회의노인의 일갈에 흑립인들 사이에서 두 명이 더 걸어나왔다.

마유는 그들의 면모를 자세히 살펴보았다.

왼쪽에 있는 황의노인은 광대뼈가 살을 찢고 나올 정도로 툭 튀어나왔고 눈동자는 은은한 붉은빛을 띠고 있었다. 오른쪽에 선 자는 흑색 장포를 입은 거대한 체구의 사내였다. 입이 함지박만하며 양미간에는 팥알만한 점이 박혀 있었다.

방립은 사색이 된 얼굴로 이러지도 저러지도 못하고 있었다. 회의노인과 대두오괴를 번갈아 쳐다보았으나 어느 쪽으로든 자신이 한 발자국만 움직여도 목숨을 부지하기 어려울 것 같았다.

그때 창백한 안색으로 서서히 걸음을 옮기는 청년의 모습이 눈에 들어왔다. 청년이 서 있는 곳은 자신과 가장 가까운 거리였고, 또한 그 끝에 있는 바위는 사람들의 시선에서 비껴난 유일한 곳이었다.

방립은 무엇인가를 결심한 듯 입술을 꽉 깨물었다.

유천복은 마유와 조금 떨어져 있었다. 흑립인들 사이에 서 있는 화산파 사람들을 보았기 때문이다. 마주쳐 좋을 것이 없었다.

마침 봉호문의 울타리 옆에는 적당한 바위가 하나 있어 그늘을 드리우고 있었다. 유천복은 사람들이 방립에게 정신이 팔려 있는 사이 살금살금 그쪽으로 몸을 움직였다. 그러다 방립과 눈이 딱 마주쳤다.

갑자기 방립이 미친 듯이 소리치며 유천복에게 달려오기 시작했다.

"나는, 나는 수옥을 가지지 않았소! 가지지 않았소! 수옥은 바로 이 자가……!"

그가 막 유천복의 옷자락을 잡으려는 순간 황의노인의 손에서 붉은 혈광이 폭사되었다.

방립은 멍하니 서 있는 유천복의 손에 억지로 수옥을 넘겨주며 그대로 앞으로 고꾸라졌다. 방립의 목에서 히익 하는 이상한 소리가 새어 나왔다.

유천복은 어안이 벙벙하여 방립과 함께 뒤로 넘어졌다. 눈을 내리깔자 이미 너덜너덜해진 옷자락 사이로 시커멓게 녹아내리기 시작하는 방립의 등짝이 들어왔다.

"으아악!"

유천복의 비명 소리가 황산을 뒤흔들었다.

그는 멍하니 자신의 손에 들린 수옥을 보고 있었다. 그와 동시에 십수 명이 그를 향해 달려왔다.

"손을 놓아라!"

황의노인의 소매 끝에서 붉은 구름 같은 것이 뻗어 나와 눈앞을 가득 메웠다. 붉은 기운은 황의노인의 손짓에 따라 살아 있는 뱀처럼 꿈틀거리며 다가왔다. 유천복은 아직도 방립의 시체를 보며 넋을 놓고 있었다.

─정신 차려!

무지자가 고함을 질렀다. 정신을 차리자 이미 코앞까지 닥쳐든 뱀의 아가리가 보였다. 유천복은 사색이 되어 몸이 굳어 있는데 왼팔이 쭈욱 뻗어 나갔다.

휘리릭!

홍운은 삽시간에 왼팔로 모여들었다. 나선형을 그리며 팔뚝을 타고 올라와 무서운 힘으로 왼팔을 조여들었다. 마치 뱀이 먹잇감의 뼈를 부서뜨리기 위해 조이는 것처럼 엄청난 압박감이 온몸을 휘감았다.

유천복은 거대한 붉은 뱀 한 마리가 자신의 팔을 휘감고 혀를 널름거리고 있는 듯한 환상에 빠졌다.

이때 왼 손바닥이 별안간 홱 뒤집어지며 하늘을 움켜쥘 듯한 자세로 서서히 위로 올라갔다. 아랫배에 뭉쳐 있던 거대하고 뜨거운 기운이 세차게 소용돌이쳤다.

치지지직!

살이 타는 듯한 소리와 함께 장심에서 푸르스름한 기운이 뻗어 나와 한 장이나 하늘로 치솟았다. 팔뚝에 달라붙어 있던 수십 마리의 뱀들도 푸른 기둥을 따라 일제히 솟구쳐 하늘을 붉게 물들였다가 갈가리 찢어져 후드득 쏟아져 내렸다. 가늘기가 우모와 같은 침들이 바닥에 점점이 흩어진 핏자국처럼 엉키어 있었다.

유천복의 손바닥이 불에 덴 듯 벌겋게 변해 있었다. 그 와중에 수옥이 터져 버린 것을 본 사람은 얼마 없었다.

봉호문 쪽에서 와 하는 함성이 터져 나왔다.

황의노인의 얼굴이 확 일그러졌다. 소매를 당기자 바닥에 흩어졌던 붉은 침들은 굵은 띠를 이루며 노인에게로 돌아가고 있었다. 실로 놀랍고도 괴기스러운 광경이었다.

"별거 아니군."

대두오괴 중 한 명이 이죽거렸다. 그 순간 황의노인의 눈에서 살기가 폭사되었다. 다음 순간 대두오괴 다섯 명이 마치 낚싯줄에 걸린 물고기처럼 허공으로 붕 떠올랐다. 처참한 비명이 한참 동안이나 이어졌다. 사람들은 노인이 어떻게 대두오괴를 처치했는지 보지 못했다. 다만 대두오괴의 시체 위에 내려선 황의노인의 양손이 핏빛으로 변해 있는 것을 보았을 뿐이다.

모두들 황의노인의 엄청난 무공에 간담이 서늘해졌다.

황의노인은 한층 붉어진 눈으로 연화봉 전체를 천천히 둘러보며 말했다.

"흥! 어차피 노부가 이미 연화곡 전체에 천망독연(天罔毒煙)을 펼쳤으니 개미새끼 한 마리도 이곳을 내려갈 수 없다. 오늘 이곳에 온 자들은 전부 그 대가를 치르게 될 것이다."

뼛골까지 얼려 버릴 듯한 차가운 음성이 귓전을 아프게 파고들었다.

사람들의 안색이 흙빛으로 변했다. 성급한 자들은 그 소리를 듣자마자 아래로 뛰어내려 갔다. 그러나 잠시 뒤 머리끝이 삐죽 서도록 처절한 비명이 산 위까지 울려 퍼졌다.

사람들은 산 아래쪽의 운무(雲霧) 사이로 언뜻언뜻 시커먼 흑무(黑霧)가 번지는 것을 볼 수 있었다. 처음에는 검은 띠처럼 보이던 것이 잠시 사이에 운무를 꿰뚫고 산 위를 향해 빠른 속도로 번지고 있었다. 곡 아래로 내려가려던 자들은 독무에 닿자마자 비명 소리와 함께 쓰러졌다.

황의노인을 뚫어져라 쳐다보던 마유의 머리 속에 불현듯 한 이름이 떠올랐다.

팽총이 입술을 깨물었다.

"저 노인이 누구인지 알겠소?"

"혈섬침(血纖針), 혈독장(血毒掌), 독왕 당삼고……."

전룡의 말에 마유는 자신의 생각이 맞았다는 것을 알았다.

황의노인이 말했다.

"본인은 삼천교(三天敎)에서 나왔소."

사람들이 웅성거렸다.

독왕(毒王) 당삼고(唐三苦)!

사천당문(四川唐門)의 후예로 태어났으나 당문에 씻지 못할 오욕을 안겨준 사내였다. 젊은 날 당삼고는 당문에서도 촉망받는 젊은이였다. 그런 그가 문주의 부인이자 자신의 백모를 겁간하여 살해하였고 그로 인해 당문의 공적이 되었다. 당문에서 쫓겨난 뒤 사천 일대에 독공을 펼쳐 수백 명의 사상자를 낸 일은 삼십여 년이 지난 지금까지도 사람들의 뇌리에 선명하게 박혀 있었다. 그 일로 인해 당문은 무림 내에서 크게 세력이 위축되었고 고개를 들지 못하게 되고 말았다.

당삼고는 당문의 추적을 피해 이십 년간이나 모습을 드러내지 않았기에 사람들은 오늘 그의 모습을 보자 경악할 수밖에 없었다.

"좋지 않군. 좋지 않아."

마유는 회의노인과 흑색 장포의 사내에게 눈길을 돌렸다. 황의노인이 당삼고라면 다른 두 사람의 내력 또한 분명 범상치 않을 것이었다.

그런데 삼천교가 어떠한 곳이길래 천하의 당삼고를 호법으로 부린단 말인가?

삼천교는 현 황제인 진종의 총애를 얻고 있는 신도교였다.

진종은 공공연하게 궁중에 방사를 들이고 방술을 연구하도록 하였다. 막강한 권력을 등에 업은 삼천교는 그동안 전해 내려오는 민간 종교를 망라하여 하나의 방대한 의속 체계(儀俗體系)를 이루고, '주문(呪文)', '부적(符籍)', '검술(劍術)', '입옥(立獄)' 등의 형식을 의식화하여 신비감을 조성하였다.

하루하루 사는 일이 괴롭고 어려웠던 일반 백성들은 이러한 신비로운 의식을 통해 정신적인 위안을 얻었고, 그것은 지배 계층도 예외가 아니었다. 수많은 제왕들이 불로장생의 비법을 찾기 위해 선도(仙道)를 연구한 것도 이러한 맥락에서 비롯되었다 할 수 있다. 이때에 불로불

사할 수 있다는 수옥이 출몰한 것이다.

삼천교의 등장은 무림뿐 아니라 황궁에서도 수옥을 찾고 있다는 이야기였다. 게다가 삼천교주의 신통력은 천신에 맞먹는다고 알려져 있었다.

당삼고는 멍청한 표정으로 서 있는 유천복을 주시하고 있었다.

이십 년의 은거를 깨고 나온 데에는 나름대로의 이유가 있었다. 삼천교에서는 수옥을 찾아주는 대가로 당문을 그의 손에 넘겨주겠다고 호언장담하였다. 그것이 설령 삼천교주의 호기라 할지라도 당삼고의 평생 염원을 꿰뚫어 본 거래 조건이라 할 수 있었다.

"저 애송이만 잡아주면 내 할 일은 끝나는 것이겠지?"

"그것은 수옥의 진가를 살펴본 후에 결정되겠지요. 교주님과 당 호법 간의 약속은 그 이후의 일이오. 강호에 출몰한 수옥의 숫자가 적지 않으니 어떤 것이 진짜인지 알 수 없소."

"흥, 그거야 잡아보면 알 수 있지."

홀연 당삼고의 신형이 두둥실 허공으로 떠오르자 육신단주들은 유천복을 보호하기 위해 모여들었다. 그러나 그것은 헛된 노력이었다.

육신단주들은 살아 움직이는 듯한 혈섬침을 막아내는 것만도 힘에 겨웠다.

눈 깜짝할 사이에 유천복의 코앞으로 날아든 당삼고의 손바닥은 지옥불처럼 시뻘겋게 변해 있었다.

무지자는 왼팔을 들어 상대하려 하였으나 유천복의 두 발은 어느새나 살려라 하는 듯 줄행랑을 쳤다.

"아이고, 아버지~"

―멍청아! 뭐 하는 거야? 그쪽이 아니라 이쪽이라구!

"무지자! 너나 실컷 싸우라고. 난 싸우기 싫어."

그러나 유천복이 아무리 빨리 도망을 간다 하더라도 당삼고를 당해낼 수는 없었다. 육신단주들이 분분히 몸을 날렸으나 다섯 줄기의 시뻘건 혈광이 다시 유천복의 등을 노리고 달려들었다.

퍼엉!

큰 소리와 함께 유천복의 몸이 바람에 날리는 나뭇잎처럼 날아가 바위에 처박혔다.

당삼고는 회심의 미소를 지었다.

혈독장에 격중되었으니 이제 저놈은 죽은 것이나 진배없었다.

그러나 바위 앞으로 다가선 당삼고는 무언가 이상하다는 것을 눈치챘다. 그리고 그것이 무엇인지 깨닫기도 전에 죽은 줄만 알았던 유천복이 벌떡 일어섰다.

"쿨럭쿨럭…… 이 멍청한 놈아!"

유천복이 연거푸 기침을 하더니 울컥 선혈을 뱉어내며 소리쳤다.

당삼고의 얼굴이 굳어졌다.

"네놈이 과연 숨겨둔 한 수가 있었구나, 노부의 독장을 받아내다니."

그러자 잠시 어리둥절한 표정으로 서 있던 유천복이 앙천대소를 터뜨렸다.

"하하하! 뭐야? 이 멍청이 기절했잖아."

무지자는 양손을 풍차처럼 돌리며 기뻐하였다. 마음먹은 대로 움직일 수 있다는 것은 기억했던 것보다 훨씬 좋은 느낌이었다.

사람들은 유천복의 난데없는 행동에 다들 의아한 표정이었다.

그때 유천복의 온몸에서 돌연 콩 볶는 듯한 소리가 들리더니 우두둑,

우두둑 뼈마디를 고르던 손가락을 들어 당삼고를 가리켰다.

"너, 늙은이! 날 쳤겠다. 어디 덤벼봐!"

유천복의 손가락이 얄밉게 까딱까딱 움직였다.

"이, 이… 썩을 놈!"

당삼고는 유천복의 안하무인한 태도에 머리끝까지 화가 치밀었다. 아무리 이십 년 만에 나왔다지만 아직까지 자신에게 저렇게 무례하게 나온 자는 없었다.

놀란 것은 당삼고뿐만이 아니었다. 육신단주들도 유천복의 돌변한 태도에 기가 막혔다. 방금 전까지만 하더라도 금방 울음을 터뜨릴 듯이 울상을 짓고 있지 않았던가! 그런데 그사이 범의 간이라도 먹은 것처럼 허세를 부리다니 당삼고의 혈장에 맞아 정신이 어떻게 된 것이 틀림없었다.

팽총이 전룡의 소매를 잡자 전룡도 고개를 저었다.

당삼고가 벽력같은 소리를 내지르며 달려들자 유천복도 동시에 앞으로 뛰어들었다. 번쩍 하는 사이에 두 그림자가 서로 엇갈렸다.

순식간에 당삼고의 몸이 여섯 발자국이나 물러섰고 유천복도 일 장 밖으로 날아 내렸다.

당삼고가 입술을 깨물며 천녀산화(天女散花)의 수법을 펼치자 하늘 가득 혈우(血雨)가 내리는 듯하였다. 한번 펼쳐지면 백 장 이내에 서 있는 자가 없다는 악독한 일초였다.

유천복은 빙글빙글 웃더니 양손을 풍차처럼 휘두르기 시작했다. 두 손이 보이지 않을 정도로 빠르게 움직이며 거대한 기류를 일으켰다. 그러자 하늘을 가득 메웠던 혈섬침들은 그 기류에 휘말려 빙글빙글 소용돌이치며 밖으로 퍼지지 않았다.

"호오, 늙은 생강이 맵다더니, 노인네 이빨이 날카롭구나."

혈섬침은 당삼고가 당문에서 나온 뒤 개발한 암기였다. 강철을 머리카락보다 가늘게 제련한 뒤 그 끝에 부시독(腐屍毒)을 발랐다. 누구든 중독되면 삽시간에 살이 썩어 들어가는 무서운 독으로 방립의 시신이 벌써 한 줌의 노란 물로 화한 것만 봐도 알 수 있었다.

그러나 유천복의 손 안에서 맴돌던 혈섬침은 동그랗게 공처럼 뭉쳐졌다. 유천복이 한 움큼의 혈섬침을 땅바닥에 팽개치며 가래침을 칵 뱉었다.

"카악! 퉤! 그놈 참 맵다."

당삼고는 어이가 없었다. 유천복이 살과 뼈로 이루어진 인간임에 틀림없거늘 어찌 혈독장과 혈섬침의 독기를 막아낼 수 있단 말인가?

그것은 순전히 천잠의와 복령 덕이었다. 혈독장의 독기는 천잠의가 막아주었고 복령을 먹은 덕에 만독불침이 되었으니 그간의 곡절을 당삼고가 알 리 없었다. 단지 자신이 은거한 사이에 장강의 뒷물결이 앞물결을 헤치고 나왔다고 생각하니 입맛이 쓸 따름이었다.

또한 유천복은 기절하고 무지자만이 남아 육신을 지배하고 있었다. 무지자는 자신에 대한 일은 기억하지 못했으나 천수당에서의 일 이후로 여환무단신공을 기억해 내었고 또한 그것이 막강한 신공임을 깨달아 당삼고가 두려울 리 없었다.

"당 형! 불초에게도 기회를 주시구려."

흑색 장포의 사내가 걸어나오며 음흉한 웃음을 지었다. 이자는 용조왕(龍爪王) 이력(易力)이라는 자로 역시 십수 년 전에 관동 일대에 피바람을 몰고 온 흑도의 고수였다.

이력은 열 손가락을 갈퀴처럼 뻗어 유천복의 맥문을 움켜쥐려 하였다. 열 손가락 끝마다 검고 뾰족한 철조(鐵爪)가 번뜩이고 있었다. 당삼고가 그 모습을 보며 코웃음을 쳤다.

'가소로운 놈! 네놈의 용조수가 내 혈독장만 하랴.'

용조공은 원래 금라수(擒拿手)의 일종으로 점혈법(點穴法)과 비슷한 것이었다. 온 팔의 힘을 완전히 손끝에 모아 추축지경(抽縮之勁)을 발휘하면 다섯 손가락이 상대방의 근육에 파고들어 뼈를 으스러뜨리는 무서운 무공이다.

용조공을 익히기 위해서는 먼저 열 근 정도 무게의 항아리를 준비한다. 항아리의 입구 표면이 미끄럽도록 기름칠을 한 다음, 다섯 손가락으로 아가리를 움켜쥐어 들어 올리는 연습을 한다. 처음에는 잘 안 되겠지만 연습이 진행됨에 따라 반드시 들어 올리게 된다. 이것이 일단 성공하게 되면 그 다음부터는 보름마다 한 바가지씩의 물을 채워가며 수련을 거듭한다. 물이 꽉 찬 항아리를 쉽사리 들어 올릴 정도가 되면 모래를 채워가면서 연마한다. 이렇게 해서 모래가 꽉 찬 항아리를 역시 들어 올리는 데 성공하게 되면, 그 다음부터는 매일 아침 해가 떠오를 무렵 태양을 향해 손을 뻗어 태양의 양강지기(陽剛之氣)를 빨아들이는 수련을 한다.

이렇게 약 이 년가량을 수련하면 손바닥을 통해 자유자재로 음양지기(陰陽之氣)를 빨아들이거나 발출해 낼 수가 있고, 다섯 손가락을 휘둘러 사람의 몸에 구멍을 낼 수가 있는 것이다.

이력은 용조공을 익힌 뒤 다시 강철로 만든 손톱을 끼고 그 끝에 극독을 발랐기에 누구든 스치기만 하여도 목숨을 잃었다. 당년에 이 수법으로 수많은 사람들을 살해하였다. 그는 열 손가락을 뻗어 유천복의 옆구리를 집요하게 노리고 들어왔다. 잡히기만 하면 단번에 요절을 낼 생각이었다.

그러나 유천복이 두 손을 모았다가 후려치니 노도와 같은 장력이 태산 같은 기세로 몰아쳐 왔다.

이력은 손을 들어 막으려 하였으나 장력이 도달하기도 전에 가슴이 답답하여지는지라 깜짝 놀라 피하려 하였다.

"이 형, 당신이 자랑하는 철조를 휘두르지는 않고 구경만 하고 있을 참이오?"

당삼고가 빈정거렸으나 대꾸할 새가 없었다. 어느새 가슴까지 짓쳐든 유천복의 발길이 가슴에 격중된 것이다. 이력은 안색이 잿빛으로 변하여 연거푸 휘청거리더니 뒤로 주르륵 밀려났다. 울컥 하더니 그의 앞섶이 금방 선혈로 물들었다.

"빌어먹을……."

이력은 욕설을 퍼부으며 용조수로 맞섰으나 유천복의 장력에 또다시 뒤로 밀려나고 말았다. 그가 다른 신법을 전개하기도 전에 눈부신 광채가 밀려들더니 그만 눈앞이 아득해지며 몸이 굳어졌다. 눈앞에 그림자가 아른대는 것을 보고서야 정신이 번쩍 들었다.

유천복은 오른손을 거두어들이는 척하다가 이내 왼손의 다섯 손가락으로 이력의 얼굴을 아래서 위로 후려쳤다.

뿌드득!

뼈가 바스러지는 소리와 함께 이력이 비명을 지르며 얼굴을 감싸 쥐었다. 턱뼈가 박살난 것이다. 유천복은 조금도 망설이지 않고 휘청거리는 이력의 아랫배를 세차게 걷어찼다.

검은 구름처럼 허공을 날아가던 이력은 아랫배가 산산이 으스러진 채 비틀거리다가 발을 헛디뎌 계곡으로 떨어지고 말았다.

처참한 비명이 한참이나 연화곡 주변에 울려 퍼졌다. 유천복은 그 여세를 몰아 흑립인들 쪽으로 달려나갔다. 땅에 떨어진 검을 주워 휘두르니 한꺼번에 다섯 명의 흑립인들이 땅에 나동그라진다.

정말 놀랄 만한 솜씨가 아닐 수 없었다.

육신단주들은 입을 벌린 채 유천복이 펄펄 나는 것을 지켜볼 따름이었다.

오른쪽에서 다시 흑립을 깊게 눌러쓴 대한 하나가 달려나오며 쌍장을 뻗자 강렬한 장풍이 태풍처럼 매섭게 유천복을 향해 쏟아져 나갔다.

유천복은 가볍게 발끝을 들며 몸을 돌려 몰아쳐 오는 장풍을 피했다. 그가 막 몸을 피한 바로 그 순간 뒤에서 황소처럼 체격이 우람한 자들이 다시 덤벼들었다. 유천복은 옆으로 잽싸게 미끄러지더니 뒤에 오는 자들은 아랑곳하지 않고 제일 처음에 덤벼든 흑립인을 향해 무섭게 덮쳐들어 갔다. 그자는 신법을 펼쳐 피하며 검을 쳐들었으나 막기에는 이미 때가 늦어 어쩔 수 없이 허공으로 신형을 높이 뽑아 올렸다.

유천복은 이때를 놓칠세라 흑립인이 있던 빈 공간으로 뛰어들어 뒤에서 덤벼들던 다른 흑립인의 머리통을 들고 있던 검으로 내려쳤다.

"으악!"

처절한 비명이 울리더니 그자의 머리가 박살나며 검붉은 선혈이 분수처럼 뿜어져 나왔다.

일이 이렇게 되자 나머지 흑립인들의 눈에서 불꽃이 일었다.

"이 잔인한 놈! 이제 보니 마귀가 분명하구나!"

구경을 하고 있던 흑립인 세 명이 한꺼번에 달려들었다.

이 다섯 명의 흑립인들은 원래 황산 주변에서 활동하던 녹림도들이었는데, 봉호문을 찾고 있던 삼천교에 정보를 주고 몸을 의탁한 뒤 공을 세우기 위해 기회를 엿보고 있던 참이었다.

그들은 유천복이 이력과 당삼고를 물리치는 것을 보고 한꺼번에 달려들기로 미리 약조를 하였었다.

허공으로 몸을 날렸던 첫 번째 흑립인이 사뿐히 땅으로 내려서며 유천복의 등을 검으로 베어버리려 하였다.

그자의 검이 막 등을 파고들려는 순간 유천복은 몸을 앞으로 살짝 구부리더니 선뜻 손목을 뒤로 돌려 상대의 손목을 움켜쥐었다.

"앗!"

다른 자들이 분분히 구원의 손길을 뻗치려 하였으나 어느새 우두둑 소리가 나며 손목뼈가 무참히 바스러지고 말았다. 유천복이 뒤로 몸을 일으켜 세우며 일장을 내지르자 그 흑립인의 몸은 허공으로 높이 치솟아오르더니 기어이 일 장 밖으로 나가떨어지고 말았다.

"사형!"

삽시간에 두 명의 동료를 잃은 흑립인들은 너 죽고 나 죽자는 식으로 미친 듯이 달려들었다.

마유는 얼굴을 잔뜩 찡그리고 있었다.

'마치 악귀와 같은 모습이구나. 소상공자가 어떻게 저런 무공을 펼칠 수 있단 말인가? 저건 귀신이 씌인 것이 틀림없다. 그나저나 이제 삼천교와는 철천지원수지간이 되었으니 앞으로가 걱정이다.'

유천복의 유약한 성격을 아는 마유로서는 저런 잔인한 수법을 펼치는 유천복이 믿기지 않았다.

그러나 무지자는 조금도 개의치 않았다.

그는 오히려 그동안의 울화가 한꺼번에 해소되는 듯한 쾌감을 느끼고 있었다. 무지자는 갈수록 더욱 맹렬하게 공격을 가하며 몸을 움직였다.

유천복의 몸은 잘 훈련된 말처럼 그가 원하는 대로 움직여 주었다. 또한 단전에서는 바다처럼 웅혼한 내력이 끊임없이 흘러나오니 그 위력이 천지를 진동시키고도 남음이 있었던 것이다.

쌍장을 휘두르자 다시 푸르스름한 기운이 장심에서 뻗어 나갔다. 죽자 사자 달려들던 흑립인 셋이 유천복의 무지막지한 장력에 마치 실 끊어진 연처럼 날아가 다시는 일어서지 못하였다.

"하하하, 다 덤벼보라구!"

사람들은 이제 유천복의 잔인함에 공포심을 느끼고 있었다. 그것은 봉호문에서도 마찬가지였다. 유천복의 두 눈은 시뻘겋게 충혈되었고 입에서는 광소가 터져 나왔다.

회의노인은 이채롭다는 듯이 유천복을 쏘아보고 있었다.

"어린 나이인데 당 형과 비견될 만한 신위를 지녔구려."

비웃는 듯한 노인의 말에 당삼고의 얼굴은 그야말로 처참해졌다.

"이곳은 내게 맡기고 삼천교로 돌아가시오."

"이곳에 나타난 수옥도 가짜인데 더 이상 이곳에 머물러 뭐 하시려오?"

"흥! 제놈들이 어디 진짜 수옥을 내놓지 않고 배기나 봅시다."

"호오, 내 당 형의 노력을 교주께 전해 드리리다."

회의노인의 신형은 순식간에 산 아래로 사라졌다.

당삼고는 이를 뿌드득 갈았다. 여기서 체면을 회복하지 않으면 삼천교에서 자신을 우습게 볼 것이었다. 무슨 일이 있어도 저 어린것을 잡아야겠다고 생각했다. 회의노인의 신형이 순식간에 산 아래로 사라졌다.

찌이익!

장포가 찢어지는 듯한 소리를 내며 당삼고의 쌍수가 일순 길게 늘어나는 것처럼 보였다. 그것은 당삼고의 신형이 뒤로 빠르게 튕겨져 나갔기 때문이다. 그것은 사람들의 이목을 흐리는 동시에 반탄력을 얻어 속도를 높이기 위해서였다.

다음 순간 당삼고의 신형이 번쩍 하더니 유천복의 눈앞으로 날아들었다.

그와 동시에 여섯 명의 흑립인들이 흉흉한 기세를 드러내며 앞으로 나왔다.

"이 버러지 같은 놈들아! 너희 졸개 놈들은 내가 상대해 주마!"

걸쭉한 목소리로 말하며 달려나온 자는 바로 육신단주 중 철패 포태화였다.

사실 육신단주들은 아까부터 뛰쳐나오려 하였지만 전룡이 저지하여 망설이고 있었다. 전룡은 무슨 생각인지 유천복을 지켜보기만 하였다. 그러나 성격이 불 같은 포태화는 마침내 참지 못하고 뛰어나온 것이다.

흑립인들은 매서운 기세로 검을 휘두르며 포태화를 덮치기 시작했다. 포태화는 동곤을 들어 검을 막으며 말을 멈추지 않았다.

"흥! 우리 문주님은 이미 천신의 경지에 이르러 저런 늙은이 따위는 손가락 하나로 처치하신 뒤 너희 졸개 놈들을 혼내줄 것이나, 그렇게 되면 강호에서 우리 육신단주들은 뭘 했느냐고 손가락질할 테니 나 포가가 봉호문을 대신하여 너희들을 상대해 주마!"

포태화의 목소리가 웅웅거리며 산자락을 쩌렁쩌렁 울렸다. 그는 전룡이 움직이지 말라고 한 것에 항의를 하고 있는 것이었다. 유천복이 저렇게 고군분투하고 있는데 구경만 하고 있으라니 열불이 터졌다.

“그 따위 솜방망이로? 하하, 어림없는 소리지. 발뒤꿈치나 물리지 않게 조심하라구. 문주님 앞에서 너 혼자 재주를 부리려 하다니 꿈 깨시지.”

다시 한 사람이 뛰어나오며 포태화를 비아냥거렸다. 청충(靑蟲) 견위강(鵑爲强)이었다. 두 사람은 봉호문 내에서도 소문난 앙숙이었다.

“이 망할 놈이 또 나서네. 내 공을 가로챌 심산이로구나. 네놈부터 쳐 죽이고 한판 붙을 테다. 이놈의 파랑강충이! 어디 너부터 한번 맞아 봐라!”

포태화가 한 손으로 휘두르던 동곤을 그대로 견위강의 머리로 내리꽂았다. 견위강은 엽전을 만지작거리다가 옆으로 살짝 비켜 동곤을 피하였다.

“허허, 이 미련한 자 좀 보게. 이보오, 팽 형! 이래도 되는 거유? 포가 놈이 아군과 적군도 구별 못하니…… 벌써 망령이 든 게로지. 어디 한번 해보자. 내 귀여운 청충들이 네놈의 두꺼운 살가죽을 찢어놓나 안 찢어놓나 어디 해보자구. 저 졸개 놈들이야 그 후에 처리해도 늦지 않을 테니.”

두 사람은 옥신각신하며 흑립인들은 안중에도 없다는 듯이 행동했다.

흑립인들은 비록 진면목을 감추고 있었으나 무림에서의 명성으로 따지자면 육신단주들에 비할 바가 아니었으므로 머리끝까지 화가 치밀었다. 거기다 두 사람이 번번이 졸개라고 우롱하자 분통이 터져 눈알이 튀어나올 것 같았다.

“흥! 네놈들이 간이 부은 게로구나. 산속에서 깝죽대느라 세상 무서운 줄 모르는 거겠지!”

덩치가 커다란 흑립인이 차가운 콧방귀를 뀌며 소리쳤다.

네 명의 흑립인이 기합 소리를 내며 일제히 두 사람에게 덤벼들었다. 대번에 여덟 개의 손이 포태화의 요혈을 노렸다. 그러나 포태화는 몸을 돌려 뒤로 젖히며 눈썹 하나 까딱 않고 동곤을 앞으로 내밀어 여덟 개의 손을 한꺼번에 후려쳤다.

동곤의 기세가 바위를 쪼갤 듯 강맹하였으나 네 명의 무공도 만만치 않았다. 흑립인 중 한 명이 몸을 허공으로 날려 넓은 옷자락으로 동곤을 휘어 감은 뒤, 일검을 포태화의 우측 옆구리로 찔러 들어갔다. 거대한 동곤이 흑립인의 옷소매에 들어가자 그 기세가 한풀 꺾였다. 포태화가 수염을 부르르 떨며 동곤을 다시 빼내어 옆으로 크게 원을 그렸다.

흑립인은 검을 들어 동곤을 막았는데 검과 동곤이 부딪치는 순간 손목이 시큰하여 하마터면 검을 떨어뜨릴 뻔하였다. 이 녀석의 용력이 만만히 볼 것이 아니다 싶어 왼손으로 손가락을 갈퀴처럼 벌리며 포태화의 맥문을 잡아채려 했다.

포태화가 몸을 뒤로 누이며 아슬아슬하게 흑립인의 응조공(鷹鳥功)을 피하려는데 어디선가 쌔애앵 하는 소리가 들리며 검은 암기가 흑립인에게 쏘아져 들어간다.

흑립인은 포태화를 잡으려던 손을 위로 뒤집어 몇 번 원을 그리자 엽전 몇 개가 투둑 소리를 내며 바닥에 떨어졌다. 코웃음을 치며 다시 포태화를 공격하려는데, 이번에는 수십 개의 엽전이 그의 요혈을 일시에 노리며 날아오는지라 할 수 없이 세 걸음을 뒤로 물러나 피했다. 포태화가 엽전이 날아온 곳을 쳐다보며 고래고래 소리를 지른다.

"이 파랑강충이야! 웬 간섭이야!"

"허! 무식한 자 좀 보게. 도와준 은공도 모르고. 그래, 어디 혼자 잘 해보라지."

"도와주긴 뭘 도와줘. 네놈 얼굴에 파리가 앉았다가 낙상하는 거나 잘 보고 있다가 도와주거라."

견위강이 포태화 쪽으로 뒤뚱거리며 달려나갔다.

마유가 그 모습을 지켜보며 웃고 있는데 갑자기 뒤에서 바람 소리가 들리며 두 명의 흑립인이 앞뒤에서 중정혈(中庭穴)과 견정혈(肩井穴), 천주혈(天柱穴)을 노리고 달려들었다.

마유는 발을 들어 왼쪽 흑립인의 공격을 막으며 그 기세로 앞에서 달려오는 흑립인의 가슴을 향해 뛰어들었다.

흑립인은 마유가 설마 육탄 돌격으로 달려올 줄은 몰랐기에 느닷없는 박치기에 눈앞에 불이 번쩍 하였다. 흑립인은 코를 움켜쥐며 뒤로 몇 발자국이나 물러섰다.

"흐흐, 이건 몰랐을 거다."

마유는 전쟁터에서 굴러먹던 자라 무림인들이 부끄러워하는 공격도 마다하지 않았다. 땅을 뒹굴어 흑립인들의 발목을 베려 하자 두 흑립인은 깜짝 놀라 몸을 위로 솟구쳤다.

마유가 뒤따라 몸을 솟구치며 반대 편으로 몸을 날리며 재차 공격을 퍼부었다.

"복면을 쓰고 있어도 나는 네놈들이 누군지 다 알고 있다."

마유는 이미 관도에서 화산파와 손을 겨룬 일이 있으므로 이 두 명의 흑립인이 바로 오산과 서추량이라는 것을 간파했다.

오산과 서추량은 입술을 깨물었다. 마유가 이미 자신들의 정체를 간파했으니 이제 화산파에서 한 사람을 공격했다는 비난을 피할 수가 없는 것이다.

관도에서 마유에게 원한이 사무쳤던 서추량은 마유를 찢어 죽여 입을 봉하는 길이 최선이라고 생각했다.

그러나 복령의 피를 받은 뒤 마유의 공력은 일취월장하여 관도에서보다 훨씬 뛰어난 무위를 자랑하고 있었다. 비록 한쪽 팔은 잃었으나 더욱 매서운 공격을 펼치고 있었다.

마유는 자신의 무공이 전에 비해 크게 나아진 것을 느끼자 더욱 고무되어 묵검을 휘둘렀다.

한편 포태화와 견위강을 상대하고 있는 흑립인들은 곤경에 처해 있었다.

"어디 복면을 벗겨보자. 대체 어떤 자들이 삼천교의 주구 노릇을 하는지 내 보아야겠다."

사실, 황산에 오른 흑립인들 대부분은 정파 사람들이었다. 모두들 다른 문파보다 먼저 수옥을 찾으려 혈안이 되어 있었다. 그러나 명문 정파가 어찌 다른 중소방파들처럼 부화뇌동할 수 있으랴? 체면은 체면대로 차리고 수옥을 찾으려다 보니 입으로는 협을 논하였으나 뒤로는 왕왕 비겁한 수를 쓰지 않을 수 없었다.

그러다 보니 하나둘씩 흑립을 쓰게 되었고, 이제는 모두들 흑립을 쓰고 삼천교 사람인 듯 행세하였다.

포태화와 견위강이 이를 눈치 채고 번번이 흑립을 벗기려 하니 무공을 자유롭게 펼칠 수 없었다.

더구나 두 사람은 덩치에 어울리지 않게 어찌나 날렵한지 흑립인들의 검을 다람쥐처럼 잘도 피했다. 게다가 주로 흑립인들의 뒤쪽을 공격하는지라 엉덩이를 얻어맞는 치욕을 면하기 위해 이리 뛰고 저리 뛸

수밖에 없었다.

"하하하. 요놈의 늙은 황충(蝗蟲)아! 어디 저놈 건가 놈의 청충이보다 잘 뛰나보자. 뛰어라, 뛰어!"

포태화의 말에 흑립인들은 눈물이 나도록 분하였다. 그들이 얼굴을 드러내고 강호를 활보하였을 적에야 어찌 이 같은 치욕을 당해본 적이 있었겠는가? 그러나 이미 시작된 일, 여기에서 그만둘 수는 없는 노릇이었다.

견위강이 뿌려대는 엽전에는 눈이 달리기라도 한 것처럼 둥글게 원을 그리며 앞뒤에서 옷자락을 베어냈다.

"포가의 솜방망이가 황충이를 잘도 잡는구나. 당태종이 황충을 씹어 먹었다는데, 포가야! 대신 내가 이 시커먼 것들을 잡아줄 테니 이후로는 내 청충이나 괴롭히지 말거라. 내 청부이공(青蚨已空)의 솜씨나 보거라."

견위강이 하하 웃으며 엽전을 마구 뿌려대었다. 견위강은 엽전을 암기로 사용하였으나 반드시 자신의 손으로 되돌아오게 하는 것을 잊지 않았다. 만일 엽전을 한 닢이라도 잃어버리면 그는 크게 낭패하여 그 엽전을 찾을 때까지 주변을 샅샅이 뒤지곤 하였다.

청부충(青蚨蟲)이란 본래 엽전을 가리키는 것이다. 청부이공은 청부충의 모자(母子)의 피를 뽑아서 각각 돈에 발라 그 한쪽을 쓰면 나머지 한쪽을 그리워하여 날아서 되돌아온다는 고사에서 비롯된 말이었다.

연화봉은 날이 저물도록 병장기 부딪치는 소리가 끊이지 않았다.

당삼고는 주름진 얼굴을 찌푸리며 다시 뒤로 물러섰다. 그는 유천복에게 치명적인 독을 사용하였으나 번번이 소용이 없자 점점 더 유천복의 정체가 궁금하였다. 아무리 보아도 약관의 젊은이로밖에는 보이지 않았다. 설마 만독불침(萬毒不侵)이라도 된다는 말인가?

"하하, 당가 놈아! 이제 기운이 떨어진 것이냐?"

유천복의 머리와 이마에서는 선혈이 줄줄 흘러내리고 있었고 전신은 피투성이가 되어 보기에도 섬뜩하였다. 그러나 유천복은 마치 감각을 상실한 사람처럼 태연자약하였다.

무지자는 오로지 즐겁기만 할 뿐이었다.

"더 이상 부릴 재주가 없는가 본데?"

당삼고는 화가 머리끝까지 치밀었다.

"이 어린놈아! 어디 네놈의 몸이 싸늘하게 굳어진 뒤에도 혀를 놀리는지 두고 보자!"

그 말이 떨어지기가 무섭게 쌍장을 내질렀다. 그야말로 전광석화 같은 솜씨였다.

유천복도 크게 웃으며 쌍장을 내밀어 응수하였다.

"얼마든지 상대해 주마."

이어서 고막이 찢어질 듯한 폭음이 주위를 진동시켰다.

펑!

"으악!"

마침내 처절한 비명 소리가 터져 나왔다. 사람들은 모골이 송연해지는 그 소리에 잠시 공수를 멈추고 두 사람 쪽을 보았다.

당삼고는 입가에 선혈을 흘리고 있었고 유천복은 땅바닥에 무릎을 꿇고 있었다. 비명을 지른 것은 유천복이었다.

"으악! 내 팔이……!"

유천복은 지독한 아픔에 정신이 들었다. 살점이 너덜거리며 뼈가 허옇게 드러난 자신의 두 팔뚝을 보았다.

─아차! 네놈의 형편없는 근력을 생각지 못했구나. 쩝, 이런 중요한 순간에 근육이 파열되어 버리다니…… 좀 아팠겠는걸.

무지자가 아쉬운 듯이 말했다.

그 말대로였다.

유천복은 뼈가 산산이 바스러지고 살점을 포로 떠내는 것처럼 고통스러웠다. 마치 지옥의 불길 속에 내던져진 듯하였다. 유천복은 마침내 숨도 쉬지 못할 지경에 이르렀으나 기절만은 하지 않았다.

대신 땅바닥에 쓰러져 천만 마리의 개미가 온몸을 물어뜯는 듯한 고통에 몸부림치고 있었다.

─꽤 아프지? 미안해.

"으윽, 무지자…… 너, 무슨 짓을……?"

─네가 기절해서 내가 재미 좀 봤지.

고통으로 사지가 비틀리고 눈이 홱 돌아간 유천복의 머리 속에 무지자의 태평스런 목소리가 들려왔다.

한편, 당삼고는 유천복이 쓰러지자 산 아래쪽을 쳐다보았다.

벌써 올라왔어야 할 천망독연이 산 중턱에서 더 이상 올라오지 못하고 있는 것을 보고 의아한 생각이 들었다. 누군가 자신의 독연이 위로 향하지 못하도록 막고 있는 것이다. 대체 누가, 어떤 방법으로?

천망독연은 연화봉의 허리를 감싸고 있었다. 그런데 당삼고가 보고 있자니 독연이 점차 한곳으로 모여들기 시작했다.

"헉! 저것은?!"

당삼고는 침통성을 흘렸다. 독연은 사람들이 보는 가운데 맹렬하게 하늘로 치솟더니 그대로 흔적도 없이 사라져 버리고 말았다.

'역시 누군가 있다!'

당삼고는 자신이 애써 안배해 놓은 천망독연이 무용지물이 되어버리자 이를 악물었다.

한편, 무지자가 펼치는 놀라운 무공에 힘입어 평수를 이루던 흑립인들과 봉호문의 혈전은 유천복이 깨어나자 균형이 깨지고 말았다.

흑립인들에게 당삼고가 합세하자 전세는 대번에 역전되었다.

봉호문도들이 혼신의 힘을 다해 펼친 풍우낙화(風雨落花)의 수법조차 당삼고에게는 큰 타격을 주지 못하고 오히려 당삼고의 독연탄구(毒

煙彈球)에 중독되고 말았다.

"크하하하! 이제 너희들의 쥐새끼 같은 목숨은 노부의 손에 달렸다. 잔말 말고 어서 수옥을 내놓거라!"

당삼고의 목청은 크고 우렁찼으나 그 역시 혈흔이 낭자하여 적지 않은 손해를 보았음을 알 수 있었다. 싸움이 조금만 더 길어졌더라면 그로서도 우위를 점치기 힘든 상황이었다. 그는 빨리 이 일을 마무리 짓고 싶었다.

"너희는 노부의 부혼산(腐魂散)에 중독되었다. 이후 보름 동안은 서서히 살이 썩어 들어가고 뼈가 바스러지는 고통에 시달리다 죽어갈 것이다. 해독약은 내게 있다. 어쩔 테냐?"

육신단주들의 얼굴은 모두 창백하게 변하여 있었다.

"개 같은 당문의 호로자식 놈아! 네놈이 당문에서 쫓겨난 것은 당문을 위해서도 크게 다행한 일이 아닐 수 없다. 네놈이 지금껏 당문에 있었다면 어찌 당문이 오늘날 무림의 명문이 되었겠느냐! 당문에서 네놈을 내쫓은 것은 천 번 만 번 잘한 일이니 후세에 길이길이 잘한 일이라고 남겨질 것이다!"

포태화가 화를 참지 못하고 당삼고의 역린(逆鱗)이라 할 수 있는 일을 들먹거리자 당삼고의 얼굴이 시뻘게졌다.

"네, 네놈이…… 노부가 네 목숨이 아까워 살려두는 줄 아느냐? 네놈이 온몸이 썩어 문드러진 후에도 주둥이를 놀리나 어디 보자!"

당삼고가 분을 삭이지 못하고 손을 번쩍 쳐들었다.

"켈켈켈켈! 정말 속이 울렁거려 못 봐주겠구나."

그 순간, 어디선가 해괴한 웃음소리가 들려왔다. 주위를 둘러보았으나 주변에는 아무런 인기척도 없어 어디서 괴소가 흘러나오는지 알 수가 없었다.

웃음소리는 이쪽에서 들렸다가 저쪽에서 들렸다가 하는 것이 종잡을 수가 없는지라 당삼고는 어느 기인이 나타난 것이라 생각했다. 아까부터 자신의 독연이 산 아래쪽에서 올라오지 못하다 사라진 것도 그러하고 누군가 있다고 생각하고 있던 참이었다.

"어느 고인이신지 당 모가 뵙기를 청하오."

"고인은 무슨 얼어죽을…… 그저 지나가던 땡초이지."

그 말과 함께 숲 안쪽에서 뚱뚱한 인영 하나가 나타났다. 쓰러진 유천복의 눈에도 노인의 모습이 들어왔다. 바로 팽소연과 산 아래에서 마주쳤던 노인이었다.

'팽 소저는……?'

당삼고는 갑자기 나타난 노인의 행색이 어쩐지 평범하지 않다고 생각하고 있었다.

'맨발에 철 지팡이와 호로병이라…… 어디선가…….'

의기양양하던 당삼고의 얼굴이 갑자기 흙빛으로 변했다.

그는 이 노인이 누군지 알고 있었다. 또한 그가 산 아래쪽에 펼쳐 놓은 천망독연이 왜 쓸모없어졌는지도 알 수 있었다.

그는 최대한 정중하게 예를 갖추었으나 목소리에는 은근히 공력을 실어 노인에게 말했다. 선배의 예를 갖추었으니 자신의 일을 방해하지 말라는 무언의 압력이 들어 있는 목소리였다.

"선배님께서는 이 당 모의 일에 어떠한 고견이 있어서 찾아오신 것인지요?"

당삼고는 성품이 오만하여 당대에 그를 이길 수 있는 자가 드물 것이라 자신하고 있었다. 그런 그가 노인에게 이토록 공손히 대하는 것은 바로 이 노인이 소림신승이라 일컬어지는 무애(無涯) 대사였기 때문이다.

무애 대사는 근 백 년 이래 소림이 배출한 최고의 고수라 일컬어지는 자였다. 나이를 가늠할 수는 없으나 이미 백 세를 훌쩍 넘겼다고 알려져 있었으며 참견하기 좋아하는 성격이라 소림에 크고 작은 골칫거리를 안겨주기도 했다.

이십여 년 전 당삼고가 강남오괴와의 싸움에서 커다란 손실을 본 것이 바로 지나가던 무애 대사가 참견을 하여 그리된 것이니, 당삼고의 이러한 행동에는 까닭이 있다 할 수 있었다. 더구나 지금 그의 상태가 본신의 힘을 다 쏟기에는 부족한 면이 없지 않은지라 될 수 있는 한 조용히 무애 대사를 보내려 하였다.

"켈켈켈! 내가 무슨 고견이랄 것이 있겠나? 단지 내가 보니 자네가 이 사람들을 좀 핍박하는 듯이 보여서 말일세. 내가 전에도 자네에게 말하지 않았던가? 그 누구였던가? 강남의 오괴인가 하는 아이들이었지 아마? 자고로 사람은 사람을 아낄 줄 알아야 하는 법이지. 그래야 부처님이 좋아하신다네."

당삼고가 들어보니 오늘 이 일에 반드시 참견을 하겠다는 뜻인지라 난감하여 얼굴이 붉으락푸르락하였다.

오산은 당삼고가 조그만 노인에게 쩔쩔매는 것을 보고 의아하게 생각했다. 그는 눈치가 빠른지라 이 노인과 당삼고 사이에 어떤 곡절이 있으리라 여기고 일의 추이를 살펴보기로 하였다. 그러나 혈기왕성한 화산파의 젊은 사람들은 아직도 그런 눈치가 없었다.

특히 서추량은 자신이 보기에는 그저 평범한 노인인 듯싶은데 당삼고가 너무 노인을 정중히 대한다고 생각하였다. 그는 이참에 설지란

앞에서 자신의 늠름함을 보여주고 싶었다.

"노인양반, 지나가던 길이나 지나가시오. 쓸데없이 참견하여 얼마 남지 않은 목숨 재촉하지 마시구려."

서추량의 어이없는 호기에 놀란 것은 당삼고였다. 그는 무애 대사를 잘 달래어 그냥 돌아가게 할 요량이었는데 이 어린것이 일을 망치는구나 싶어 화가 솟구쳤다. 당장에 손을 들어 서추량의 뺨을 후려쳤다. 대번에 쓰고 있던 흑립이 날아가며 시뻘게진 얼굴이 드러났다.

오산은 아뿔싸 하였다. 이제 얼굴이 드러났으니 자신들이 화산파라는 것이 알려진 것이다.

서추량은 난데없이 당삼고의 일격에 눈앞에 불똥이 번쩍 하였다. 그는 시뻘겋게 부어오른 뺨을 만지며 당삼고를 눈이 찢어져라 노려보았다. 서추량은 지금까지 칭찬과 기대를 한 몸에 받아왔다. 오늘 이처럼 치욕을 당하니 분한 마음에 당장에 당삼고를 쳐 죽이고 싶었다.

그러나 그가 아무리 화가 난다 하더라도 당삼고와 자신의 실력이 하늘과 땅만큼 차이가 난다는 것을 지금껏 눈으로 확인하지 않았던가? 더구나 지금 당삼고가 공력을 돋우지 않았기에 망정이지 그렇지 않았다면 오늘 이 자리에서 서추량의 한 목숨이 스러질 뻔하였다. 그렇게 생각하자 오히려 화가 사그라들었다. 서추량은 몸을 낮추어 읍을 하며 당삼고에게 말했다.

"목숨을 살려주신 은혜 감사합니다. 그런데 선배님께서는 어찌하여 저런 일개 노인네의 망령됨을 보고만 계시는지 후배는 도무지 알 수가 없습니다. 대체 저자가 누구인지요?"

당삼고는 한심하다는 듯이 서추량을 보았다.

"흥! 멍청한 놈 같으니…… 너는 네 아비에게 소림신승의 이야기도 듣지 못하였단 말이냐?”

당삼고의 말에 서추량뿐만 아니라 주변에 있던 사람들은 아연실색하였다. 어찌 사람들이 그 이름을 모른다 하겠는가?

서추량은 안색이 창백해져서 다시금 나타난 노인을 천천히 살펴보았다. 녹슨 철 지팡이에 호로병, 머리에는 구리 동곳이라……

서추량은 갑자기 모골이 송연해졌다. 저 차림새는 아버지에게 듣던 대로 무애 대사의 차림새와 같았다. 그렇다면 저 노인네가 바로 소림 신승이란 말인가? 서추량은 자신도 모르게 바닥에 무릎을 털썩 꿇었다. 등으로 식은땀이 흘러내렸다.

“무애 대사님! 이 어린것이 아직 세상 물정을 모르고, 눈은 있으나 우매하기로 치면 마소와 진배없습니다. 오늘 고인을 알아보지 못하고 함부로 주둥이를 놀렸으니 용서하여 주십시오.”

한마디도 하지 못하고 엎드려 있는 서추량을 대신하여 오산이 앞으로 나서며 무애 대사에게 용서를 구한다. 그도 이미 흑립을 벗은 상태였다. 일이 이 지경이 되었으니 먼저 선수를 치는 것이다.

사람들은 무애 대사의 무공이 아무리 뛰어나다지만 그래도 명문정파인 화산파가 이처럼 비굴하게 몸을 숙이는 것을 보고 코웃음을 쳤다.

“화산파는 이제 보니 억지 쓰는 것과 아첨하는 것으로 그 자리를 지켜오고 있었군. 참으로 고명한 한 수지 뭐야. 내 오늘 이 자리를 벗어나면 무슨 일이 있더라도 그 수법을 배워야겠다.”

그때까지 조용하던 마유가 조소를 머금으며 한마디 하자 오산의 얼굴이 흙빛이 되었다.

“하하. 내 평생 그와 같은 수는 듣기만 하였지 본 적이 없었거늘 오늘 안목을 크게 넓히는군. 마 형 말대로 이 포가도 그 한 수를 배워야겠어."

포태화가 덩달아 뒤를 이었다. 오산은 당장에 저 두 놈을 쳐 죽이고 싶었으나 감히 뜻대로 하지는 못하였다.

무애 대사가 껄껄 웃으며 손을 내저었다.

오산은 서추량을 일으켜 세워 황급히 뒤로 물러났다.

"선배님께서는 그냥 모른 체 지나가 주시기를 후배가 간청드리겠습니다."

당삼고는 무애 대사와 쓰러져 있는 유천복을 번갈아 보았다.

유천복은 한눈에도 시체와 다름없어 보였다. 무애 대사는 잠시 유천복을 보며 혀를 끌끌 찼다.

"쯧쯧, 젊은 놈이 많이 상했군. 그나저나 내가 뭘 어쨌다고 그러나. 난 단지 자네가 선행을 쌓는다는 걸 아시면 부처님께서 앞으로는 자네를 다시 보실 거라고 말해주려는 것뿐일세."

마지막에 무애 대사의 목소리가 미묘하게 떨렸으나 아무도 눈치 채는 자가 없었다.

"끝내 물러서지 않으시겠다면……."

"그럼 어쩔 텐가?"

무애 대사의 말에 당삼고의 눈초리가 매서워지며 한동안 정적이 흘렀다.

일촉즉발의 상황이었다.

그러나 사람들이 은근히 기대하였던 일은 벌어지지 않았다.

"선배님께서 저들에게 한 손을 보태시어 이 사람과 반드시 얼굴을 붉히시겠다면 오늘은 그냥 돌아가겠습니다. 그러나 저들의 목숨이 당모의 손에 있으니 그것만은 선배님도 어찌시지 못할 것입니다. 저들에게 독이 발작할 때까지 사흘의 시간을 주었습니다. 그때까지 기다리지 요."

당삼고는 한동안 무애 대사를 노려보더니 순식간에 산 아래쪽으로 신형을 날렸다. 뒤에 남은 화산파 사람들도 저마다 허리를 구부린 채 엉거주춤 그 자리를 떠났다.

남은 봉호문의 사람들은 무애 대사에게 감사의 뜻을 나타내며 저마다 큰절을 하였다.

"대사님께서 저희 봉호문에 이처럼 크나큰 은혜를 베풀어주셨으니 저희들이 어떻게 감사를 드려야 할지 모르겠습니다."

팽총이 대표로 무애 대사를 맞이하였다.

"호호호…… 문주님! 아버지! 저예요."

갑자기 들려온 맑은 웃음소리에 사람들은 고개를 들었다.

그러자 눈앞에 있던 무애 대사의 모습이 어느 틈엔지 팽소연의 모습 으로 바뀌어 있지 않은가? 그녀는 가슴팍에서 옷가지 뭉치를 꺼내어 앞에 내던지며 얼굴을 손으로 몇 번 비비자 예의 그 동그란 눈이 나타 났다.

"아니, 네가 어떻게?!"

사람들은 너무 놀라 할 말을 잃었다.

"아니, 문주님을 저대로 내버려 두시다니 다들 뭐 하시는 거예요?"

팽소연은 금방 닭똥 같은 눈물을 흘리며 유천복에게로 달려가 그의 머리를 받쳐 들었다. 그런데 유천복의 몸은 선혈로 얼룩지긴 하였으나 상처 하나 없이 말짱하지 않은가?

이게 어찌 된 일일까?

무지자조차도 어찌 된 일인지 알 수 없었다.

─이놈이 팔이 펑 소리를 내며 터지는 것을 내가 분명 보았는데? 허허, 이상한 노릇이다. 정말 이상해.

유천복은 팔과 다리의 근육과 혈관이 무리한 내공의 운용으로 모두 파열되어 서 있을 수도 없는 지경이었다. 사람들은 분명히 유천복의 팔이 터져 허연 뼈가 드러난 것을 보았었다. 그런데 지금은 언제 그런 일이 있었는가 싶게 말짱하니 정말 귀신이 곡할 노릇이었다.

"문주님은 보통 사람이 아닐 거요. 신선이 하강한 것이 틀림없다구요."

포태화가 두려운 표정으로 중얼거렸다.

전룡은 그 말을 믿을 수는 없었으나 유천복이 죽음의 기로에서 다시 멀쩡히 되살아나는 것을 보니 믿지 않을 수도 없었다. 그는 유천복이 먹었다는 복령 때문일 것이라 어렴풋하게 짐작할 뿐이었다.

복령은 죽어가는 사람도 살릴 수 있는 것이라 하지 않던가?

"포 형의 말이 맞소. 돌아오신 문주님은 그야말로 신통한 능력을 지니신 것이 틀림없는 듯하오."

전룡의 말에 팽소연은 방성대곡을 멈추고 복사꽃 같은 미소를 띠었다.

"견 숙부님, 만금전장에 정말 기쁜 소식이 있어요."

팽소연은 평상시보다 훨씬 더 땀을 많이 흘리고 있는 견위강을 보며 천수당과 무룡천에서의 일을 간단하게 말하였다. 그녀가 밝게 웃으며 말을 시작하자 모두들 이야기에 흠뻑 빠져들었다. 공수의 이야기에서는 저마다 신기해하였고 보물의 이야기에서는 견위강이 유독 희희낙락하였다.

"혹시 수옥에 있다는 장보도는 그 귀수신투의 보물을 말하는 것인지도 모르겠구나."

전룡이 웃으며 팽소연의 머리를 쓰다듬었다. 평소 전룡을 잘 따르던 팽소연은 그의 마음을 이미 아는지라 그 대목에서는 특히 전룡에게 상세히 말해 주었다. 모두들 문주의 육신을 되찾을 방법을 생각하고 있었다. 팽총은 딸이 너무 위험한 행동을 하였다며 나무랐다.

"한데 어떻게 해서 무애 대사 흉내를 낼 생각을 한 거냐? 당삼고가 무애 대사를 꺼려하는 줄 네가 어찌 알고?"

전룡이 웃으며 팽소연에게 말하였다. 모두들 팽소연이 어떻게 무애 대사를 흉내 낼 생각을 하였는지 궁금해하였다. 또한 한 번도 무애 대사를 본 적 없는 팽소연이 어떻게 당삼고를 속여 넘길 수 있었는지도 놀라워했다.

그때 사람들의 뒤에서 부스럭거리는 소리가 들려왔다. 일제히 뒤를 돌아다보자 바지춤을 추스르며 한 노인이 걸어나오는데 그 차림새가 팽소연과 똑같은지라 모두들 두 사람을 번갈아 쳐다보았다.

"에이! 뱃속의 회충들이 한 바가지는 쏟아져 나왔을 게야. 내 앞으로는 절대로 모봉차를 마시지 않을 테다."

"그게 왜 제가 드린 모봉차 때문이에요? 더운 날씨에 차가운 모봉차를 그렇게 많이 드시니 그런 거지. 게다가 황산의 모봉차는 노인네들 기력 회복에 좋은 차라구요. 참! 대사님의 철 지팡이와 호로병은 너무 무거우니 이제 돌려 드릴게요."

팽소연이 나는 듯이 다가가 철 지팡이와 호로병을 정성스럽게 노인에게 건네주었다. 나타난 노인은 팽소연의 차림새를 보자 이내 너털웃음을 터뜨렸다.

"내가 숲 속에서 볼일을 보느라 그 지팡이와 호로병을 잃어버렸는데 이제 보니 네년을 따라갔던 게로군. 이 녀석들! 내 그토록 여색을 가까이 하면 안 된다 했거늘. 헐헐……."

무애 대사는 지팡이와 호로병에게 한 번씩 호통을 쳤다. 사람들은 어찌 된 일인지 몰라 저마다 서로를 쳐다보았다.

팽소연은 유천복과 황산의 초입에서 무애 대사를 만난 일, 무애 대사가 독연을 없애느라 기진하여 자신의 지팡이와 호로병을 팽소연에게 주고 당삼고를 상대케 한 일 등을 소상히 말했다.

"호호! 당삼고가 워낙에 무애 대사를 두려워하였기에 망정이지 손속이라도 겨루어보고자 하였다면 당장에 들통이 났을 거예요."

"어린 계집애가 간도 크지. 감히 누구를 사칭하였다고? 네년이 이미 나를 알아보고 음식을 대접하였던 것이로군."

무애 대사가 떨떠름한 듯이 말하자 팽소연이 황급히 애교를 부린다.

"전부 전 숙부님의 가르침 덕이에요. 저 지팡이와 호로병을 보자마자 바로 누구라는 걸 알겠더라구요."

"정말 깜찍한 계집애라니까."

"정말이에요. 아무도 눈치 채는 사람이 없었잖아요. 당삼고조차도."

육신단주들은 팽소연의 대담함을 칭찬하였다.

"히히히. 우리가 정말 질녀 하나는 잘 두었군. 그 아비보다 백 배는 나은 것 같소. 아니, 천 배 만 배는 더 똑똑하지. 그건 아마 돌아가신 형수님을 닮아서겠지. 우리 만금전장에서 회계나 보면 좋겠구나."

견위강이 희희낙락하여 말하자 모두들 고개를 끄덕였다. 당삼고의 말은 잠시 잊어버리고 다들 안으로 들어가 즐거움에 술잔을 기울였다.

마침내 정신을 차린 유천복은 팽총과 무애 대사의 앞으로 나가 감사의 인사를 올렸다.

　잠시 후, 사람들은 대청에 모여 앞으로의 일을 의논하였다. 먼저 무애 대사가 이곳까지 찾아오게 된 연유를 설명하였다.

　"내가 어린 계집애 꾀에 넘어간 게지. 그래도 그 당가 놈은 내가 꽤나 무서웠던 게야. 헐헐헐."

　무애 대사는 가래가 목에 걸린 듯이 웃어대었다. 그는 자신의 이름 석 자에 당삼고가 줄행랑을 친 것이 생각만 해도 기분 좋은 듯했다.

　"내가 가고 나서 다시 당가가 오면 어쩌려나? 내가 뭐 한가한 사람도 아니니 언제까지 이곳에 있어 당가 놈을 막아줄 수도 없고…… 자네들도 죽을 채비를 해야지. 헐헐."

　그 말을 하면서도 무애 대사는 무엇이 그리 좋은지 헐헐거리며 웃고 있었다. 은근히 봉호문의 위기를 즐거워하는 태도였다.

　유천복은 이 노인의 말이 참으로 고약하다는 생각이 들었다. 다들 안색이 침통해졌다.

　"그것은 대사님 말씀이 옳습니다만 저희들은 독연에 중독되어 어차피 며칠밖에 살 수가 없습니다. 차라리 오랜 터전인 이곳을 지키다 죽는 것이 더 나을 듯싶습니다. 또한 문주님께서 돌아오셨으니 저희들의 원을 풀어주시겠지요."

　전룡이 비분강개한 어조로 유천복을 뚫어져라 쳐다보았다. 유천복은 전룡의 시선에 몸둘 바를 모르고 안절부절못하였다. 사실 사람들이 애써서 그 일을 말하려 하지 않는 것은 유천복과 팽소연의 심기를 염려해서였다. 그런데 지금 전룡이 말을 꺼내고 보니 팽소연의 볼에 금세 눈물이 또르르 굴러 떨어진다. 그녀는 흐느끼며 아버지 품으로 안겨들었다.

　"아버지, 걱정 마세요. 흑흑……. 제가 무슨 수를 써서라도 독왕에게서 해독약를 뺏어오고야 말겠어요. 문주님! 우리 당장 가요!”

팽소연이 벌떡 일어서더니 눈물 젖은 얼굴을 훔치며 유천복을 쳐다보았다. 아무 생각 없이 두 사람을 보고 있던 유천복이 눈을 크게 떴다.

“엣? 어디를요?”

“지금 당장 산을 내려가자구요. 당삼고가 어차피 사흘이라 하였으니 그다지 멀리 있지는 않을 거예요. 아마 익연정에 있을지도 모르죠. 그가 방심한 틈을 타서 밥그릇에 수작을 부리면 천하의 독왕이라도 눈치채지 못할 거예요.”

“그런데 나도 같이 가자구요?”

유천복이 낯빛을 바꾸며 말하자 팽소연의 아미가 하늘로 치켜 올라갔다.

“그럼 나 혼자 가란 말인가요?”

팽소연의 목소리가 앙칼지게 울려 퍼졌다.

“아, 아니요. 나도 가요. 나도 갈 생각이었어요.”

한편 무지자는 어쩐지 육신단주들이 너무 쉽게 중독이 되었다고 생각하고 있었다. 유천복이 공격을 멈추자마자 육신단주들도 동시에 공격에 힘을 잃고 중독되고 만 것이다.

전룡의 얼굴에 떠오른 묘한 기색이 그런 그의 생각을 더욱 부채질하였다.

봉호문의 사람들은 유천복에게 수옥이 없다는 것을 이미 알고 있었다. 그러나 문주의 신물로만 여겼던 수옥에 그런 비밀이 숨겨져 있다는 것을 안 이상 필사적으로 수옥을 되찾으려 할 것이다. 혹시 일부러 중독된 것이 아닐까? 목숨을 담보로 하여 수옥을 찾고자 했다면?

무지자는 단편적이나마 하나둘씩 기억이 돌아오고 있었다. 자신이 알고 있는 무공이 여환무단신공이라는 것은 알았지만 봉호문주라는 기억은 없었다.

유천복을 만나기 전의 기억은 안개 속인 듯 뿌옇기만 했다. 유천복이 수옥을 손에 들고 수옥 안에 써 있는 글자를 읽어 내려가던 일이 떠올랐다. 그리고 나서 자신은 유천복의 몸으로 들어왔다. 그것은 일종의 주문이 아니었을까? 그렇다면 그 주문을 거꾸로 외우면 돌아갈 수도 있지 않을까?

유천복은 머리가 지끈거렸다. 온몸의 고통이 되살아나는 것만 같아 몸서리가 쳐졌다. 그는 이 모든 일을 잊고 집으로 돌아가고 싶은 생각뿐이었다.

대체 가짜 수옥은 누가 만들어낸 것일까? 그로 인해 벌써 많은 사람들이 목숨을 잃었다.

이러다 만일 아삼이 가져간 수옥이 정말 나타난다면 중원 전체가 어떤 모양일지는 멍청한 그라도 어렵지 않게 상상할 수 있었다. 아삼은 지금 어디에 있는 걸까? 수옥은 어떻게 되었을까?

모든 것이 의문투성이였다.

팽소연은 계속해서 산을 내려가자고 졸라대었다.

유천복은 자신이 봉호문 사람들에 대해 어떤 책임을 지고 있는가 생각해 보았다. 이들은 무지자와 자신을 동일시하고 있었다. 그의 어깨는 마치 누가 내리누르기라도 하는 것처럼 아래로 축 쳐졌다.

"이럴 줄 알았으면 이곳에 오지 않는 건데……."

작은 소리가 유천복의 입에서 흘러나왔으나 너무 작아 무지자 외에는 아무도 들을 수가 없었다.

다들 생각에 빠져 방 안은 한동안 정적에 휩싸였다.

무애 대사가 차를 들어 한 모금 마시다가 사레가 들린 듯 기침을 하였다. 그는 사람들이 자신을 잊고 있다고 생각하자 심술이 났다. 손을 들어 한 번 위로 휘저으니 찻물이 위로 숫구치더니 이내 뿌얀 수증기가 되어 사람들의 얼굴 위로 촉촉이 내려앉았다. 무애 대사의 이 놀라운 신위에 모두들 어안이 벙벙하였으나 무애 대사는 아무렇지도 않은 듯 팽소연을 불렀다.

"에이, 이놈의 차 맛은 정말 고약하구나. 차라리 당가 놈의 독이 더 먹을 만하겠다. 애야, 너 가서 황주라도 한 병 가져오거라. 너희 어린 두 놈이 당가 놈의 독에 녹아내리는 걸 구경하자면 속도 좀 채워두어야 할 텐데……."

팽소연은 감탄한 듯이 무애 대사의 신기를 보다가 그 말에 눈이 찢어질 듯이 노려보았다. 이 노인의 성격이 말로 듣던 것보다 훨씬 괴팍하였다. 더구나 그 자신이 독왕의 독을 스스로 해독한 것이나 지금의 수법으로 보아 봉호문 사람들이 당한 독도 해독할 방법이 있을 텐데 저러고 시침을 떼고 있으니 참으로 얄밉기 그지없었다.

팽소연의 생각이 틀리지 않으니 이 무애 대사의 심성이 정말 그러했다. 노인과 어린아이는 매한가지라고 하였던가. 지금 무애 대사는 사람들이 자신의 무공을 칭찬하여 주며 도움을 요청하기를 은근히 속으로 바라고 있었던 것이다. 나이가 백 살을 훌쩍 넘기고 나니 노망기가 발동한 것이다.

원래 매사에 참견하길 좋아하는 성품인데다 오랜만에 어린 사람들을 만나니 한동안 어울리고 싶어졌다. 그걸 알 리 없는 팽소연은 오히려 치사한 생각이 들어 다시는 무애 대사에게 도움을 청하지 않으리라 다짐하였다. 이 노인네가 도와주고 나서 또 얼마나 잘난 척을 하며 심부름시킬까 하는 생각만으로도 골치가 아파왔다.

그러나 팽소연이 모르고 있는 것이 있었으니, 천망독연의 독기와 혈섬침의 독은 종류부터 매우 달랐다. 당삼고의 천망독연은 무림에 많이 알려져 해독이 가능하였으나 혈섬침은 독왕이 특별히 제조한 독액을 사용해 아무리 무애 대사라 하더라도 섣불리 해독한다고 나설 수 없었다.

"그런데 대체 이 난리가 왜 생긴 거냐?"

무애 대사는 자신의 뜻대로 이들이 도움을 요청하지 않자 무엇이 불만스러운지 입술을 빨고 있다가 말했다. 사람들이 저마다 한마디씩 거들어 한참이 되어서야 이야기가 끝이 났다.

"만년수옥이라고? 헐헐…… 그런 것이 있단 말이지. 불로장생이라구? 그것 때문에 이 난리들이라……."

여운이 남는 무애 대사의 말이 사람들을 불안하게 하였다. 이 늙은이마저도 불로장생하겠다고 나선다면 큰일이었다. 십대고수는 물론 나이를 먹을 대로 먹은 전대의 기인들도 모두 들고 일어설지 알 수 없는 일이었다.

"강호의 소문이란 언제나 부풀려지기 마련이지요. 강호의 대선배이자 소림의 고승이신 대사님께서는 이런 세속의 일에는 관심이 없으실 테지요. 이미 득도를 하셨으니……."

전룡이 재빠르게 한마디 하자 게슴츠레해진 무애 대사의 눈이 조금 커졌다. 그는 전룡이 자신을 치켜세우자 어깨를 폈다.

"그렇지! 소문난 잔치에 먹을 게 없다고 그런 건 당삼고 같은 애들이나 하는 짓이지. 그런데 요새 각 문파마다 실종자가 많은 건 다 그 수옥을 찾으러 다니느라 그런 건가! 그저 무욕함이 가장 빠른 득도의 길이거늘 어찌 중생들은 그런 도리를 모르는가?"

마치 정말 득도한 고승처럼 눈을 지그시 감고 읊조렸다. 그러다 무릎을 탁 치며 소리쳤다.

"그러고 보니 개코늙은이에게 이 얘기를 해주어야겠구나. 그놈이 항상 죽는 걸 무서워했었는데……. 만난 지도 이십 년이나 되었군. 할 일도 없으니 그놈이나 만나러 갈걸. 에잇! 괜히 이리 왔다. 천왕문에 들러 능가 늙은이더러 곡차나 준비하라고 해야지."

전룡의 안색이 일순 변하였다.

무애 대사가 말하는 개코늙은이가 바로 삼우(三友) 중 일 인인 견비왜개(犬鼻矮丐) 이자오(李子敖)를 뜻하기 때문이었다. 삼우란 바로 검황 능소천과 소림신승인 무애 대사, 그리고 개방의 방주인 견비왜개 이자오를 뜻하는 말이었다.

이 세 사람은 저마다 무공의 깊이를 측량하기 어려웠고 더군다나 견비왜개란 늙은이는 그 무공에 대해 알려진 바가 거의 없었다. 능소천을 제외하고 이 두 사람의 성격은 종잡을 수가 없다고 알려져 있었다. 만일 이 두 늙은이가 함께 손을 잡으면 일을 그르친 것이나 다름없었다. 전룡은 끄응 하는 신음 소리를 내며 머리를 손으로 짚었다.

유천복은 무애 대사의 횡설수설을 듣다가 천왕문이라는 말을 듣자 능초영의 화난 얼굴이 떠올랐다. 도비류의 술 취한 모습이 그 위에 겹쳐졌다.

"아! 도 형님!"

저도 모르게 소리를 질렀다. 사람들이 자신을 쳐다보자 유천복은 도비류의 일을 이야기하며 우는 낯이 되었다.

"…그래서 황산에 왔던 건데, 이곳에 혹시 다른 영약은 없을까요?"

"그래, 허… 그놈도 별스럽게 죽을 똥을 싸는군. 흠! 그러고 보니 내가 전에 대환단을 한 알 훔쳐다 어디다 두었더라…… 어디였더라?"

사람들은 대환단이란 말에 모두들 무애 대사를 쳐다보았다.

소림사의 대환단은 실전된 지 오래라 실제로 본 사람이 없었다. 그런 영약이 무애 대사의 입에서 흘러나오자 다들 기대하는 눈치였다. 그러나 정작 유천복은 무애 대사의 뜬금없는 말을 귓등으로 흘렸다. 그의 머리 속은 온통 도비류에 대한 생각뿐이었으니 무애 대사의 말이 귀에 들어올 리 없었다.

"대환단인지 뭔지 그럼 가서 찾아보면 될 거 아니에요. 늙으면 기억력도 형편없어진다더니 그 말이 딱 맞네. 설마 그걸 우리에게 찾아달라는 말씀은 아니겠죠? 우린 지금 급하다구요. 그나저나 정말 큰일 났네. 아얏! 왜 때려요!"

유천복은 무애 대사의 철 지팡이가 지나간 자리를 손으로 만지며 소리를 질렀다.

무애 대사가 얼굴을 붉힌 채 콧김을 흥흥 불며 유천복을 다시 딱딱 소리나게 쥐어박는다.

"이런 버르장머리없는 놈! 뭐가 어쩌구 어째? 에구, 그저 늙으면 죽어야 하는데 내가 뭐 하러 참견을 해서 어린것한테 이런 소리를 듣누. 에이, 버릇없는 놈 같으니라구. 두고 봐라! 다음에 내가 너와 저 작은 계집아이를 만나도 아는 척을 하는지 안 하는지. 흥!"

무애 대사는 정말 서운했던지 마지막 말을 할 때는 벌써 청석교 아래로 나는 듯이 사라지고 있었다. 팽소연이 소리쳐 불렀지만 어느새 그의 몸은 보이질 않았다.

"누가 그럼 찾아줄 줄 알구요! 두고 보자는 사람치고 무서운 사람 없네요!"

유천복이 무애 대사의 등에 대고 큰 소리를 질렀다. 갑자기 쌔액 하는 소리와 함께 작은 물체가 유천복에게로 날아들었다. 사람들이 당황하는 사이 무지자가 왼손으로 그 물체를 잡아채었다. 물컹 하더니 손가락 사이로 따뜻한 것이 흘렀다.

"우엑! 이거 뭐야? 똥이잖아! 저 노인네가 미쳤나!!"

유천복이 기겁을 하며 손을 터는 통에 이리저리 오물이 튀었다.

팽소연은 소리를 지르며 밖으로 뛰쳐나갔고 사람들은 이리저리 피하느라 한바탕 난리가 벌어졌다.

"이 미친 늙은이! 다시 만나기만 해봐라!"

유천복이 길길이 날뛰었다.

사람들은 듣던 대로 무애 대사가 정말 괴팍하고 이상한 노인이라고 생각했다. 그러나 유천복은 노망난 늙은이라고 무애 대사의 이름도 들으려 하지 않다가 대환단이 명약이란 얘기를 듣고서야 아뿔싸 하였다. 발을 동동 구르며 이내 자리에서 일어났다.

"그걸 이제 얘기해 주면 어떻게 해요! 대사님! 대사님! 같이 가요~ 제가 그거 찾아드릴게요. 거기 좀 서세요~"

유천복은 누가 말릴 틈도 없이 쏜살같이 무애 대사가 사라진 쪽으로 달려갔다.

"문주님! 혼자만 가면 어떻게 해요. 아버지, 저도 이만 가볼게요."

팽소연도 화급히 몸을 날리며 말했다.

"경거망동하지 말거라. 네가 가서 뭘 어쩌겠단 말이냐?"

팽총이 쏜살같이 멀어져 가는 팽소연을 향해 소리쳤다.

"이럴 게 아니라 우리 다 같이 갑시다. 다시 한 번 독왕과 붙어보면 될 거 아니오."

포태화는 얼굴을 시뻘겋게 붉히며 숨을 씩씩 몰아쉬었다. 그는 동곤을 들고 유천복의 뒤를 따르려다 힘이 달려 그만 주저앉고 말았다.

"우리는 지금 공력이 흩어져 젓가락도 간신히 들 참인데 어딜 간단 말이냐, 이 미련한 놈아!"

견위강이 다시 포태화를 비웃었다. 포태화는 웬일인지 견위강에게 덤벼들지 않고 꿀 먹은 벙어리처럼 조용했다. 자신이 중독되었다고 생각하자 기운이 빠진 것이다.

"내 걱정들 하지 말라고 하지 않았소. 우리 명이 다들 기니 여기서 죽지는 않을 것이오. 점괘에 생문(生門)이 문주님이라고 나와 있으니 다들 기다리시오. 지금은 어떻게 하면 사라진 수옥을 찾을 수 있을까 생각하는 것이 더 시급하오."

전룡이 가벼운 미소를 지으며 입을 열었다.

"수옥은 아마도 이곳 황산 근처에 있는 것 같소. 가짜 수옥이 출몰한 것은 이미 여러 세력이 수옥을 차지하기 위해 수를 쓰고 있다는 것을 뜻하겠지요. 누군가 이 모든 일을 뒤에서 조종하는 자가 있을 것이오. 소문도 그렇고 소연의 말로도 수옥은 한 쌍이라고 하고, 그렇다면 수옥봉의 수옥과 짝을 이루는 송옥(松玉)도 어딘가 있을 것이오. 수옥의 일은 문주님께 맡겨두고 우리는 모든 힘을 기울여 송옥의 행방을 찾아야 할 것이외다."

사람들은 고개를 끄덕였다. 그제야 얼굴이 밝아진 포태화가 대번에 견위강의 멱살을 틀어쥐었다.

"너 견가 놈아! 어디 내 솜방망이 맛 좀 보거라!"

제13장

계략 計略

소나무와 바위가 조화를 이룬 황산 아랫자락에는 양쪽으로 널따란 차밭이 펼쳐져 있었다. 성하(盛夏)의 무더위를 피해 이른 아침 백포(白布)를 두르고 찻잎을 따는 고부(姑婦)의 손길이 바쁘게 움직였다.

창가에서 그 모습을 지켜보고 있던 회의노인이 있었다.

새벽부터 잠을 이룰 수 없을 정도로 무더웠으나 노인의 안면에는 땀 한 방울 보이지 않는다. 이상한 것은 턱을 매만지는 손이 마치 젊은 여인의 손처럼 주름 하나 없이 매끄럽고 옥수(玉水)에 담근 듯 새하얗다는 것이다.

노인의 얼굴을 보지 않고 손만 본다면 이십 대의 청

년으로 보아도 무방할 것이었다.

"두공(杜公), 나요."

문에서 인기척이 들리자 노인이 돌아섰다.

석문봉과 연화봉에서 오산과 함께하였던 그 노인이었다.

들어온 이는 다름 아닌 당삼고였다.

"어서 오시오. 당 형을 부른 것은 다름이 아니라…… 본인은 이제 본 교로 돌아가야겠소. 봉호문에 수옥이 있다면 벌써 찾았을 것이오."

당삼고는 거만한 표정으로 의자에 걸터앉았다.

"그건 뜻대로 하시구려. 그건 그렇고, 나 또한 할 말이 있소. 이 거래를 다시 해야겠소."

"다시?"

두공의 눈빛이 얼음처럼 차가워졌다.

"무애 그 땡중이 관련되어 있다는 얘기는 하지 않았으니까. 흐흐, 값을 다시 불러야겠소."

"그 정도면 충분하리라 생각하오만. 거기다 수옥만 찾아내면 당문은 당 형의 것이오."

"이제 당문에는 흥미가 없어졌소. 흥! 일이 이 지경이 되고 보니 수옥을 찾더라도 그냥 넘겨줄 수 없게 됐소. 교주에게 그렇게 전하시오."

당삼고는 더 이상 말하지 않겠다는 듯이 일어섰다. 당삼고는 원래 복수를 하기 위해 당문을 요구한 것이었다. 그러나 황산에 올라 많은 사람들이 수옥 때문에 목숨을 거는 것을 보자 욕심이 생겨났다.

수옥으로 불로불사의 몸이 된다면 당문쯤이야 자신 혼자서도 얼마든지 되찾을 수 있을 것이었다.

"당 대협."

자신을 부르는 목소리에 당삼고는 문득 두공의 얼굴을 쳐다보았다.

거기에는 나이에 어울리지 않게 투명하고 맑은 눈동자가 있었다. 새까만 동공 속에는 하얀 점 하나가 박혀 있었다.

두공이 천천히 움직이고 있었다.

당삼고는 두공의 손에 들려진 황금빛 연편(軟鞭)을 볼 수 있었다. 당삼고의 눈앞에서 크게 원을 그리며 휘둘러진 연편은 광채를 뿌리며 당삼고를 그 안에 가두었다.

"금룡편법(金龍鞭法)! 두공, 너는 당문의 사람이었구나!"

당삼고가 이를 갈며 말했다.

지난날 당문의 문주였던 당군명(唐君明)이 당삼고에게 억울한 누명을 씌워 쫓아낼 때 사용한 것이 바로 금룡편(金龍鞭)이었다. 당삼고가 가장 자신있어하는 금룡편으로 당삼고를 제압하여 모멸감을 느끼도록 한 것이다.

당군명과 싸우다 단혼산(斷魂散)에 중독된 몸으로 민강(岷江)의 절벽에서 떨어졌을 때 그는 다짐했었다.

'만일 살아날 수만 있다면 당군명에게 죽음보다 더한 고통을 안겨주리라!'

원래 당삼고는 백부인 당군명을 친부 이상으로 존경하였었다. 적어도 그가 자신이 사랑하는 여자를 가로채기 전까지는……. 한낱 여자 때문에 친조카인 자신을 더러운 누명을 씌워 파문하였던 것이다.

당삼고의 눈이 붉게 물들었다.

문주의 부인으로 격상된 그녀는 당삼고를 쳐다보지도 않았다. 살려달라고 애원하지도 않았다. 다만 경멸의 눈초리로 당삼고를 노려보았을 뿐이었다. 차라리 죽을지언정 명예를 잃을 수는 없다고 했다.

"네놈이 그녀를 빼앗아가지만 않았어도……."

어느새 당삼고는 두공을 당군명으로 착각하고 있었다. 작은 실내는 삽시간에 혈섬침을 비롯한 수십 종의 암기와 유엽비도가 흩뿌려졌다.

그러나 당삼고는 경악했다. 자신이 뿌린 암기가 모두 두공의 금룡편에 의해 무용지물이 되고 있었다.

모든 것이 그때와 너무도 똑같았다. 아무리 애를 써도 당군명의 옷자락 하나 건드릴 수가 없었다. 당문의 비전지기를 익힌 문주와는 처음부터 상대가 되지 않았다.

결국 당삼고는 목숨만을 겨우 건지고 이십 년간이나 숨어 지내야 했다. 만일 당군명이 죽지 않았다면 아무리 삼천교라 해도 그를 불러낼 수 없었을 것이다.

"아직도 넘을 수 없단 말인가? 아직도……."

망연자실한 당삼고가 중얼거리며 멈추어 섰다. 두공은 옷차림 하나도 흐트러지지 않은 자세였다.

비틀거리며 문을 나서는 당삼고의 눈에는 아무것도 들어오지 않았다.

"당 대협의 제안은 듣지 않은 것으로 하겠소. 교주께서 만일 이 사실을 아신다면 이 정도에서 끝나지는 않았을 것이오."

뒤에서 들려온 목소리에 당삼고는 더욱 절망하였다. 그러나 그가 간과한 것이 있었으니, 두공이 서 있는 바닥에는 당삼고가 수십 종의 암기를 발출하였음에도 불구하고 티끌 하나 없이 깨끗하였다.

'어리석은 자…….'

당삼고의 축 늘어진 어깨를 보며 두공이 냉소했다.

당삼고는 오산보다 훨씬 쉽게 환술(幻術)에 걸려들었다.

그만큼 가슴속에 맺힌 한이 크다는 이야기였다.

두공의 환술에 걸린 자들은 모두 자신이 간절히 원하는 것이나 가장 두려워하던 일을 환상으로 보았다.

오산은 처음 강호에 출두하여 자신만만하던 무렵, 곤륜파의 제자와 시비가 붙어 일합에 패한 사실이 항상 마음에 걸렸었다. 석문봉에서 그가 태청검법의 환상을 본 것은 그러한 이유였다.

당삼고는 명문세가의 촉망받는 후예에서 하루아침에 일개 마두로 전락했던 것을 뼈에 사무쳐 했다. 혈족으로 이루어진 당가에 대한 자부심도 남달랐던 그였다. 그것은 파문당한 후에 당씨 성을 버리지 않은 것만 보아도 알 수 있었다. 그는 아직도 당문을 그리워하고 있었으며 한시도 잊어본 적이 없었다.

수옥에 대한 것을 알게 되자 그런 생각은 더욱 강해졌다. 강자존의 원칙으로 문주 자리를 세습하는 당문의 규칙에 따라 수옥의 무공을 배워 당문으로 돌아가려 했던 것이다.

당삼고는 오랫동안 자신의 방에서 나오지 않았다.

*　　　　*　　　　*

유천복과 팽소연은 황산을 내려가다가 바위 뒤에서 한 구의 시체를 발견하였다. 주위에는 썩은 냄새가 진동하였다.

"중독되어 죽은 걸 보니 당삼고 짓이군요. 어서 빨리 내려가요."

팽소연이 코를 막으며 황급히 유천복을 끌고 내려갔다.

유천복은 칠공에서 피를 흘리는 시체의 모습이 어디선가 많이 본 듯하였으나 이내 잊고 말았다.

익연정에 도착하였으나 무애 대사의 모습은 이미 어디에도 보이지 않았다.

"어쩌면 좋소. 무애 대사의 모습이 보이질 않소. 도 형님의 목숨이 달린 중요한 약을 내가 무식하여 놓치고 말았소."

유천복은 안타까운 듯 머리를 긁적거렸다.

"근데 이제 정말 팔은 괜찮아요?"

팽소연은 흰 천이 감겨진 유천복의 팔을 살며시 매만졌다. 유천복은 팽소연의 다정한 태도가 어색하여 팔을 빼었다.

"다 나았소."

—허, 그것참 알다가도 모를 일이구나. 분명히 박살이 났었는데 말이야.

무지자는 유천복의 왼팔이 금방 회복된 것을 신기해하면서도 한편으로는 제 실력을 다 발휘하지 못한 것이 억울한 모양이었다. 계속해서 좀 더 싸웠으면 좋았을 것이라고 아쉬워하였다.

"무지자, 넌 입 다물고 있어! 남이 기절한 틈에 그런 큰일을 저지르다니, 내가 그 일을 듣고 얼마나 놀랐는지 알아? 네가 죽인 사람들이 모두 날 원수로 알 거 아니야! 내가 죽어 지옥에 가게 된다면 그건 모두 너 때문이야."

유천복이 억울하다는 듯이 말했다. 무지자가 수십 명의 사람들을 죽인 것을 듣고 얼마나 놀랐던가! 유천복은 절대로 다시는 기절하지 않겠다고 굳게 다짐하고 있었다.

"두 번 다시 그런 끔찍한 경험은 하지 않을 거야. 얼마나 아팠다구."

유천복이 엄살을 부리며 익연정으로 향하자 팽소연이 또다시 팔을 붙잡았다.

"잠깐만요."

─기다려!

팽소연과 무지자가 동시에 말했다.

"왜?"

유천복은 연신 익연정 쪽을 쳐다보았다.

"지금 저 안에는 독왕이 있을지도 모른다구요."

팽소연이 설명해 주었다.

"참! 그렇지! 그걸 깜빡하였군. 그럼 어떻게 하지요? 빨리 무애 대사를 만나야 하오. 이러다 그 노인이 멀리 가버리면 그때는 어쩌란 말이오."

유천복은 머리를 탁 치며 발을 굴렀다.

"흥! 문주님은 도 형님 생각에 제 아버지나 숙부님들은 까맣게 잊으신 모양이군요."

팽소연의 가시 돋친 말에 유천복은 미안해하며 얼굴을 붉혔다.

"미, 미안하오, 팽 소저. 내 미처 그 생각을 못했다오. 물론 그분들을 구하는 게 더 급선무지요."

유천복은 자신이 왜 팽소연 앞에서는 이처럼 쩔쩔매는지 알 수가 없었다.

능초영이 도비류의 일로 자신을 나무라고 화를 내었을 때도 이처럼 주눅이 들지는 않았었는데 팽소연의 앞에만 서면 웬일인지 기가 죽고 오금이 저렸다. 그녀의 시선을 피해 적당한 나무 그늘을 찾는 척 두리번거렸다.

"저 익연정은 사실 우리 봉호문에서 운영하는 곳이에요. 호호! 황산에 오르는 자들을 살피는 전초 기지인 셈이지요. 우리 저 숲 뒤에 숨었다가 밤이 깊으면 몸을 움직이기로 해요.”

유천복은 숲 안쪽으로 들어가는 팽소연을 따라 어기적거리며 걸음을 옮겼다.

칠월의 낮은 길었다.

팽소연은 유천복과 숲 속에 앉아 날이 어두워지기만을 기다렸다. 조용한 나무 그늘에 숨어 있자니 그만 졸음이 밀려와 유천복은 어느새 꾸벅꾸벅 졸고 있었다.

팽소연은 곯아떨어진 유천복을 유심히 보았다. 어쩐지 묘한 기분이 들었다.

황산의 운해가 유명하다 하지만 그 못지않게 황산의 낙조도 볼 만하였다. 하늘은 불타는 듯이 붉게 물들었고, 그 아름다움은 눈부신 봉황의 황금빛 깃과도 같이 화려했다. 산이란 산마다 부끄러운 새색시처럼 홍조가 어린 후에도 한참을 더 기다린 뒤에야 빛은 칠흑 같은 어둠에 자리를 내주었다.

어디론가 사라졌다가 한참 만에 다시 나타난 팽소연은 잠에서 깬 유천복에게 알록달록한 옷가지를 내밀었다. 유천복이 보니 패왕(覇王:楚의 항우)의 복장인지라 무슨 뜻인지 몰라 팽소연을 올려다보았다. 그녀의 얼굴에 의기양양한 표정이 떠올라 있었다.

“좋은 생각이 떠올랐으니 문주님은 그저 제가 하자는 대로 하세요. 호호! 정말 죽이는 생각이라구요.”

나무 뒤에서 부스럭거리다 나타난 팽소연의 모습은 휘황찬란한 비단옷에 가는 허리를 오색실로 동여맨 우미인(虞美人)의 차림새였다. 거기다 머리에는 꿩의 꼬리털을 꽂고 한 손에는 비파(琵琶)까지 들고 있어 우스꽝스럽기 짝이 없었다.

이미 옷을 갈아입은 유천복과 자신의 얼굴에 하얗게 칠을 하고 떨떠름하게 서 있는 유천복을 끌고 익연정으로 들어갔다.

익연정의 내부에는 삼십여 명의 사람들이 시끌벅적하게 모여 음식과 술을 마시고 있었는데, 가장 안쪽에 당삼고와 매화검 오산의 모습이 보였다.

점소이는 팽소연과 유천복의 모습을 보고 흔히 지나가는 광대로 생각하여 흔쾌히 안으로 들였다. 그렇지 않아도 분위기가 흥흥한데 마침 잘되었다 싶었던 것이다.

팽소연의 손가락이 향비파의 오현(五弦) 위를 새가 날갯짓하듯이 움직였다. 원래는 술대[匙]를 잡고 타야 하지만 급한 마음에 그만 챙기지 못하여 손가락으로 타기 시작하였다.

팽소연은 해하(垓下) 전투에서 패전을 각오한 항우(項羽)의 비가(悲歌)를 걸쭉한 목소리로 부르며 사람들 사이를 지나다녔다.

힘은 산을 뽑고 기운은 세상을 덮었건만
때는 불리하고 말은 가지 않으려 하는구나.
우여! 우여! 너를 어찌하면 좋은가?
力拔山 氣蓋世
時不利 趨不走馬
虞兮虞兮奈若何?

가늘고 하얀 손가락들이 밖으로 내탈 때는 항우의 비장함을, 안으로 들여 탈 때는 패장의 처연함을 느끼게 하였다. 비파 소리는 팽소연의 노랫소리와 더불어 사람들의 심금을 울렸다.

그러나 그 뒤를 따르는 어정쩡한 유천복의 모습은 사람들의 웃음을 자아냈다. 무지자마저도 웃음을 참지 못하고 박장대소를 하였으나 유천복은 팽소연이 절대로 어색한 티를 내면 안 된다고 신신당부를 했던지라 웃는지 우는지 울상인 얼굴이었다. 누구인가 유천복이 들고 있는 대바구니에 구리 동전 몇 개를 던져 주었다.

팽소연은 다시 나풀나풀 춤을 추며 항우의 비가(悲歌)에 화답한 우미인의 노래를 부르고 있었다.

한 나라 군이 이미 땅을 공략했으니
사면에 초나라 노랫소리로다.
대왕의 의기가 다 했으니
천첩이 어찌 살리오.
漢兵己略地 四面楚歌聲
大王義氣盡 賤妾何聊生

비파 소리가 절정에 이르자 사람들은 팽소연의 동작 하나하나에 넋이 나가 있었다. 비파 소리가 활달하면 미소를 지었고 애절하면 눈물을 떨구었다.

객잔 안에는 팽소연의 노랫소리와 비파 가락이 어우러져 숨소리마저도 들리지 않았다.

팽소연의 손이 하늘로 올라가자 사람들의 시선도 일제히 따라갔다.

소매가 주르륵 흘러내리며 옥수에 담근 듯한 손끝에 한 떨기의 꽃이 피었다. 팽소연은 탄식하듯 읊조렸다.

"향기로운 넋은 밤에 칼 빛을 쫓아 날아가니, 푸른 피는 화하여 언덕 위에 풀이 되었구나."

우미인이 죽은 뒤 그녀의 무덤가에 피었다는 우미인초(虞美人草)가 달빛에 이끌려 이리저리 춤을 추었다. 한들거리며 애달프고 적막한 모습의 팽소연의 자태는 보는 이의 가슴을 더욱 저미게 하였다.

이윽고 팽소연이 당삼고가 있는 탁자로 가서 더욱 구성지게 노래를 부르며 우미인초를 들어 탁자 위를 한 번 쓸었다.

유천복은 침을 꿀꺽 삼켰다. 꽃에서 흩날리는 신선폐(神仙廢)의 독 가루가 눈에 선명하게 보이는 듯했다.

독왕 당삼고가 그의 별호대로 용독에 있어 가히 신의 솜씨를 방불케 한다 하나 내공을 펼치기 전에는 중독되었는지 알아차릴 수 없는 산공독이라면 그의 이목을 속일 수 있을지도 모른다는 팽소연의 계산이었다.

더구나 신선폐는 산공독 중에서도 극독에 속하였으니 성공하기만 하면 그와 해독제를 맞바꿀 수 있을 것이다.

그때, 누군가 유천복의 손을 잡아끌었다. 차림새가 남루한 늙은 거지인데 어디서 보았는지 생각나지는 않지만 낯익은 얼굴이었다.

얼굴에 땟국물이 줄줄이 흐르는 그 늙은 거지는 유천복에게 할 말이 있는 듯 그를 문밖으로 이끌었다. 유천복은 팽소연을 보며 어찌할까 망설였으나 거지의 손 힘이 생각보다 세어 끌려 나가고 말았다. 유천복을 보는 팽소연이 얼굴이 일그러지는 듯했다.

"어어! 놓으시오. 왜 이러는 거요? 이 돈을 달라는 거라면…… 여기 있소.”

유천복은 대바구니를 거꾸로 들어 거지의 손에 동전을 몽땅 떨구었다. 늙은 거지의 눈동자가 이채를 발했다.

“유 공자님!”

막 문으로 들어가려던 유천복은 걸음을 멈추었다. 들려온 목소리가 아삼과 비슷했기 때문이다.

유천복이 어찌 아삼의 목소리를 잊을 수 있으랴. 서안에서 제법 오랜 기간 그와 지내온 유천복은 뒤를 휙 돌아다보았다. 누런 이빨을 드러내고 웃고 있는 거지의 모습이 교활해 보였다.

“혹시, 혹시 아삼? 아삼이 맞구나! 죽지 않았구나. 정말 잘되었다, 잘되었어! 나는 아삼이 죽었는 줄 알았지.”

유천복은 아삼의 더러운 손을 잡고 떨듯이 기뻐했다. 그가 죽었다는 소리에 가슴 한쪽이 개운치 않았었는데 이렇듯 살아서 만나고 보니 감개무량하였다.

―수옥!

무지자가 얼른 수옥을 물어보라고 성화였다.

“그동안 잘 지냈지? 그런데 어떻게 난 줄 알았지?”

그러나 천연덕스럽게 안부를 묻는 유천복의 모습은 마치 오랫동안 헤어졌던 친우를 만난 듯 한가하고 여유롭기만 했다. 무지자는 그의 느긋한 태도에 할 말을 잃었다.

“살이 너무 많이 빠져 설마 했는데 목소리를 듣고는 유 공자님이시라는 걸 알았죠. 모습은 변했어도 목소리는 그대로시군요……. 저를 용서해 주세요.”

아삼은 갑자기 넙죽 땅바닥에 엎드려 눈물을 펑펑 쏟았다. 유천복은 원래 아삼을 만나면 반드시 자신도 한 대 패주려 하였으나 그의 몰골이 너무도 비참하여 그만 같이 눈물을 쏟고 말았다.

"괜찮아, 아삼. 우리 사이에 그럴 수도 있지. 어서 일어나. 한데 이 꼴이 다 뭐야?"

유천복은 며칠 전에는 자신도 별반 다를 바 없는 행색이었다는 것을 깨끗이 잊고 아삼을 불쌍히 여길 뿐이었다.

"다 인과응보예요. 제가 그날 수옥을 가져갔으나 재물을 얻을 수는 없었어요. 어찌 된 일인지 가는 곳마다 제 목숨을 노리는 자들이 나타났지요. 다른 이와 옷을 바꿔 입고 천행으로 목숨을 구한 뒤에는 아예 늙은 거지로 분장하고 이곳까지 왔지요. 그때 수옥을 두고 싸우던 자들의 말이 황산에 가서 이 수옥을 돌려주라 하였기에 돌려주려고요. 이건 아마도 마귀에 씌었나 봐요."

"수옥이라고? 그걸 아직도 가지고 있단 말이야?"

유천복이 그제야 소리쳤다.

아삼은 여기저기 찢어지고 구멍이 난 바지를 벗더니 사타구니쯤에서 천을 쭉 찢어내었다. 그러자 천지간에 일시에 환한 빛이 솟구쳤다. 두 사람은 소스라치게 놀라 다시 수옥을 옷에 둘둘 말았다.

"여기다 꿰매 가지고 항상 몸에 지니고 다녔어요. 아무도 이 한 조각의 천에다 그걸 숨겼다고는 생각하지 못하더라구요."

무지자는 어서 빨리 수옥의 글씨를 읽어보라고 재촉하였다. 그에게는 어떤 일보다 중요한 일이었다.

그때 안에서 돌연 비단이 찢어지는 듯한 비명 소리가 들려왔다. 유천복의 얼굴이 사색이 되어 나는 듯이 안으로 들어갔다.

"팽 소저!"

문을 열고 들어가자마자 옆에서 시퍼런 빛이 들어왔다. 미처 생각할 겨를도 없이 한 손으로 상대방의 손목을 잡아 쭉 앞으로 당긴 뒤 다른 손을 구부려 그자의 옆구리를 치자 칼이 유천복이 손에 쥐어졌다. 검을 손에 들고 앞을 바라보자 수십여 명의 사람들 뒤로 당삼고의 모습과 그에게 잡혀 있는 팽소연의 모습이 보였다.

"흐흐흐! 어린것들이 참으로 어리석구나. 노부가 너희들 속임수에 넘어갈 줄 알았더냐. 감히 신선폐 따위로 날 속이려 하다니……."

당삼고가 찻물을 한 입 입에 물어 허공에 훅 내뱉자 빗물처럼 뿌려지는 찻물을 맞고 몇 사람이 소리도 없이 땅으로 뒹굴었다.

옆에 있던 매화검 오산은 당삼고가 자신의 재주를 보이기 위해 아무런 망설임도 없이 부하를 희생시키는 것을 보고는 얼굴을 굳혔다. 이자와 같이 있을 때는 항상 신경을 곤두세우고 긴장을 놓치지 말아야 했다. 절대로 믿지 말고 언제든지 서로의 등에 칼을 꽂을 준비를 하고 있어야 할 것이다. 오산의 눈빛을 화산파 제자들도 알아채고는 은밀히 고개를 끄덕인다.

"팽 소저! 걱정 마시오! 내가 구해주리다!"

유천복은 팽소연의 얼굴이 고통스럽게 일그러지는 것을 보자 앞뒤 따질 겨를이 없었다. 검을 몽둥이처럼 휘두르며 팽소연에게 다가가려 하였다.

당삼고는 유천복이 덤비자 오산을 불렀다.

오산은 당삼고가 턱짓으로 자신을 부리는 것이 못마땅하였다. 더구나 연화봉에서 유천복의 활약을 지켜본지라 내키지 않았으나 별다른 도리가 없었다. 헛기침을 하며 앞으로 나아갔다.

무지자가 보니 당삼고가 오산의 매화검 끝을 가볍게 쥐었다 놓는 폼

이 아무래도 검끝에 독을 발라놓은 듯하여 유천복에게 각별히 당부를 하였다. 그로서는 팽소연이 어떻게 되거나 말거나 한시바삐 수옥을 살펴보고 싶은 마음이 굴뚝같았다. 그러나 미련한 유천복이 그의 말을 들을 턱이 없었으므로 빨리 이들을 물리치는 수밖에 없다고 생각했다.

유천복은 무지자의 말대로 거짓으로 검을 휘둘러 일부러 빈틈을 보였다.

오산이 그런 그를 보니 허점투성이인지라 검을 들어 유천복의 정수리를 내려치려 하였다. 유천복이 재빨리 옆으로 피하자 매화검이 머리 위로 찬바람을 일으키며 지나간다. 오산이 다시 아래서 위로 유천복의 허벅지를 노리고 들어오는지라 유천복이 몸을 구부렸다. 그 반동을 이용해 위로 솟구치며 검을 뛰어넘었다.

오산은 매화검법과 복호권(伏虎拳) 수십 초를 펼쳤으나 그때마다 유천복이 공격을 피해내자 은근히 두려움이 앞섰다.

그러나 황산에서 그가 보았던 것만큼 유천복이 엄청난 신위를 발휘하지는 않는지라 일견 다행이라고 생각하였다. 아직 상처가 다 낫지 않았을 것이라 여겼다. 그렇게 생각하자 기운이 솟았다.

"타핫!"

오산이 크게 소리를 지르며 두 손으로 매화검을 움켜쥔 뒤 가슴을 노리는 듯하다가 왼쪽 옆구리를 향해 찔러 들어갔다. 유천복이 이번에는 나름대로 생각한 바가 있어 그대로 꼿꼿이 서서 오산을 보다가 허리를 살짝 옆으로 트니 매화검이 옆구리 아래로 지나간다.

생각한 대로 무공이 펼쳐지자 유천복은 힘이 나서 매화검을 안으로 휘감아 오산의 맥문을 잡아채었다.

"놓아라!"

오산은 매화검이 유천복의 겨드랑이에 끼인 채 빠지지 않는 데다 자신의 손목마저 유천복에게 잡히자 이를 갈며 검을 더욱 힘주어 빼려했다. 설수근이 이 수법에 걸려 팔이 부러졌다는 것을 상기했다. 그러나 매화검은 그의 독문병기로 만일 유천복에게 빼앗기기라도 한다면 더 이상 강호에서 얼굴을 들고 다니지 못할 터였다.

"놓으라구요? 그럼 놓아드리지요."

유천복이 빙긋 웃으며 검을 약간 느슨하게 하자 오산은 하마터면 그대로 뒤로 나자빠질 뻔하였다. 황급히 두 발을 넓게 벌려 지탱하며 허리를 펴고 다시 앞으로 매화검을 쥔 손을 내밀었다.

유천복은 그 기회를 타서 매화검을 가슴 쪽으로 확 잡아당기며 소리친다.

"놓았는데 왜 안 가져가세요! 싫으시면 제가 다시 가질까요?"

오산은 미처 밀던 힘을 멈추지 못하고 주르륵 끌려왔다. 유천복이 오른손에 든 검을 들어 그의 면전을 스치자 크게 놀랐다. 오산은 오로지 그 검을 피하는 데 열중하여 그만 검을 든 손을 놓치고 균형을 잃은 채 바닥에 큰대 자로 넘어졌다.

유천복은 때를 놓치지 않고 오른발을 들어 발꿈치로 오산의 가슴팍을 밟았다. 이제 유천복이 발끝에 한 번 힘을 주기만 하여도 오산의 갈비뼈가 산산이 조각날 판이었다. 그 모양을 보고 설수근 남매와 서추량이 분분히 뛰어나왔다.

유천복은 처음으로 개운한 기분을 느꼈다. 그동안은 무섭기만 하였는데 화산파 사람들을 혼내주자 한편으로는 재미있다는 생각도 든 것이다. 무지자가 뭐라고 떠드는 소리가 들리자 그대로 따라 하였다.

"나는 원래 화산파의 무공이 대단한 줄로 알고 나를 핍박하는 것을 두려워하였는데 이제 보니 겨우 이 정도였구려. 앞으로는 화산파를 보아도 숨을 필요가 없게 되었으니 정말 잘된 일 아니오, 서 공자.”

오산은 이를 악물고 땅에서 일어나려 하는데 유천복이 말하는 것이 들렸다.

“개 같은 소리! 너 같은 살인마가 두려운 것이 있겠느냐!”

“다들 움직이지 마시오. 내가 이 검이 얼마나 날카로운지 시험해 보고 싶은 생각이 들지도 모르니까.”

유천복은 무지자가 시키는 대로 말을 하며 검끝으로 오산의 목을 겨누었다. 오산이 보니 자신의 검끝이 검푸르게 변하여 있어 한 번만 스쳐도 당삼고가 발라놓은 독에 자신이 화를 당할까 하여 목덜미로 식은 땀이 주르륵 흘렀다.

화산파의 제자들은 혹시나 오산이 유천복의 손에 당할까 봐 덤벼들지 못하고 있었다. 움직인 것은 당삼고였다. 아무 예고도 없이 당삼고의 일장이 날아들자 유천복은 미처 피하지 못하고 그대로 오른손을 들어 막았다. 펑! 하는 소리와 함께 유천복의 신형이 비틀거렸으나 오산을 밟은 발에는 흔들림이 없었다.

‘저놈의 무공을 헤아릴 수가 없구나. 어제는 분명히 시체와 다름이 없었거늘 지금은 또다시 생생하지 않은가? 무애 땡중이 참견한 것으로 보아 혹시 그의 제자가 아닐까?’

당삼고는 유천복을 새삼스러운 듯 보았다. 발 밑에 있는 오산의 얼굴이 고통으로 일그러져 있었다. 당삼고의 공격으로 유천복의 발끝에 힘이 들어가 끝내 갈비뼈가 부러지고 만 것이다. 당삼고는 고통스러운 표정으로 바닥에 누워 있는 오산을 보며 얼굴을 찡그렸다.

“흥! 도대체 정작 쓸모있는 것들은 하나도 없으니…….”

이 말은 화산파 전체를 모욕하는 말이나 진배없었다. 화산파 사람들은 그렇지 않아도 당삼고의 안하무인에 마음이 편치 않았는데 이 말을 듣자 마음속에 분노가 솟구쳤다. 그러나 워낙 당삼고의 독공이 무서운지라 겉으로 드러내지 못하고 속으로만 그를 노려볼 뿐이었다.

"당삼고, 팽 소저를 놓아주시오. 그러면 나도 이 늙은이를 살려주리다. 독왕의 신분으로 어찌 아녀자를 핍박할 수 있단 말이오."

"나는 원래 아녀자를 핍박하는 것을 좋아한다. 그걸 네가 몰랐다면 알게 해줄 수도 있으나 이런 어린 계집애는 여자라 할 수도 없지."

당삼고가 코웃음을 치며 팽소연을 놓았다. 팽소연이 재빨리 유천복에게로 가려는데 목 뒤가 따끔하였다. 자신도 중독된 것을 알고는 한숨을 쉬며 천천히 유천복에게 걸어갔다. 그녀는 유천복의 얼굴을 제대로 쳐다보지 못했다.

"미안해요. 독왕을 속이는 것이 생각처럼 쉽지 않군요. 그는 우리가 들어올 때부터 눈치를 채고 있었던 듯해요."

"괜찮소. 내게 해독약을 구할 방도가 있소."

팽소연이 유천복의 말을 듣고서야 얼굴을 들었다. 유천복은 조금 떨어져 있는 아삼을 불렀다. 팽소연은 봉두난발에 땟국물이 줄줄이 흐르는 그 늙은 거지가 다가오자 옆으로 슬쩍 몸을 피했다. 혹시나 이라도 옮을까 걱정이 되어서였다.

아삼은 팽소연이 자신을 빤히 쳐다보자 얼굴이 그만 화끈거렸다. 당삼고가 의아하게 바라보는 동안 아삼이 옷가지로 둘둘 싸놓은 것을 유천복에게 건네주었다. 유천복이 그 옷 뭉치를 높이 들고 말했다.

"이것이 바로 수옥이오!"

ㅡ미친놈!

무지자가 고함을 질렀다. 그는 마음이 급하였다. 이대로 두 눈 뻔히 뜨고 수옥을 넘겨주다니 말도 안 되는 일이었다. 대번 왼팔을 뻗어 수옥을 낚아채려 하였다. 오른손은 뻗대고 왼손은 움켜쥐려 하니 유천복은 비틀거리며 소리 질렀다.

"무지자! 이따위 수옥 줘버리자구. 사람 목숨보다 중한 게 어디 있어. 이런 보석이 좋으면 집에 가서 내가 얼마든지 줄게. 그리고 저자가 이 수옥을 가져가면 더 이상 싸울 필요도 없는 거잖아."

—이런 멍청이! 그 말도 안 되는 소리 집어치우고 수옥을 이리 내!

유천복은 수옥을 넘겨주고 자신은 더 이상 무림의 일에 관여치 않을 생각이었다. 도비류에게는 미안했으나 사람의 목숨은 누구나 귀중한 것이 아닌가? 당삼고가 가져가면 아무도 수옥을 탐내지 않을 것이다.

무지자는 안달이 났다. 이러다 수옥이 정말 당삼고의 손에 넘어가기라도 한다면 큰일이라고 생각했다. 수옥에 글씨가 있나 보라고 미친 듯이 소리쳤으나 유천복은 들은 체도 하지 않았다.

"과연 네놈이 수옥을 가지고 있었구나. 설마 또 가짜 수옥으로 날 속이려 한다면 이번에야말로 죽지도 살지도 못하게 해주겠다."

당삼고는 생각보다 쉽게 수옥을 얻게 되자 흥분하였다. 몸에 지니고 있는 줄 알았다면 어제 명줄을 끊어버리고 빼앗아올 수도 있었을 것을 너무 몸을 사린 것이 아니었나 싶었다. 그러나 이제라도 수옥을 찾게 되었으니 체면을 세울 수 있게 되었다고 생각했다.

"어서 이리 던지거라."

당삼고는 웃음을 흘리며 공력을 돋우었다. 여차하면 달려들어 그 수옥을 갈취할 참이었다. 한 손을 소매 속에 감추고 유천복에게 물었다.

"한데 네놈 말대로 그 옷 뭉치가 수옥이란 것을 어찌 알겠느냐?"

당삼고의 말에 유천복이 옷가지를 훌훌 벗겨내자 이윽고 눈을 뜰 수 없을 만큼 환한 광채가 실내에 가득 찼다.

여기저기서 탄성의 소리가 새어 나왔다. 탄성이 지나간 자리에 다시 탐욕의 눈빛들이 이글거리며 수옥을 넋 나간 듯이 쳐다보고 있었다. 당삼고가 눈빛을 번들거리며 한달음에 달려올 기세를 보이자 유천복이 수옥을 내던질 듯이 번쩍 치켜들었다.

"거기 서시오! 힘으로 빼앗으려 한다면 내 이 자리에서 수옥을 던져 깨버리고 말 것이오. 나는 해독약과 이 수옥을 바꾸려 하오."

"흐흐! 해독약이라? 만일 해독약이 없다면 어쩔 테냐?"

당삼고는 당장에 유천복을 쳐 죽이고 수옥을 손에 넣으려 하였다. 그러나 아까도 수옥이 깨지는 것을 보며 가슴이 철렁하였다. 혹시나 진짜 수옥을 깨뜨리기라도 하는 날에는 공든 탑이 무너지고 말 것이었다. 일부러 능글맞게 웃으며 말로써 유천복을 안심시키려 하였다.

유천복은 당삼고가 이리저리 왔다 갔다 하며 눈을 어지럽히자 다시 소리를 질렀다.

"해독약을 줄 수 없다면 이 수옥도 줄 수 없소!"

"너에게 과연 그런 능력이 있을까? 이놈! 어서 그 손을 놓거라!"

당삼고의 일갈과 함께 흑립인들이 달려들었다.

유천복은 일이 뜻대로 되어가지 않자 수옥을 품 안에 쑤셔 넣은 뒤 입술을 질끈 깨물었다. 벌벌 떨면서도 검을 들어 달려드는 사람들을 찌르고 베어 나가니 마치 그 모습이 맹수처럼 용맹하였다.

"제기랄."

아삼은 사람들이 일제히 유천복에게 덤벼들자 재빨리 탁자 밑으로 기어들어 갔다. 머리 위에서 탁자가 뒤집어지고 온갖 기물들이 부서지는 듯한 소리가 들렸다. 숨어 있던 탁자마저 뒤집어지자 두 손을 머리 위로 올린 채 엉금엉금 기어 문 뒤로 가 숨었다. 불과 몇 달 전, 사당에서 백궁과 염주행의 싸움을 훔쳐보던 때가 생각났다.

아삼은 자신도 모르게 한숨을 내쉬었다. 그는 자신의 품 안에 있는 서책을 떠올렸다. 염주행의 품에서 나온 비급에는 환영검법(幻影劍法)이라고 쓰여 있었다. 아삼은 겨우 자신의 이름을 쓰고 읽을 줄 아는 정도의 문자를 깨우쳤으니 그 속에 담긴 오묘한 뜻을 알 수가 없었다. 그는 무공이 고강해지려면 반드시 사부가 필요하다는 걸 깨달았다.

요녀를 피해 개방에 들어갔고 종평을 따라 황산까지 왔다. 아삼은 개방 방주의 무공을 배울 수 있지 않을까 생각하여 비급을 종평에게 보여주었다.

그러나 종평은 내용을 알려주기는커녕 오히려 비급을 가로챘었다. 게다가 황산에 올라서는 유천복의 무공을 보자 크게 두려워하며 얼른 그 자리를 피하기에 급급하였다.

"으휴, 내 저런 것들과 어울려 손에 피를 묻히기 싫구나. 우리 개방은 저런 피비린내 나는 싸움에 끼어들 필요가 없으니 이만 돌아가는 것이 좋겠다. 장로들께는 내가 잘 말씀드리마."

아삼은 종평의 말에 분노가 솟구쳤다. 해서 황산을 내려오는 길에 금관사를 이용해 종평을 죽여 버렸다.

불과 헤어진 지 몇 달도 되지 않았다. 자신이 죽을 고비를 넘기는 동안 유천복은 만금을 들여 무공이 고강한 사부를 구한 것이리라. 닭 모가지 하나 비틀 힘도 없던 유천복이 지금 삼십여 명의 사람들을 대적하고 있었다.

자신은 아직도 거지였으나 유천복은 이미 고수가 되어 있었다.

아삼은 주먹이 으스러져라 꽉 움켜쥐었다. 그의 눈빛이 시기와 질투로 흐려지며 유천복에 대한 분노가 치밀어 올랐다.

'어째서 네놈은 내가 원하는 걸 항상 가지고 있는 것이냐?'

이빨이 뿌드득 소리를 내었다. 그는 유천복과 팽소연이 내려오는 것을 보고 미리 당삼고에게 알려 방비토록 하였다. 수옥에 대한 것은 말할 수 없었다. 그랬다가는 뼈도 추리지 못할 것이 분명하였다. 그는 자신이 언제까지 수옥을 지킬 수 있을지 자신이 없었다. 이러다 어느 순간에 쥐도 새도 모르게 죽는 것이 아닌가 두려워졌다. 그럴 바에는 수옥을 유천복에게 주어 그를 표적이 되게 하는 것이 좋을 것 같았다.

"저 멍청이 공자가 저렇게 쉽게 수옥을 내줄 줄은 몰랐지."

아삼은 날렵하게 움직이는 팽소연의 모습을 눈으로 쫓았다. 아까 그녀가 비파를 타며 춤을 출 때에도 가슴이 두근거리던 아삼이었다. 지금껏 보아온 여자들 중에서 팽소연처럼 아름답고 신비로운 여자는 없었다. 그의 눈에는 팽소연이 천계에서 내려온 선녀처럼 보였다.

자신의 초라한 행색을 물끄러미 내려다보았다. 지금 유천복과 팽소연의 모습은 그로서는 도저히 다가갈 수 없는 곳에 있는 사람들이었다. 그는 문 뒤에 쥐새끼처럼 숨어 있는 자신의 모습을 더 이상 참지 못하였다.

'아삼, 너는 쥐새끼야. 저걸 봐. 저놈은 너보다 멍청한데도 항상 너보다 앞서 있구나. 너는 평생 유천복을 이길 수 없을 거야. 유천복이 모든 것을 차지한 후에도 너는 여전히 거지로 남아 있겠지.'

마침내 아삼은 소리를 지르며 미친 사람처럼 밖으로 뛰어나갔다. 어둠 속으로 사라지는 그의 모습에 관심을 두는 이는 아무도 없었다.

무지자는 답답하였다. 유천복은 안간힘을 쓰며 기절하지 않으려 애쓰고 있었다.

─차라리 기절을 하라구! 멍청아, 내 말 안 들려! 기절해!

"싫…… 어."

유천복의 한쪽 눈은 핏물이 흘러 이미 보이지 않았다. 십여 명의 흑립인들이 검을 겨누고 있었다. 바닥에 쓰러져 있는 자들은 바로 자신이 벤 것이었다. 무지자가 아닌 자신의 의지대로 사람을 찔렀던 것이다.

유천복은 어려서 유가장의 하인인 장팔(張八)이 장작 패는 걸 구경하다가 자신도 해보겠다고 조르던 일이 떠올랐다. 처음에는 엉뚱한 곳에 도끼를 내려쳤으나 몇 번 해보자 그 요령을 깨달아 제법 훌륭하게 장작을 패었었다. 지금도 그랬다. 처음에는 허공을 가르던 손이 어느새 정확하게 장작을 반으로 쪼개고 있었다.

주변에 즐비한 시체들을 아무런 감흥 없이 바라보는 유천복의 눈은 그저 패어진 장작을 보고 있는 듯했다. 머리 속이 멍하니 아무런 생각도 나질 않았다.

유천복의 왼쪽 어깨와 허벅지는 일검을 맞아 온몸에 선혈이 낭자하였다. 그는 온몸이 불에 활활 타는 듯한 통증으로 신음을 흘렸다. 어깨의 상처는 뼈가 드러나 보일 정도로 깊었으며 허벅지에서도 계속해서 피가 솟구치고 있었다.

유천복은 마침내 한쪽 무릎을 꿇고 검을 바닥에 꽂아 쓰러지려는 몸을 지탱하였다.

"피가 이렇게 많이…… 무지자! 난 아픈 게 싫은데…… 쉬고 싶어."

유천복은 때가 줄줄이 낀 시커먼 나무 바닥이 흐릿하게 눈앞으로 일어서는 것을 보고 있었다. 머리카락이 흐트러지고 여기저기 상처 입은 창백한 모습의 팽소연이 보였다. 이제는 여우처럼 보이지도 않았다.

팽소연은 흐트러진 머리카락을 쓸어 올리며 잠시 숨을 돌렸다. 장내가 일순간 조용해졌다. 삼십여 명이던 당삼고의 수하들은 이제 십수 명밖에 남지 않았으나 유천복과 팽소연은 이미 지칠 대로 지쳐 있었다.

적들은 이제 두 사람을 에워싸고는 서서히 포위망을 좁혀왔다. 그때 옆에서 쿵 하는 소리가 들리더니 유천복의 몸이 바닥으로 쓰러졌다. 그러나 유천복은 끝내 한 가닥 의식의 끈을 놓지 않고 있었다.

기절했다가 깨어나면 또다시 온몸이 찢겨져 고통스러울까 봐 공포스러웠던 것이다.

―그래, 차라리 그렇게 죽어라, 죽어. 혹시 또 아냐, 네가 죽으면 이 몸이 내 것이 될지.

유천복은 무지자의 말에 정말 그렇게 되면 어쩌나 걱정이 되었다. 남은 힘을 쥐어짜 내려 하였으나 뜻대로 되질 않았다. 완전히 지쳐서 손가락 하나 움직일 기운조차 남지 않은 듯했다.

"문주님!"

팽소연은 창백한 얼굴로 입술을 깨물었다. 바닥의 피 웅덩이가 서서히 유천복의 몸을 삼키고 있었다. 그녀는 정신을 가다듬었다. 오늘 무슨 일이 있어도 이 사지를 뚫고 유천복을 구하리라 다짐하였다.

"크크…… 제법 오래 버티었구나."

수하들을 제치고 당삼고의 모습이 나타났다. 그는 빙긋이 웃으며 팽소연의 버들같이 낭창거리는 신형을 음흉한 눈길로 쓸어 내렸다. 여기저기 피가 튀고 찢어진 옷 틈새로 백옥같이 뽀얀 속살이 드러나 있었다.

당삼고는 흐뭇한 웃음을 띠며 노골적으로 팽소연의 속살에 눈길을 주고 있었다. 아마도 아까 팽소연이 춤추던 모습을 떠올리는 듯하였다. 그는 문득 자신이 이십여 년이나 홀로 적막하였다는 것에 생각이 미쳤다. 당삼고가 실소를 흘리는 동안 그의 수하들은 더욱 팽소연을 압박하여 들어가고 있었다.

유천복의 품을 뒤져 수옥을 손에 넣은 뒤 당삼고가 말했다.

"사내놈은 명줄을 끊어버리고 계집은 생포하여라. 흠집 내는 놈은 내 손에 죽을 것이다!"

안으로 들어가는 당삼고의 뒷모습을 보며 팽소연의 얼굴은 밀랍처럼 창백해졌다. 그녀는 발을 동동 구르며 당삼고의 부하들이 유천복에게 다가서는 것을 보고 있었다. 아무리 몸부림쳐도 흑립인들에게 꽉 잡혀 옴짝달싹도 할 수 없었다.

"아… 안 돼. 문주님, 제발 정신 차리세요. 흑흑."

당삼고의 부하인 주패는 눈물을 흘리는 팽소연에게 보란 듯이 검봉으로 유천복의 가슴을 쿡쿡 찌르며 말했다.

"계집들은 하나같이 이놈처럼 얼굴이 반반한 사내를 좋아한단 말야. 잘 보거라, 계집. 이놈이 작살에 꽂힌 물고기처럼 변할 테니. 흐흐."

주패의 손이 치켜 올라가자 휘황한 달빛에 검신이 하얗게 빛을 발했다. 이제 저 손이 떨어지기만 하면 유천복의 목숨은 꼼짝없이 구천을 헤맬 판이었다.

팽소연은 차마 보지 못하고 두 눈을 질끈 감았다.

—그래, 네놈 목이 떨어지면 내가 어찌 될지 나도 궁금하다.

무지자는 체념하였다. 유천복의 아둔함이 그 자신을 죽음의 길로 몰아 넣었으니 이제 와서 탓한들 소용없는 짓이었다. 유천복의 의식이 깨어 있는 한 자신이 할 수 있는 일은 아무것도 없었다. 왼팔이라도 움직일 수 있다면 기대할 수 있겠으나 한 줌의 힘도 모아지질 않으니 그 또한 요원한 일인 듯 보였다. 무지자의 속을 아는지 모르는지 무심한 달빛은 유천복의 목을 향해 떨어지고 있었다.

쨍그랑!

"누구냐!"

어디선가 들려온 소리에 팽소연은 살며시 눈을 떴다.

유천복의 살 속에 박혀 있어야 할 검날은 어디선가 날아온 돌멩이에 부딪쳐 한 치쯤 옆으로 비껴나 있었다.

주패는 눈썹을 찌푸리며 돌멩이가 날아온 쪽을 노려보았다.

달빛이 새어 들어오는 창문으로는 간간이 더운 바람이 불어올 뿐 아무런 기척도 없었다.

주패는 창문을 노려보며 다시 한 번 검을 들어 유천복의 목을 내려쳤다. 한데 다시 창문 밖에서 무서운 속도로 날아온 돌멩이가 정확하게 주패의 검날을 옆으로 한 치 정도 옮겨놓았다.

그때 갑자기 밖에서 말이 울부짖는 소리가 들려왔다.

팽소연은 봉호문에서 사람들이 온 것이라 생각하고 소리 질렀다.

"아버지! 숙부님들! 여기예요!"

주패의 부하들은 팽소연을 안으로 끌고 들어갔다.

"웬 놈이냐? 게 섯거라!"

그사이 주패는 일갈을 내지르며 창문으로 몸을 날렸다. 창문이 부서지는 소리가 요란하게 울려 퍼지며 주패의 부하들도 밖으로 뛰쳐나갔다.

뛰쳐나간 그들의 귀로 멀리 사라지는 말발굽 소리가 들려왔다. 그리나 주변은 아무리 샅샅이 둘러보아도 개미 새끼 한 마리 눈에 띄지 않았다.

"어떤 놈이 장난을 치는군."

주패는 고개를 갸웃거리며 안으로 들어섰다. 그 순간 주패의 입에서 헛바람을 들이키는 소리가 들려왔다. 분명 얌전하게 누워 있어야 할 유천복의 모습이 사라진 것이다.

바닥에 흥건히 고인 피 웅덩이는 그대로인데 유천복의 모습은 하늘로 꺼졌는지 땅속으로 꺼졌는지 감쪽같이 사라져 버렸다.

주패는 고함을 지르며 부하들을 닦달하여 주위를 살폈으나 어떠한 흔적도 없었다.

정말 귀신이 곡할 노릇이었다. 누군가 데려갔다면 핏자국이 있어야 하는데…… 정말 하늘로 사라지기라도 하였단 말인가?

주패는 그제야 천장을 올려다보았다. 하얗게 빛나는 점이 보였다. 그리고 천천히 드러나는 한 사람의 모습!

주패가 점으로 보았던 것이 검끝이라는 것을 느낀 순간, 자신의 미간에서 숙 하는 소리가 들려왔다.

유천복의 목을 베려 할 때 상상하던 바로 그 소리였다. 쓰러진 주패의 눈에 영문도 모른 채 바닥에 누워 있는 낯익은 부하들의 얼굴이 눈에 들어왔다.

제14장

구명

도비류는 해시(亥時)가 조금 지났을 무렵에 익연정에 도착하였다.

천금방에서 유천복 대신 미안해하는 능초영과 수심에 잠긴 의부를 보는 것도 마음이 편치 않았다. 또한 유천복의 전갈을 받은 유가장에서도 연일 사람을 시켜 갖은 약재를 보내오고 있어 잡념이 사그라들 날이 없었다. 이럴 바에야 차라리 자신이 유천복을 도와 영약을 구해 먹는 것이 모든 사람의 마음을 편하게 해줄 것이라 여겨졌다. 유가장의 사람이 유천복이 영약을 구하기 위해 황산으로 가고 있다고 알려주었다.

황산에 도착하니 날이 저물었다.

도비류는 멀리서 객잔의 불빛을 보고 다가갔다. 천천

히 왔다고는 하나 오랜 길을 달려와 말도 사람도 지쳐 있었다. 도비류가 객점의 앞에 거의 다다랐을 때였다. 누군가 객점 문을 와락 열어젖히더니 쏜살같이 튀어나와 산 아래로 뛰어내려 갔다. 안력을 돋우어 보니 행색이 남루한 거지였다. 아마도 동냥을 하다 쫓겨난 모양이었다. 객잔의 안을 들여다보았다.

열린 문 사이로 기세등등한 여러 명의 사람들이 검을 빼 든 채 쓰러진 사람을 가운데 몰아 넣고 핍박하고 있는 모습이 보였다. 여자 하나가 뭐라고 소리치고 있었다.

저잣거리의 무뢰배들이 여자를 놓고 싸움이라도 벌이는가? 그냥 들어가자니 시비가 붙을지도 모르고 잠시 망설이다가 돌아서려는데 돌연 쌔액 하는 소리가 들려왔다.

귓전에 찬바람을 일으키며 암기 하나가 객잔의 창으로 쏘아져 들어가자 놀란 말이 앞발을 크게 들며 높은 소리로 울어댔다.

그는 크게 놀라 말등에서 단숨에 삼 장이나 뒤로 물러서 내렸다. 고삐가 풀린 말이 순식간에 산속으로 사라졌다.

누군가 자신을 노린 것이라 생각하며 긴장한 그가 소리나는 쪽으로 검을 뽑아 들었다.

숲 사이로 허연 옷차림의 통통한 늙은이 하나가 번쩍 하더니 달리는 말등에 몸을 싣고는 바람같이 사라졌다. 작은 신형 하나가 그 뒤를 번개처럼 따라갔다. 때를 같이하여 창문과 객점 안에서 사람들이 우르르 몰려 나왔다.

도비류는 낭패한 표정을 지었다. 이대로 있다가는 자신이 꼼짝없이 오해를 받게 생겼는지라 한 모금의 진기로 몸을 솟구쳐 지붕으로 올라갔다. 잠시 아래를 내려다보니 쓰러져 있는 자의 모습이 낯설지 않왔다.

"아니, 저 사람은?"

자세히 살펴보니 의제인 유천복이 아닌가! 도비류는 사람들이 들어오기 전에 유천복을 천장 위로 끌어 올렸다. 들어온 자들은 유천복이 없어진 것을 발견하고 놀라는 눈치였다. 그들 중 한 명이 고개를 들어 위를 보려 하였다.

도비류는 천장의 나무 기둥을 발로 휘어 감아 몸을 지탱하고 그대로 그자의 정수리를 향해 검을 겨누었다. 홀연 도비류의 팔만 사천 모공에서 싸늘한 살기가 스며 나와 조용히 검신을 타고 뻗어 나갔다.

시간이 멈춘 듯하였다. 도비류의 검은 빠르고 정확하게 사람들의 목을 소리없이 베어 나갔고, 누구도 비명을 지르지 못하였다. 아마도 주패를 비롯하여 죽은 자들은 자신이 어떻게 죽었는지 도저히 알지 못할 것이다.

"두 번 다시는 내가 아끼는 사람들을 잃고 싶지 않아."

그는 낮게 중얼거리며 사부의 말을 떠올렸다.

"이 세상에서는 약한 것도 죄가 된다. 네가 검을 배우기로 마음먹었다면 오직 강해지기 위해서만 노력해라. 검의 존재 이유는 바로 베는 것이다. 적을 베고 살아남는 것! 강한 자만이 살아남고 살아남아야 소중한 것을 지킬 수 있다."

죽는 것은 두렵지 않았다. 아니, 오히려 살아남은 것이 그에게는 더욱 고통이었다. 지금 유천복의 모습은 마치 그날의 도영과도 같아 보였다.

순간, 처참하게 죽은 도영의 모습이 떠오르자 그는 전신을 내달리는 한기에 몸서리를 쳤다. 의부는 도비류의 상세를 염려하여 도영의 무덤을 알려주지 않았다. 가슴에 맺힌 한을 지워 버리고 평온을 되찾으라는 의도였으리라. 그런 의부를 실망시킬 수 없어 도비류는 한 번도 도영의 일을 묻지 않았다. 그러나 도비류가 도영을 잊은 것은 결코 아니었다. 오히려 시간이 흐를수록 도영의 모습은 선명하게 그의 뇌리에 박혀들었다.

팽소연은 나타난 자가 주패와 흑립인들을 단숨에 해치우자 그의 정체가 궁금해졌다.

그러나 일단은 유천복을 정신 차리게 하는 일이 급선무였다.

도비류가 남아 있던 흑립인들을 해치우는 동안 팽소연은 유천복의 뺨을 후려치고 있었다.

"문주님! 문주님! 정신 차리세요!"

—멍청한 계집! 이놈을 후려쳐서 기절시키란 말야!

무지자가 버럭 소리를 질렀다. 그 순간 팽소연이 움찔했다.

그녀는 자신의 귀에 들린 목소리에 깜짝 놀랐던 것이다.

"기절?"

—뭐야? 너, 내 말이 들리냐? 그럼 시간이 없으니 아무거나 들어서 이놈 뒤통수를 갈겨!

팽소연은 잠시 망설이더니 이내 옆에 있는 의자를 들어 유천복에게 냅다 휘둘렀다.

퍽!

흑립인들을 도륙하고 있던 도비류는 팽소연이 유천복을 해치려는 줄 알고 그녀 쪽으로 뛰어오려 하였다.

"아얏! 팽 소저, 대체 왜 날 때리는 거요?"

유천복이 뒤통수를 만지며 말했다.

―이런, 아예 깨어났잖아.

"문주님! 괜찮으세요?"

팽소연이 눈물을 글썽거리며 유천복을 부축했다. 피를 너무 많이 흘러 탈진했었던 유천복은 팽소연의 한 방에 정신이 번쩍 들었다. 그러나 아직도 다리가 후들거렸다.

"어! 도 형님께서 어떻게……."

그제야 도비류를 본 유천복은 영문도 모른 채 두 사람의 손에 이끌려 익연정을 나왔다.

한바탕 소란이 벌어졌는데도 더 이상 흑립인들의 모습은 보이지 않았고 당삼고와 화산파 사람들도 나오지 않았다.

세 사람은 서둘러 익연정을 빠져나와 황산을 올랐다.

"도비류 대협께서 이상하게 생각하시는 그 늙은이는 아마도 무애 대사일 거예요. 망령난 늙은이가 다 보고 있었으면서 끝까지 도와주지 않았다니…… 다시 만나기만 하면 내 그 수염을 다 뽑아버리고 말 거예요."

뒷말은 팽소연이 혼자만 알아들을 수 있게 작은 소리로 말한 것이었다.

유천복은 도비류를 보자 다시 주눅이 들었다. 수옥도 뺏기고 말았으니 이제는 무애 대사의 대환단을 기대해 보는 수밖에 없었다.

"그나저나 당삼고에게서 해독약을 얻지 못했으니 이 일을 어쩌면 좋아요. 흑."

팽소연의 얼굴에 눈물이 방울져 떨어졌다. 유천복은 더욱더 할 말이 없었다.

갑작스러운 인기척에 놀란 새들이 곤한 잠에서 깨어 어두운 밤하늘을 가르며 날아올랐다.

안력이 뛰어난 도비류는 불빛이 없는 산길을 마치 대낮처럼 막힘없이 걷고 있었다. 유천복은 그간의 일을 도비류에게 말하며 한참을 걷다가 주변의 경관이 낯익은 것을 느꼈다. 앞의 커다란 바위를 보니 소취란과 소양을 만났던 곳이었다.

며칠이 지나 또다시 이곳을 지나다니 그동안 벌어졌던 수많은 일들이 마치 꿈만 같았다. 자신이 숨어 있던 바위 옆을 지나려는데 그만 돌부리에 발이 걸려 넘어지고 말았다. 아이쿠! 하는 소리에 조금 떨어져 있던 도비류와 팽소연이 달려온다.

"아니, 언제 이놈의 바위가 생겨났지? 전에는 없었던 것 같은데…… 정말 없었어!"

유천복이 무릎을 문지르며 일어나자 팽소연이 화섭자를 켜서 바위를 비추었다. 그런데 바위의 모양이 이상스러웠다. 팽소연이 바위의 등을 매만져 보기도 하고 두드려 보기도 하다가 유천복을 보며 말했다.

"문주님, 그런데 신구는 어디 있어요?"

"글쎄 말이오. 공수의 무덤에서 나온 뒤로는 보이지 않는구려. 저게 뭐요?"

커다란 바위가 꿈틀거리며 움직이기 시작했다. 팽소연이 비명을 지르며 한 발 물러섰다. 뒤를 이어 유천복도 비명을 지르며 뒤로 물러서다 두 사람의 발이 엉켜 한꺼번에 넘어지고 말았다. 도비류가 검을 빼어 들고 앞으로 나섰다. 혹시 사나운 맹수가 숨어 있다가 덤벼들지도 모르는 일이었다.

잔뜩 긴장하고 있는 세 사람의 눈앞에 갑자기 몸이 붉고 길이가 열 자는 됨 직한 뱀처럼 생긴 기괴한 짐승이 바위 속에서 불쑥 나타났다. 팽소연이 더욱 놀라서 유천복의 몸 뒤로 숨었다. 도비류와 유천복도 정체를 몰라 조금 떨어져 그 짐승을 살펴보았다.

"유 아우, 움직이지 마시오."

"저, 저게 뭐예요?"

그것은 다람쥐 같은 얼굴에 작은 귀가 달렸는데, 잉어 꼬리처럼 지느러미가 있었다. 등에는 날개의 모양을 가진 한 쌍의 비늘이 돋아 있고 몸 아래쪽에는 네 개의 넓적하고도 짧은 발을 가진 뱀처럼 생긴 짐승이었다. 안광을 시퍼렇게 빛내며 꼼짝도 않고 있는 뱀을 노려보던 팽소연이 앞으로 나오며 고개를 갸웃거렸다.

"이상해요. 아까 그 바위는 분명 신구 같았는데…… 혹시 신구가 저 뱀에게 잡아먹힌 것은 아닐까요?"

팽소연이 뱀에게 다가섰다. 순간 뱀의 몸이 줄어들더니 이내 손가락보다 가늘어져 한 자 정도의 길이가 되었다. 뱀은 고개를 빳빳이 위로 세운 채 세 사람을 보고 있었다.

세 사람이 어리둥절해하는 사이 곧장 허리만큼 날아오른 뱀은 어느새 유천복의 왼쪽 소매 속으로 들어가는 것이 아닌가? 갑자기 손목에 강철이 조여드는 듯한 느낌이 들어 유천복은 자신도 모르게 크게 소리를 질렀다. 머리카락이 쭈뼛거리며 일어섰다.

"아악! 이게 뭐야?! 이 뱀이 나를 잡아먹으려나 봐요!"

유천복의 호들갑에 놀라 팽소연이 안절부절못하는 사이, 도비류는 순식간에 검을 휘둘러 유천복의 너울거리는 소매를 잘라내었다. 뱀은 유천복의 손목에 감긴 채 머리를 꼬리 아래 묻고는 세 사람을 쳐다보고 있었다. 붉은 눈동자가 빛나고 있었다. 유천복은 손목을 들어 이리저리 돌려가며 도비류와 팽소연에게 뱀을 보여주었다. 팽소연이 신기한 듯이 손가락으로 뱀을 조심스럽게 쿡쿡 찔러보았지만 움직이지 않았다.

"맞다! 이것은 틀림없이 용이에요!"

갑자기 팽소연이 손뼉을 짝 치며 말했다. 도비류는 위험이 없다고 판단했는지 한쪽 옆에서 팔짱을 낀 자세로 서 있었다.

"용? 용이라는 동물이 정말 있단 말이오?"

"제가 전 숙부님께 한번 들은 적이 있어요. 용은 탄생(誕生)하기보다는 화생(化生)하는 생물이라더군요. 그중에서도 뱀이 변하여 용이 된다는 이야기가 가장 많지만, '본초강목(本草綱目)'에는 '석척(蜥蜴:도마뱀과 도룡뇽)'이 용이 된다고 쓰여 있고, '시경(詩經)'에는 독사가 용이 된다고도 하지요. 또한 '산해경(山海經)'에는 상상의 동물인 기(夔)가 용이 된다고 써 있답니다. 혹은 잉어가 용이 되거나 문어가 용이 된다는 기록도 있는데, 거북이가 용이 되지 말라는 법도 없으니 저것이 용이라고 보는 것이 가장 좋을 듯싶군요. 아마도 저 바위는 신구가 용이되며 허물로 벗어 놓은 껍데기일 거예요."

무지자는 팽소연이 중요할 때는 걸리적거리면서 쓸데없는 것만 안다고 빈정거렸다.

"정말 귀동이가 이 용으로 변한 걸까요?"

유천복은 여전히 의아한 표정으로 중얼거렸다. 도비류가 바위 있는 곳으로 성큼성큼 걸어가더니 어렵지 않게 바위를 뒤집었다.

바위를 뒤집자 갑자기 강렬한 빛이 새어 나와 일순 눈을 뜨지 못하였다. 잠시간 눈을 감았다 뜨니 정말 신구의 몸통은 간 곳이 없고 등짝만 놓여 있었다. 세 사람이 보니 신구의 껍질 안쪽에는 상아 같은 뼈대가 있었다. 빛은 그 뼈대 사이에 박혀 있는 여덟 개의 구슬에서 뿜어져 나오는 것이었다.

주위가 대낮같이 밝아지자 벌써 해가 솟은 줄로 착각한 몇몇 짐승들이 숲 속을 어지럽게 뛰어다니는 소리가 들렸다. 팽소연이 기뻐하며 다시 말한다.

"이것은 틀림없이 귀룡이군요. '사기(史記)' 에 또한 이런 글이 있지요. 〈능히 명구(明球)를 얻은 자는 재물이 그에게로 돌아가고, 집이 크게 부유하여져서 천만장자에 이른다. 명구라는 것은 첫째는 북두구(北斗球)라 이르고, 둘째는 남진구(南辰球)라 이르고, 셋째는 오성구(五星球)라 이르고, 넷째는 팔풍구(八風球)라고 이른다. 다섯째는 이십팔숙구(二十八宿球)라 이르고, 여섯째는 일월구(日月球)라 이르며, 일곱째는 구주구(九珠球)라 이르고, 여덟째는 옥구(玉球)라 이른다. 무릇 여덟 명구가 있으니 사람들이 이를 보배로 여기며 비록 깊숙이 이를 감추어둔다 하여도 그 빛을 나타내며 그 신명을 보인다〉 하였으니 문주님이 또 큰 재물을 얻으셨네요. 또한 이는 저희 봉호문의 홍복이지요."

유천복은 팽소연이 막힘없이 술술 말하자 감탄한 듯한 어조로 말하였다.

"이게 어찌 내 것이오? 도 형님과 팽 소저도 같이 본 것이거늘. 그런데 팽 소저는 정말 아는 것도 많구려. 그나저나 이게 차라리 복령처럼 먹는 거라면 좋았을 것을……."

유천복의 말대로 팽소연의 총명함이 남다른 것은 사실이었다. 그러나 산속에만 오래 살아 그녀의 성격은 변덕스럽고 충동적이며 고집이 세었다. 일을 행함에 있어 경거망동하여 그르치는 일이 많으니 이는 아비인 팽총도 걱정하는 부분이었다.

신구는 세 사람이 말을 마치자 유천복의 손목에서 스르르 내려왔다. 인사를 하듯이 유천복을 향해 고개를 숙여 보이고는 바위틈으로 사라졌다. 그간의 정을 생각하여 헤어지기 전 유천복에게 인사를 하려고 기다린 모양이었다. 신구가 사라지고 세 사람은 다시 연화봉을 향해 올랐다.

세 사람이 신구의 껍질과 구슬을 챙겨 봉호문에 도착하였을 때는 이미 날이 훤히 밝아 있었다.

그런데 봉호문에서 반가운 사람을 만날 수 있었다.

도비류가 떠난 것을 알고 손무양이 황산으로 찾아온 것이다. 손무양은 자신이 구한 고려인삼이며 갖은 약재를 한시라도 빨리 도비류에게 먹이고 싶은 마음이었으나 결국 그 약재들은 모두 봉호문 사람들을 구하는 데 쓰이고 말았다. 손무양의 말에 따라 유천복은 피를 한 사발이나 빼야 했다. 복령의 기운과 손무양의 의술로 봉호문도들의 목숨만은 구할 수 있게 된 것이다. 유천복은 마유를 구했던 일을 떠올렸다. 자신의 피가 해독의 효과가 있는 줄도 모르고 괜히 고생을 사서 했다고 투덜거렸다.

전룡은 결국 당삼고에게 수옥을 빼앗겼다는 것을 알고는 아쉬워하였으나 겉으로 내색하지는 않았다.

봉호문의 사람들은 공수의 무덤으로 가 보물이 들어 있는 관을 꺼내었다. 공수의 시신을 수습하여 운남으로 보내고 봉호문주의 육신을 보물이 들어 있던 한옥관에 잘 안치하였다.

견위강은 유천복이 신구의 등 껍질에서 얻은 명구를 보더니 다시 눈이 휘둥그레졌다.

"이것은 굉장히 귀한 것으로 부르는 것이 값이오. 이제 우리 봉호문은 황산의 작은 문파가 아니라 강호의 어느 문파보다 더 부자가 되었소. 만금전장이 말 그대로가 되었구려. 이러다 문파 이름을 만금문으로 바꿔야 되는 것이 아닌지 모르겠소. 하하."

전룡은 유천복을 보면서 말하였다.

"급한 것은 수옥을 찾는 것입니다. 수옥을 당삼고가 가져갔다고 하니 앞으로 무림에 어떤 혈겁이 몰아닥칠지 알 수 없소. 우리 봉호문은 비록 작은 문파이나 본 문의 신물인 수옥으로 인해 많은 사람들이 불행해진다면 어찌 수도하는 자라 할 수 있겠소. 일심일념으로 수옥을 찾아야 할 것이오."

포태화가 동곤으로 바닥을 쿵쿵 울렸다.

"이럴 것이 아니라 지금 당장 당삼고를 찾아 나섭시다."

"헤헤, 그러다 솜방망이가 또 고슴도치가 될라."

견위강이 약을 올리자 두 사람은 언성을 높이기 시작했다.

팽총은 두 사람을 무시하고 말했다.

"문제는 삼천교요. 황실의 비호를 받고 있는 데다 당삼고만한 인물을 수족으로 부릴 정도니 그 세력이 가히 어느 정도인지 짐작하기 어렵구려. 일단 이렇게 합시다. 전 형과 이 사람은 이곳에서 남은 일을 처리하고 수옥과 송옥에 대한 비밀을 더 알아보겠소. 백호단은 삼천교와 수옥의 행방을 찾아주시오."

백호는 결연한 빛을 보이며 고개를 끄덕였다.

"현무단과 주작단은 송옥의 행방을 찾는 일에 주력해 주시오."

견위강과 포태화가 싸움을 잠시 멈추었다.

"앞으로 문주님을 노리는 자가 더욱 많아질 것이니 등사단은 문주님의 호위에 전력을 기울여야 할 것이오."

사천은 아무 말 없이 고개만 까닥하였다.

유천복은 사람들의 얘기를 지루한 듯 듣고 있다가 한마디 했다.

"이제 다 끝났으면 저는 서안으로 돌아가겠어요."

전룡의 말에 잔뜩 고무되어 있던 육신단주들은 깜짝 놀라며 앞을 다투어 만류했다.

"문주님, 이같이 중요한 시기에 문주님께서 자리를 비우신다는 것은 말도 안 됩니다!"

"언제 다시 적들이 이곳을 공격할지 알 수 없습니다."

모두들 만류하는 가운데 전룡이 입을 열었다.

"어쩌면 문주님께서 이곳에 계시는 것보다 나을지도 모릅니다. 수옥은 영물이니 원래의 주인을 몰라볼 리 없습니다. 문주님께서야말로 가장 빨리 수옥을 찾으실 수 있을 것입니다. 그러나 아직 문주님의 건강이 염려스러우니 산을 내려가는 것은 조금 더 기다리심이 마땅한 것 같습니다."

전룡은 유천복에 대해 좀 더 많은 것을 알고 싶었다. 팽총과 그는 처음에 어리숙해 보이던 유천복이 천수당을 다녀온 후 무공이 크게 증진한 것을 기이하게 여겼다. 하지만 팽소연에게 모든 일을 듣고 나서야 어느 정도 의문이 가셨다.

유천복이 봉호문에 오자마자 전룡은 그가 정말 봉호문주인지 알아보기 위해 점을 쳤다. 그러나 유천복의 점괘는 그를 고민하게 만들기에 충분했다.

유천복의 초기 운세는 초효(初爻)에 해당하는 잠룡물용(潛龍勿用)의
운세였다. 그러나 점을 치려 하면 할수록 안개가 낀 듯 자욱하여 알아
볼 수가 없었다. 다만 변화막측(變化莫測)하고 신기불측(神氣不測)한 것
이 빛과 어둠이 동시에 나타나고, 동서(東西)가 합일(合一)하며, 선악(善
惡)이 공존(共存)하니 전룡으로서도 그 까닭을 알 수가 없었다. 어쨌든
지금 잠룡(潛龍)은 승천하지 못하고 깊은 연못 속에 웅크리고 있었다.
비룡(飛龍)이 되려면 수옥과 송옥이 반드시 필요하였고 봉호문은 비룡
의 등에 올라타기만 하면 되는 것이었다. 무림일통이라는 대업이 그의
머리 속을 떠나지 않고 있었다.

유천복은 전룡의 말이 무슨 뜻인지 몰라 그저 가만히 있었다. 그의
마음속은 온통 소취란이 언제 유가장으로 올까 하는 걱정뿐이었다. 봉
호문의 일은 이제 마무리되었으니 자신이 이곳에서 할 일은 아무것도
없었다. 집을 떠나온 지 벌써 반년! 아버지가 얼마나 걱정하고 계실까
생각하니 눈시울이 뜨거워졌다.

무지자는 전룡의 말이 일리있다고 여겼다. 또한 전룡의 말대로 수옥
과 유천복이 관계가 있을지도 모른다는 생각이 들었다.

그는 또 공수의 말을 떠올렸다. 공수는 유천복의 몸속에 있는 자신
을 알아보고 용서를 빌었다. 그렇다는 것은 자신이 공수와 같은 시대
사람일 수도 있다는 말이다. 자신이 봉호문주가 아니라면 누구일까?
설마 수옥에 갇혀 있다는 천신이란 말인가? 무지자는 점점 더 궁금해
졌다.

사백 년 전 어떤 일이 있었을까? 수옥은 두 개가 함께 있어야만 제
힘을 발휘할 수 있다고 하였다. 역시 모든 비밀을 풀기 위해서는 수옥
을 찾는 수밖에 없었다.

도비류는 전룡의 말을 듣지 않고 있었다. 그는 구름이 희롱하는 산 한 자락을 하염없이 보고 있었다. 구름이 뭉쳤다 흩어지며 아련한 얼굴 하나를 그려내었다. 도영이 죽고 난 뒤 도비류를 세상에 잡아둘 수 있는 것은 아무것도 없었다. 그는 하루하루가 점점 지루해지고 있던 참이라 한시라도 빨리 도영의 곁으로 가고 싶었다. 그러나 의부인 손무양의 상심을 걱정하며 애써 참고 있을 뿐이었다.

대청에 있는 사람들은 각자의 생각에 잠겨 아무도 말하지 않았다. 단지 유천복만이 식사 때를 알리는 팽소연의 전갈에 몸을 일으켰을 뿐이다.

마유는 전룡의 말을 들으며 덜렁거리는 한쪽 소매를 보고 있었다. 빈 소매에서 느껴지는 둔탁한 통증은 팔이 없다는 것을 가끔씩 잊게 했다. 흑수수라 불리우던 그의 오른팔은 이미 굶주린 짐승들의 뱃속에 있을 것이다. 그는 고소를 머금었다.

그의 마음을 아는지 묵검(墨劍)이 웅 하며 떨려왔다. 묵검은 그가 용병 생활을 청산하며 유일하게 남은 것이었다.

삼 년 전, 남당(南唐)의 수도 금릉(金陵)이 함락될 당시 마유는 운 좋게도 남당의 국주(國主)였던 이욱(李煜)을 호송하는 군사들 틈에 끼어 있었다. 묵검은 바로 이욱이 차고 있던 검이었으나 개봉으로 연행되는 도중 실종되었다.

마유는 묵검과 함께 중원을 누비며 작은 방파를 찾아가 몇 번의 비무를 하기도 했다. 그러나 강호는 그리 녹록한 곳이 아니었다. 패배는 한 번에서 두 번으로 이어졌고, 그는 자신이 고수가 아니라는 것을 인정할 수밖에 없었다.

세상은 그를 중심으로 돌아가지 않았다. 결국 반은 도적으로, 반은 호위무사로 살게 되었지만 야망마저 죽은 것은 아니었던 모양이다. 무림인에게 있어 더욱 강해지고 싶다라는 갈망은 당연한 것이었다. 소취란과의 일전은 그러한 생각을 더욱 부채질하였다. 그는 유천복을 보며 더욱 회한에 잠겼다. 이제 남은 한 팔로 무엇을 할 수 있을까? 이 팔을 대신할 수 있는 것이 있다면……

팽소연은 콧노래를 부르며 천수당으로 향하고 있었다. 손에 들린 바구니에서 고소한 냄새가 풍겨왔다. 사람들의 만류로 결국 유천복은 도비류, 마유와 함께 천수당에 머무르고 있었다. 팽소연은 하루 세 번 식사를 갖다 주기 위해 천수당에 올랐다.

근 한 달 동안 그녀의 손에는 화상으로 인한 물집과 베인 상처가 나날이 늘어갔다. 봉호문의 주방을 통째로 점거하다시피 하여 한 달 내내 유천복의 입맛을 맞추기 위해 고군분투한 결과였다.

오늘은 특별히 오향(五香:회향풀(茴香草), 계피(桂皮), 산초(山椒), 정향(丁香), 진피(陳皮))으로 향을 낸 간장에 황산에서 구하기 힘든 쇠고기를 조린 오향장우육(五香醬牛肉)을 요리했기 때문에 걸음이 춤을 추는 듯하였다.

봉호문의 사람들은 주로 산채를 즐겨 먹었지만 마유는 유천복이 고기 요리를 좋아한다고 귀띔해 주었던 것이다. 특히 회과육(回鍋肉)을 좋아한다고 하여 열심히 배워 음식을 해 날랐다. 적어도 며칠 전 마유가 목구멍에서 돼지털이 기어올라 오는 것 같다고 하기 전까지는.

그 길로 익연정의 주방장인 풍염을 졸라 며칠간 씨름하며 만든 것이 바로 오향장우육이었다.

천수당 입구에 이르자 도비류의 지도 아래 유천복이 검을 휘두르고 있는 모습이 보였다. 그 늠름한 모습은 팽소연의 눈을 단번에 사로잡았다. 그러나 곧 한쪽 구석에서 나뭇가지를 입에 물고 있는 마유를 보고는 얼굴을 찡그렸다.

팽소연은 그동안 마유와 앙숙이 되어 있었다. 그녀는 마유가 연화곡의 시체들을 태우기 전에 일일이 점검하여 재물이 될 만한 것을 챙겼다는 걸 알고 나서부터 마유를 벌레 보듯 하였다. 두 사람은 식사를 할 때도 눈을 마주치지 않았다.

한 달 전 마유는 자신이 불구자가 된 것을 비관하며 혼자 떠나겠다고 하였다. 자신은 폐만 끼칠 뿐이니 같이 있을 수 없다는 것이다. 팽소연은 마유가 몰래 침을 찍어 눈가에 바르는 것을 보며 기가 막혀 하고 있었다.

유천복이 눈물로써 그를 만류하자 마유는 그래도 자신이 명색이 용병이라며 자신을 고용할 것을 종용하였다. 정말 속이 뻔히 들여다보이는 수법이었다. 그러나 유천복은 귀룡에게서 얻은 명구 한 알을 주고는 그를 호위무사로 고용하였던 것이다. 마유가 속으로 어떠한 생각을 하였는지는 오직 그만이 알 것이다.

팽소연은 마유가 몇 방울의 침과 달콤한 언변으로 순진한 유천복을 데리고 노는 것을 보고 기가 막혔다. 저자가 한 가닥의 숨겨둔 재간은 있을지 모르나 사람을 등쳐먹는 재간 또한 멱첩아(覓貼兒:사기꾼)와 다름없다고 생각했다. 마유를 주시하여 유천복이 다시 손해를 입는 일이 없도록 해야겠다고 단단히 다짐하고 또 다짐하였다.

"무지자, 아직도 이걸 해야 해?"

유천복이 볼멘소리를 하였다.

—당연하지. 전처럼 또 팔이 터지기라도 하면 그땐 정말 불구가 될

지도 모른다.

"난 빨리 집으로 돌아가고 싶은데……."

황산에서의 일전 이후 무지자는 유천복에게 매일같이 수옥봉을 내려치는 훈련을 시켰다. 그렇게 하지 않으면 복령과 여환무단신공의 위력을 감당하지 못하여 왼팔은 물론이고 온몸이 터져 버릴지도 모른다고 한 것이다. 이번에는 유천복 역시 아무 말도 하지 못하고 무지자가 시키는 대로 할 수밖에 없었다.

처음에는 백 번을 휘두르고 난 뒤 가슴과 팔이 떨어져 나갈 듯하여 잠을 청할 수가 없었다. 그러던 것이 한 달이 지난 지금에는 삼천 번을 단숨에 휘둘러도 아무런 느낌이 없었다.

도비류는 그것이 복령을 먹었기 때문이라고 친절하게 설명해 주어 유천복을 미안하게 만들었다.

"밥 왔다!"

마유는 두 사람에게 한마디를 하고는 냉큼 팽소연의 바구니를 받아 들었다.

"와! 이게 뭐야? 냄새가 죽이는군. 회과육이 아니잖아. 이걸 정말 팽 소저가 만들었소? 설마 그럴 리는 없을 테고, 익연정의 부엌을 통째로 집어온 것 같은데…… 어디, 맛이나 잠깐 볼까?"

자신이 며칠 동안 힘들게 연습하고 아침나절 내내 정성껏 만든 음식이 거의 대부분 마유의 입으로 들어가는 것을 보고 팽소연은 이를 뽀드득 갈았다. 만일 유천복이 자신을 아직도 여우라고 여겨 두려워하지만 않았어도 참지 않았을 것이다. 물론 그걸 알려준 것도 마유였다.

"유 공자는 아직도 소저만 보면 소름이 돋는다고 하오. 사나운 여자는 딱 질색이라고 하던걸."

능글맞게 말하는 그 얼굴을 손톱으로 확 긁어주고 싶다고 생각했었다. 마유가 중매를 서겠다는 말만 하지 않았어도 벌써 한바탕 골탕을 먹이고도 남을 것이다. 팽소연은 마유를 잡아먹을 듯이 노려보았으나 마유의 입은 여전히 바쁘게 움직였다.

그리고 다음날 급기야 팽소연이 치를 떨게 만드는 사건이 일어났다.

마유가 아무에게도 알리지 않고 떠난 것이다. 유천복은 매우 애석해 하였으나 마유가 명구 하나를 더 훔쳐 간 것을 알자 팽소연은 길길이 날뛰며 분해하였다. 더구나 유천복이 그녀를 여우로 생각하지도 않고, 회과육을 즐기지도 않는다는 걸 듣자 팽소연은 거의 기절할 지경이에 이르렀다.

마유가 떠나고 며칠 후 유천복은 서안으로 돌아갈 뜻을 밝혔다. 사천과 등사단이 따라나선다는 것을 불편하다는 이유로 거절하고 도비류와 함께 간단하게 행장을 꾸렸다.

팽소연은 유천복을 따라가려 하였으나 팽총이 극구 만류했다.

봉호문에는 여자들이 없어 팽소연은 십칠 세가 되도록 산속을 뛰어다니며 자유롭게 살았다.

본래 여자 나이 십오 세가 되면 계례(笄禮)를 치르고 정혼을 하는 것이 일반적이었다. 그러나 남녀가 혼인을 하기 위해서는 반드시 중매인이 필요했다. 예기(禮記), 곡례(曲禮)에 의하면 '남녀는 중매가 없이는 서로 사귀지 못한다' 라는 조항이 있었으며, 관자(管子), 형세(形勢)에서도 '중매없이 스스로 짝을 구하는 여자는 추잡하다고 여기어 사람들이 받아주지 않았다' 라고 하였다.

팽총도 딸의 마음을 모르는 바는 아니었으나 유천복이 가만있는데 이쪽에서 먼저 뜻을 내비칠 수는 없는 노릇이었다.

그러나 팽소연은 산속에서만 살아 그러한 예법을 잘 알지도 못하였고 자세히 일러주는 사람도 없었다.

유천복이 떠나자 팽소연은 그날 밤으로 짐을 꾸려 유천복의 뒤를 쫓아 줄행랑을 치고 말았다.

팽총이 천방지축으로 날뛰는 딸년 걱정 때문에 밤마다 잠을 이루지 못한 것은 너무도 당연하였다.

팽소연은 산을 내려가며 한껏 꿈에 부풀어 있었다. 자신이 아무리 좋아한다고 하더라도 중매를 해줄 사람이 없으니 스스로 나설 수밖에 없었다. 우유부단한 유천복을 기대하기보다 시아버지가 될 유장추의 마음에 들기만 하면 육례(六禮)를 치르는 것은 어렵지 않으리란 생각이었다.

"반드시 올해 안에 시집가고 말겠어!"

그렇게 다짐하는 팽소연이었다.

정이 화를 불렀으니
사람의 운명이란 참으로 알 수가 없구나!

　며칠째 부지런히 길을 재촉하던 팽소연은 귀주현(歸
州縣)에 이르러 다관(茶館)에 들렀다. 어쩌면 유천복이
이곳을 다녀갔을지도 모르는 일이었다.

　그러나 점소이는 그런 사람을 보지 못했다고 하여 실
망스러웠다.

　한적한 오후여서인지 다관에는 사람이 얼마 없었다.
그나마 팽소연이 올라간 이층에는 모두 세 사람이 있었
는데 공교롭게도 모두 여자였다.

　창가에 앉은 여자는 나이가 열예닐곱 정도 보였으며
달처럼 아름다웠으나 너무 야위어 바람이 불면 금방이
라도 날아갈 것처럼 보였다. 그녀의 옆에는 계집종과
유모인 듯한 여자 둘이 시중을 들고 있었다.

"얌전이란 얌전은 혼자 다 빼고 있구나."

괜히 심통이 난 팽소연은 입술을 삐죽거리며 다시 안쪽을 보았다.

그쪽에도 분명 여자가 있긴 하였다.

그러나 칠 척의 키에 은빛이 도는 흰 머리카락을 두건으로 질끈 묶고 호복(胡服)을 입어 자세히 보지 않으면 남자로 오인하기 딱 알맞은 모양새였다. 더구나 탁자 옆에는 세 갈래의 창날이 있는 커다란 삼첨양인도(三尖兩刃刀)를 비스듬히 세워놓고 있었다.

팽소연은 그 여자가 비록 체구는 장대하나 미목(眉目)이 수려하고 이마가 반듯한 것을 보고 호감이 생겨 슬며시 여자의 곁에 다가갔다.

"언니는 무얼 보고 계세요?"

아랑은 문득 들려온 소리에 고개를 들었다. 눈이 동그랗고 귀여운 소저 하나가 그녀를 향해 웃고 있었다. 아랑은 팽소연의 소매 깃이 더러운 것을 보고 가볍게 눈살을 찌푸렸다. 어린 소저가 집을 뛰쳐나온 것이 분명하였다. 이대로 두면 부랑배들에게 못된 짓이라도 당하지 않을까 걱정이 되어 마주 웃어주었다. 잘 설득해서 집으로 돌려보내려는 것이다.

곤륜산에서의 일 이후 그녀는 선문으로 돌아가지 않았다.

팽소연은 냉큼 아랑의 옆에 앉았다.

"보아하니 집을 나온 모양이군?"

아랑이 대번에 자신의 신색을 꿰뚫어 보자 팽소연은 배시시 웃었다.

"저는 황산 연화봉에 사는 팽소연이에요. 경조부 유가장의 유 공자와 정혼하여 그를 만나러 가는 길이에요."

팽소연의 입에서 거짓말이 술술 흘러나왔다. 그녀는 고개를 돌리며 혀를 낼름 내밀었다.

'어차피 내가 유 공자에게 시집갈 것이니 미리 이야기한들 거짓말을 하는 것은 아니지.'

두 사람이 재미있게 이야기를 하고 있는데 갑자기 밖에서 옥소 소리가 들려왔다. 그러자 창가에 앉은 여자가 벌떡 일어나더니 안절부절못하는 것이 아닌가!

계집종과 유모가 말리려 하였지만 여자는 점점 얼굴이 상기되더니 숨을 헐떡이는 것이 곧 쓰러질 것만 같았다. 그녀는 돌연 찻잔을 들어 계집종의 얼굴에 뿌리며 소리쳤다.

"네년이 나를 능멸하려 드는구나! 네가 휘주(徽州) 화현(和縣) 조 현령(趙縣令)의 무남독녀인 나 조인(趙仁)을 뭘로 보고 감히 해치려 하는 게냐? 내가 열여덟 살이 넘도록 시집도 가지 않았다고 나를 조롱하는 것이냐!"

조인이 펄펄 뛰며 소리를 지르자 계집종이 어쩔 줄을 몰라 한다.

"아씨, 왜 그러세요? 제가 뭘 잘못했나요?"

"네년이 내 찻잔을 옮기다 머리카락을 빠뜨리지 않았느냐?"

계집종은 그만 울상을 지으며 찻잔을 기울여 머리카락을 찾아보려 했다.

그때 밖에서도 소란이 벌어졌다. 화가 잔뜩 난 남자의 목소리가 다관 안까지 시끄럽게 들려왔다.

"이 물장수가 나를 밀어 다치게 하였으니 내 관아에 고발해야겠소! 나는 오강포(五江浦)에서 배를 젓는 사공으로 이름은 완정(完正)이고 나이는 열아홉이오. 조실부모하였으나 아직 혼인은 하지 않았소."

완정이라는 자가 물장수에게 옥소를 들이대며 소란을 피우자 물장수는 재수가 없다는 듯 한 발자국 물러섰다.

"아니, 이 사람이 생사람을 잡는군. 당신이 혼자 넘어졌지 내가 언제 떠밀었다는 게요. 그리고 중매를 설 것도 아닌데 당신이 누구인지 내가 알아 무엇 하겠소. 나참, 재수가 없으려니 별일을 다 당하는군."

물장수는 사람들이 몰려들자 가래침을 퉤 뱉으며 서둘러 그 자리를 떠났다.

조인은 그 소란을 지켜보더니 묘한 미소를 입가에 지으며 유모를 재촉하여 아래로 내려갔다.

팽소연은 그 모습을 보며 이상한 생각이 들었다.

"저 여자는 정말 이상하군요. 계집종이 주인을 모를까 봐 자기가 누구인지 설명을 하였을까요? 게다가 왜 저렇게 서둘러 가는 걸까요? 언니는 그 이유를 알겠어요?"

아랑은 조인의 뒷모습을 뚫어져라 보고 있었다.

"오늘 저 완정이라는 사내는 목숨을 잃을지도 모르겠구나."

"에? 그게 무슨 소리예요?"

"저 여자에게서 마물의 냄새가 풍기기에 하는 소리다."

팽소연은 아랑의 말이 무슨 뜻인지 몰라 그저 고개만 갸웃하였다.

"따라가 보자."

다관 입구에는 아까 소란을 피우던 완정이란 자가 조인의 뒷모습을 멍하니 보고 있다가 아랑이 툭 치자 기겁을 하였다.

"이봐요. 내가 조씨댁 아씨 이야기로 할 말이 있는데 들어보겠소?"

완정은 아랑의 체구에 기가 질린 듯하더니 이내 따라오기 시작했다.

"언니, 저 사람에게 무슨 할 말이 있지요?"

팽소연이 종종걸음을 치며 뒤를 돌아다보았다.

"넌 그저 보고 있기만 하거라."

오강포에 이르자 아랑은 다짜고짜 완정에게 바짝 얼굴을 들이대더니 코를 킁킁거리기 시작했다.

"왜, 왜 이러시오?"

"킁킁, 아직까지는 멀쩡하군. 그런데 당신 요즘 들어 그녀의 꿈을 자주 꾸지 않나요?"

아랑의 말에 완정의 얼굴이 시뻘게졌다. 그 말대로 밤마다 조인과 요상한 짓을 하는 꿈을 꾸곤 하였기 때문이다. 아침에 일어나면 이부자리가 온통 땀으로 흠뻑 젖어 있곤 하였다.

"그, 그걸 어떻게?!"

팽소연은 그제야 다관의 안과 밖에 있던 두 남녀가 서로를 사모하여 꾸민 소란임을 알았다.

'아니, 서로 좋아하면 중매인을 보내면 될 것이지 왜 이런 소란을 피웠담.'

저도 모르게 입을 삐죽 내밀었다. 그러나 아랑은 더욱 심각한 표정으로 말했다.

"살고 싶으면 잘 들어요. 조인이라는 그 여자는 귀신에 씌었어요."

"뭐라구요? 이 여자가 미쳤나?"

완정은 아랑이 자신을 놀린다고 생각하여 화를 버럭 내었다.

팽소연도 아랑의 말에 미간을 찌푸렸다. 혹시 아랑이 미친 여자가 아닐까 하는 생각이 들었다.

그러나 아랑은 개의치 않고 얘기를 이어갔다.

"지금은 믿지 않겠지만 내 말대로 하지 않았다가는 당신은 며칠 이내로 죽을 거예요. 그래도 좋다면 나는 이대로 가겠어요."

아랑이 워낙 진지하게 말하자 완정도 혹하는 눈치였다.

"그, 그럼 어떻게 하란 말이오?"

"당신은 오늘 그녀와 만나기 위해 그녀의 집으로 갈 작정이었지요?"

아랑의 말에 완정은 흠칫하더니 사실대로 이야기를 털어놓았다.

"그렇소. 사실은 아까 다관에서 그녀가 떠나며 나와 살짝 부딪쳤을 때 내게 정표로 이 가락지를 주었지요."

그리고는 꼭 쥐고 있던 주먹을 펴서 금가락지를 보여주었다.

"나는 그녀가 누군지 이미 알고 있었다오. 그러나 나는 고작 배를 모는 사공이고 그녀는 현령의 딸이니 어찌 가당키나 하겠소. 그런데 그녀의 마음을 확인하였으니 잡혀서 맞아 죽는 한이 있더라도 오늘 그녀의 방으로 몰래 찾아갈 생각이었소."

팽소연이 완정의 어깨를 툭 치며 말했다.

"우리 언니는 재주가 비상하니 반드시 그대가 살 방도를 알려줄 거예요. 그렇죠, 언니?"

팽소연의 말에 아랑은 아무 소리도 않고 그저 웃기만 하였다.

그날 밤, 아랑은 완정을 업고 조 현령의 집 담을 훌쩍 뛰어넘었다. 완정이 조인의 방 안으로 들어가고 아랑은 팽소연의 손을 잡고 방문 밖에 숨어 있었다.

팽소연이 밖에서 보니 일렁이는 불빛 아래 두 남녀의 다정한 그림자가 보였다. 저도 모르게 달콤한 마음이 들었다. 그런데 아랑이 한 손가락을 입술에 대며 다른 손가락으로 여자의 뒤쪽을 가리켰다.

팽소연은 아랑의 손가락이 가리키는 곳을 보고는 대경실색하였다. 여자의 치맛자락 아래로 마치 털 뭉치같이 풍성한 것이 드러나 있었던 것이다. 그것은 짐승의 꼬리처럼 보였다. 그녀는 문득 자신이 유천복을 놀리기 위해 여우 행세를 했던 일이 떠올랐다.

잠시 뒤 두 사람의 그림자가 하나로 합쳐지며 불이 꺼졌다. 그 순간, 아랑이 방 안으로 뛰어들어 노란 종이를 조인에게 붙이려 하였다.

"이 요괴야, 감히 어디서 사람을 홀리려 하느냐!"

그러나 조인도 만만치 않았다. 그녀는 아랑이 문을 부수고 들어서는 순간, 벌떡 일어나 몸을 솟구쳐 천장으로 올라갔다. 아랑은 삼첨양인 도 끝에서 수십 개의 황금 방울이 달린 영환령(靈幻玲)을 꺼내어 흔들 었다.

청아하며 맑은 방울 소리가 삽시간에 온 방 안에 울려 퍼졌다.

"개안현괴(開眼現怪)."

그러자 조인의 입에서 끄르륵 하는 소리가 들리며 괴로운 기색이 역 력하였다.

팽소연과 막 옷을 벗으려던 완정은 그녀가 천장에 마치 아교처럼 달 라붙어 있는 것을 보고 기겁하였다.

"저럴 수가! 언니의 말이 맞았군요!"

녹광으로 번들거리는 조인의 눈을 보며 팽소연이 소리쳤다. 완정은 아직까지도 정신을 차리지 못한 듯 눈빛이 몽롱하였다.

"캥! 네년은 누군데 내 일을 훼방놓는 것이냐?"

어느새 조인의 모습은 머리를 산발한 무시무시한 악귀의 모습으로 바뀌어 있었다. 그걸 본 완정은 그만 입에 거품을 물고 기절하고 말았 다.

조인은 아랑이 손에 들고 있는 영환령을 두려운 듯 쳐다보더니 재주 를 넘으며 밖으로 도망가려 하였다.

"어딜 도망가려는 게냐! 어림도 없다!"

아랑은 영환령을 흔들어 조인을 한쪽 구석으로 몰고 삼첨양인도로 머리를 내려치자 조인이 캥 소리를 내더니 이내 여우로 변신하였다.

"캥! 다된 밥에 코를 빠뜨리다니 가만두지 않겠다!"

"내 이럴 줄 알았지. 이제 보니 백 년 묵은 여우의 몸속에 마귀(魔鬼)가 들어갔구나."

"캥! 어디 얼마나 재주 좋은 년인지 내 보아야겠다."

"위험하닷!"

아랑은 완정을 끌고 방문가에 서서 흥미진진하게 구경하고 있는 팽소연을 향해 몸을 날리며 소리쳤다.

"뇌법천존 내대현신(雷法天尊 來待現身)! 벽력탄광(霹靂彈光)!"

그러자 아랑의 손에 들린 삼첨양인도에게 우레 같은 소리가 들리며 번쩍 하는 빛이 화살처럼 여우에게 쏘아졌다. 무서운 속도로 달려들던 여우는 캥 하는 소리와 함께 저만큼 튕겨져 나가 죽고 말았다.

"이제 보니 네년은 선문의 영녀(靈女)였구나."

돌연 음산한 목소리가 들리며 죽은 여우의 정수리에서 검은 연기가 뭉글뭉글 피어오르더니 이내 귀가 뾰족하고 송곳니가 드러난 흉측한 마귀의 모습으로 변하여 도망치려 하였다.

"도망가기엔 이미 늦었다. 소솔제장 아종율령(所率諸將 我從律令), 사귀소멸(邪鬼消滅)."

아랑이 주문을 마치자 삼첨양인도가 스스로 움직이더니 휙 하니 날아가 단숨에 마귀의 몸을 관통하였다. 마귀는 울부짖으며 서서히 흩어지기 시작했다.

"제기랄… 이것이 끝이라고 생각하지 마라……. 마존께서, 마존께서 돌아오시면 네년과… 선문은 끝장이다. 흐흐흐."

마귀는 원한이 가득 찬 얼굴로 저주의 말을 퍼붓더니 퍽 소리와 함께 터져 버렸다.

팽소연은 얼굴이 창백해지긴 하였으나 여전히 호기심 가득한 표정이었다.

"와아! 언니는 정말 도사(道士)였군요. 여도사라니 정말 굉장하네요."

아랑은 흐트러진 은발을 귀 뒤로 넘기며 쓰러진 완정을 힐끔 쳐다보았다.

"저자는 괜찮을까요?"

"기가 많이 허해졌으나 조리를 잘하면 괜찮을 거야. 그래도 일찍 발견하여 다행이다. 조금만 늦었어도 여우에게 잡아먹힐 뻔하였구나."

그때 갑자기 사방으로 대낮같이 불이 밝혀지더니 호통 소리가 들려왔다.

아랑과 팽소연은 깜짝 놀라 장롱 뒤로 몸을 숨겼다.

얼굴이 붉게 상기된 중년인이 순식간에 달려와 방문을 확 열어젖히더니 쓰러진 완정을 보자마자 대노하여 검을 치켜들었다.

"이 죽일 놈아! 내 딸을 어찌했느냐?"

"아차!"

아랑이 뛰어나가기도 전에 조 현령은 완정을 찔러 죽이고 말았다. 뒤따라온 중년 부인이 비명을 지르며 남편의 팔에 매달렸다.

"아이고, 그놈을 죽이면 우리 인아는 어디서 찾는단 말이에요. 따지고 보면 인아가 이렇게 된 것은 당신이 하도 사윗감을 고른 탓이 아닙니까? 속담에도 남자가 장성하면 혼인을 해야 하고, 여자는 나이 들면 시집을 가야지 그렇지 않으면 추한 일이 생긴다고 하지 않았어요."

중년 부인이 땅을 치며 통곡을 했다.

"어미가 되어 딸을 잘 간수하지 못했으니 네년도 살 자격이 없다!"

눈 깜짝할 사이에 조 현령은 부인도 찔러 죽이고는 큰 소리로 웃음을 터뜨렸다. 하인과 계집종들은 비명을 지르며 다 도망가 버렸다.

팽소연이 뛰쳐나가더니 조 현령을 향하여 마구 팔을 휘둘렀다.

"이 미친놈아! 미쳐도 단단히 미쳤구나! 사람 죽이기를 밥 먹듯 하다니 네놈이 마귀가 분명하다!"

아랑은 완정의 목숨을 살리고자 노력한 것도 헛되이 그가 죽어버리자 그만 탄식하였다.

"사람의 운명은 참으로 알 수가 없구나. 정이 화를 불렀으니 저자가 정이 없었다면 죽을 일도 없었을 테지. 옛 사람들은 무정(無情)과 유정(有情)은 따로 있지 않다고 했지만 오래 사는 데는 무정이 유정보다 훨씬 낫겠다."

"웬 년들이냐?"

조 현령은 난데없이 두 명의 여자가 나타나자 충혈된 눈을 번뜩이며 죽이려 달려들었다.

아랑은 광기를 부리는 조 현령의 미간에 선명하게 새겨진 검은 주름을 보자 생각나는 것이 있었다.

"마모충!"

단숨에 손가락을 들어 지풍을 날리니 조 현령은 검을 들고 달려나오다 앞으로 고꾸라졌다.

팽소연은 아랑이 아무 거리낌 없이 사람을 살해하자 얼굴이 하얗게 변했다. 아까는 요괴를 때려잡는 줄 알아 놀라지 않았으나 사람도 파리 때려잡듯 할 줄은 몰랐던 것이다.

"언니, 설마 이 사람도 요괴라서?"

아랑이 조 현령의 시체를 발로 뒤집자 그의 미간에서 마모충이 빠져나오고 있었다. 팽소연은 꿈틀거리는 벌레를 보며 몸서리를 쳤다.

"벌레잖아요."

아랑이 발을 들어 마모충을 질끈 밟아 비비자 역겨운 냄새가 사방으로 확 퍼졌다.

"이건 마모충이라는 거란다. 세상에 마귀가 들끓기 전에 항상 나타나는 것들이지. 이게 사람 몸속에 들어가면 그 사람은 이성을 잃고 광분하여 마구 살인을 저지르게 된단다."

"맙소사! 무슨 그런 벌레가 다 있어요?"

"그러길래 마존의 머리카락이라 하는 이름이 붙은 것이지. 일단 사람에게 붙어 그 사람을 조종하다가 만일 그 사람이 죽으면 몸에서 빠져나와 근처에 숨어 있다가 다른 사람의 몸으로 들어가지. 마모충은 항상 사람의 미간 사이에 자리하고 있기 때문에 유심히 살피면 금방 알아볼 수 있어. 미간이 아닌 다른 곳을 공격하면 금방 숨어버리기 때문에 반드시 미간을 공격하여 나오도록 해야 해. 일단 밖으로 나오기만 하면 죽이는 것은 어렵지 않아. 거머리라고 생각하면 쉬울 거야."

팽소연은 세상에 별 희한한 벌레도 다 있구나 생각하며 얼굴을 찡그렸다. 전에 전룡이 묘강에 사는 '고'라는 벌레에 대해 얘기해 준 적이 있었는데 마모충은 그보다도 더 희한한 것 같았다.

사람들이 달려오자 아랑은 삼첨양인도를 휘둘러 방비한 후 팽소연의 손을 잡고 훌쩍 담을 뛰어넘어 달려갔다.

오강포에 이르러 주인없이 강둑에 매어 있는 배를 보자 팽소연은 완정 생각에 눈물이 솟구쳤다.

"죽어서는 조인과 행복하길 바랄게요."

아랑도 한숨 섞인 목소리로 말했다.

"다 내 탓이구나. 내가 어리석어 마귀보다 무서운 것이 사람이라는 것을 잊고 있었다."

두 사람이 배를 타고 강을 따라 내려가다 보니 강어귀에 큰 배 하나가 매어 있는데 그 앞에 유천복과 도비류의 모습이 보였다.

팽소연이 크게 반가워하며 소리쳐 불렀다.

"문주님! 도 대협님! 언니, 저분이 바로 내가 말한 분이에요."

아랑은 팽소연과 그동안 정이 들었는데 이제 헤어지게 되니 아쉽기만 했다. 인연이 닿으면 후일 다시 만나리라 생각하고 작별을 하였다.

유천복은 지나가던 작은 배 위에서 난데없이 팽소연이 뛰어내리자 크게 놀랐다. 작은 배 안에는 키가 큰 사람이 한 명 타고 있는데 하얀 머리카락이 바람에 휘날려 마치 눈보라가 치는 것 같았다.

유천복은 그 모습을 어디선가 본 듯하여 기억을 더듬었으나 생각나지 않았다. 팽소연에게 아랑의 이름을 듣긴 하였으되 곧 잊고 말았다.

세 사람은 사공에게 몇 푼의 돈을 쥐어주고 배를 얻어 탔다.

난생처음 배를 타보는 유천복과 팽소연은 잠시 마음의 근심을 잊고 장강을 흐르는 도도한 물결에 도취되었다. 그러나 장강의 물살은 그리 만만한 것이 아니어서 두 사람 모두 며칠 동안 뱃멀미로 심한 고생을 하여야했다. 무한에 이르러서야 간신히 배 안을 거닐 수 있을 정도가 되었다.

무한(武漢)을 눈앞에 두고 얕은 개울이 나타나자 배가 멈추었다. 수심이 깊지 않은 탓에 움직일 수 없는 모양이었다. 그동안 빈둥거리며 놀고 있던 뱃사람들이 어슬렁거리며 하나둘 일어나더니, 대나무로 만든 삿대를 가지고 뱃전에 가 섰다.

"저자들이 뭘 하려는 걸까요?"

팽소연은 호기심 어린 눈빛으로 유천복을 잡아끌어 그들 옆으로 다가갔다. 뱃사람들은 뱃전에 서서 강물을 향해 긴 삿대를 꽂고 장대에 매달리어 배를 앞으로 끌며 전진시키고 있었다. 팽소연은 이 놀라운 광경에 손뼉을 마주 치며 좋아하였다. 끼이익 하는 쇳소리가 들리는 것으로 보아 배 밑바닥은 아마도 쇠로 되어 있는 모양이었다.

유천복은 뱃전에 서서 아래를 내려다보았다. 강바닥까지 환히 비쳐 보이던 맑은 물이 지금은 온통 흙탕물이 되어 있었다. 그래도 강바닥은 굵은 자갈들로 되어 있어 쇠못으로 된 삿대를 잘 지탱해 주고 있었다. 한바탕 물싸움을 이겨낸 배가 다시 잔잔한 강물 위로 가자 뱃사람들은 다시 쉬면서 놀고 있다.

팽소연은 수면 위를 스치듯 날아가는 황학의 무리들을 넋을 놓고 바라보았다. 도비류는 흥취가 돋았는지 최호(崔顥)의 황학루라는 시 한 수를 읊조렸다.

옛날에 신선은 이미 황학을 타고 날아가 버리고,
지금 이 땅에는 그저 황학루만이 남아 있다.
황학은 신선을 태우고 간 뒤 돌아올 줄 모르고,
흰 구름만 천 년 동안 변함없이 하늘에 떠 있다.
맑은 양자강 건너편에 한양 거리 나무들 보이고,
강 가운데 앵무주에는 향긋한 풀이 무성하다.
해 지고 고향은 대체 어디에 있을까 둘러보니
강 위에 저녁 안개 서리고 시름만 더해진다.

昔人已乘黃鶴去

此地空餘黃鶴樓

黃鶴一去不復返

白雲千載空悠悠

晴川歷歷漢陽樹

芳草萋萋鸚鵡洲

日暮鄉關何處是

煙波江上使人愁

팽소연이 빙긋이 웃더니 이에 질세라 어느새 비파를 꺼내 들고 이백(李白)의 시로 화답을 한다.

옛친구는 이 황학루에서 이별 고하고,
꽃피는 삼월에 배타고 양주로 내려갔네.
외로운 돛단배 먼 그림자 푸른 하늘로 사라지고,
뵈는 것 아득히 하늘에 닿은 장강물뿐이어라.

故人西辭黃鶴樓

烟花三月下揚州

孤帆遠影碧空盡

唯見長空天際流

팽소연은 흥취가 돋는지 가벼운 미소를 지으며 살며시 유천복의 팔에 자신의 팔을 감았다.

"문주님, 우리 무한에서 황학루에 들렀다 가요. 네? 언젠가는 꼭 한 번 가보고 싶었다구요. 도 대협님은 황학루에 가보셨어요?"

유천복은 도비류의 눈치를 보더니 계면쩍은 얼굴로 슬그머니 팔을 빼었다. 가끔씩 팽소연의 당돌함이 그를 당황하게 만들었지만 싫지는 않았다.

도비류는 팽소연의 말에 멀찍이 보이는 황학루에 시선을 주었다. 그는 한 모금의 술로 목을 축인 후 입을 열었다.

"몇 년 전에 한 번 들른 적이 있소. 원래 이 황학루는 삼국시대부터 내려오는 것으로 오(吳)나라 손권(孫權) 시대에 이곳에서 신(新)씨라는 사람이 주막을 하고 있었다오. 어느 날 한 노인이 찾아와 술을 청하길래 주었더니 그 뒤로 반년이나 공짜 술을 먹으러 찾아왔다고 하오. 어느 날 노인이 그동안 밀린 술값을 갚겠다고 하며 노란 귤껍질로 벽에다가 학을 그려주었는데, 그게 바로 황학도(黃鶴圖)요. 노인은 '손뼉을 치며 노래를 부르면 학이 튀어나올 터이니 이것으로 그동안의 술값을 대신하시오' 라고 말하고는 사라졌소. 신씨가 손뼉을 치고 노래를 하니 정말로 노란 학이 튀어나와 춤을 덩실덩실 추었고, 이 소문을 듣고 많은 손님들이 찾아와서 신씨는 부자가 되었다오."

도비류의 얘기에 주변의 사람들이 귀를 기울이자 팽소연이 냉큼 말을 받았다.

"저도 전 숙부께 그 얘기를 들은 적이 있어요. 십 년 후에 노인이 다시 나타나 신씨가 술을 대접하려고 하니, 술은 필요없고 학을 데려가겠다고 했지요. 노인이 피리를 부니 노란 학이 나타나 구름 위로 훨훨 날아가고 나서 다시는 나타나지 않았지요. 그리고 보니 아랑 언니도 선녀가 틀림없어요. 마귀가 언니를 가리켜 선문의 사람이라고 했거든요."

"하하. 팽 소저가 말한 얘기는 믿을 수가 없군요. 혹시 꿈을 꾼 것이 아니오? 신선이나 마귀 같은 것은 옛이야기 책에나 나오는 것이오. 요즘 세상에 어디 그런 일이 가능키나 하오."

도비류는 속으로 팽소연이 어려 옛날이야기에 너무 심취했다고 생각하였다. 팽소연은 사람들이 자신의 얘기를 믿어주지 않자 울상을 지었다.

"정말이라구요. 문주님도 제 말을 믿지 않나요?"

유천복은 팽소연도 여우라고 생각했었으므로 그 말이 사실일 거라고 생각했다.

"세상에 마귀가 없다면 내 속에 있는 무지자는 어찌 설명하겠소."

―멍청아, 내가 마귀란 말이냐?

"당연하지. 그럼 네가 선인이라고 우길 셈이야? 팽 소저도 말했잖아, 요괴는 사람 죽이기를 밥 먹듯 하는 자라고. 넌 틈만 나면 내 몸을 뺏어 사람들을 죽이려 하잖아. 그게 마귀 짓이 아니면 뭐야?"

―바보멍청이, 그게 어떻게 같은 얘기냐? 내가 그러지 않았으면 넌 벌써 죽은 목숨이었다.

그러나 무지자도 팽소연이 하는 이야기가 영 낯설지만은 않았다.

―제기랄, 설마 내가 정말 마귀였던 것은 아니겠지.

도비류가 희미하게 웃으며 말했다.

"아우의 말이 맞네. 어쩌면 사람이 마귀보다 더 무서운지도 모르지. 하하, 이런 얘기는 팽 소저도 있으니 그만 하기로 하지. 어쨌거나 신씨는 주막을 헐고 이 황학루(黃鶴樓)를 지었다오. 그 노인은 비문위(費文褘)라는 선인이었다고 하는데…… 거기까지가 내가 아는 얘기지."

팽소연이 한숨을 내쉬며 슬쩍 두 사람의 눈치를 보았다.

"휴우, 저는 언제나 그런 곳을 다 구경 할 수 있을까요? 문주님, 황학루를 보고 갈 거죠?"

"팽 소저, 그건……."

유천복이 쩔쩔매며 어쩔 줄 몰라 하자 팽소연이 더욱 졸라대었다.

"어차피 잠도 안 자고 먹지도 않고 갈 수는 없는 노릇이잖아요."

유천복은 팽소연의 청을 물리치지도 못하고 그저 도비류에게 구원의 눈길만 보낼 따름이었다.

"팽 소저, 이번에는 갈 길이 급하니 다음번에 내 유 아우보고 꼭 들르라고 하겠소. 그럼 되겠지요?"

도비류의 묵직한 한마디에 팽소연은 어깨를 으쓱하였으나 아쉬운 표정을 감추지 못하였다.

그때 갑판 아래에서 한 무리의 뱃사람들이 올라왔다.

"황학루에 오르려면 먼저 나 구조님께 허락을 받아야지."

철린편(鐵鱗鞭) 구조(具爪)는 삼협일대를 주름잡는 수룡방(水龍房)의 부방주였다. 그는 기분이 좋았다. 수룡방주이자 그의 형인 구력(具力)은 삼천교의 사람과 함께 며칠째 유천복이라는 자를 잡을 궁리를 하고 있었다. 그런데 운 좋게도 먹잇감이 제 발로 걸어 들어왔으니 운수가 대통한 날이었다.

구조의 손에서 끼이익 하는 쇳소리가 울렸다. 그는 손등과 손톱 부분에 날카로운 창날이 달린 장갑을 끼고 있었다. 그것은 태어날 때부터 조막손이었던 왼손의 단점을 보안하기 위해 특별히 주문한 장갑이었다. 철린편과 더불어 이 한 쌍의 장갑은 그의 목숨을 지켜주는 수호신과도 같았다.

손목에서 팔뚝 부분에는 쇠사슬이 감겨져 있는데 바로 구조의 명성을 떨치게 해준 철린편이었다.

구조는 수적답게 물에서의 싸움에 특히 강했다. 그의 철린편은 물속에서도 뱀처럼 움직여 상대의 목을 조였고, 손에 끼워진 강철 손톱은 물고기 배를 가르듯 상대의 명줄을 단숨에 따버릴 수 있었다.

그러나 겁에 질린 얼굴을 하고 있는 것은 희멀건하게 생긴 애송이 한 명뿐이었다. 구조의 얼굴이 점점 험악해졌다.

"이런 후레자식들을 봤나! 이 나으리의 말씀이 들리지 않느냐?"

"부방주님의 말씀에 대답을 안 하다니… 아무래도 따끔한 맛을 먼저 봐야 정신을 차릴 족속들인 것 같은데요."

구조의 옆에 서 있던 자가 허리를 굽실거리며 아부를 떨었다. 구조의 험상궂은 얼굴이 만족스럽다는 듯이 펴졌다.

"흐흐, 그렇지."

"문주님, 저희는 아래로 내려가는 것이 좋겠어요. 또다시 피를 보고 싶지 않군요."

팽소연은 갑자기 나타난 험상궂은 사내들을 보며 무섭다는 듯이 몸을 떨었다. 어지럼증을 느끼는 듯 한 손으로 머리를 짚으며 다른 한 손으로 슬며시 유천복의 등을 떠밀었다.

"그, 그럴까요? 팽 소저가 아직 몸이 회복되지 않은 모양이오."

유천복도 마침 같은 생각이었다. 그는 도비류의 눈치를 보며 걸음을 옮기고 있었다.

―둘이 손발이 척척 맞는군. 하긴 네놈이 비겁한 것이 어디 하루 이틀 일이냐?

"무지자! 그게 아니고, 난, 그저……."

유천복이 얼굴을 붉히며 말하였다. 팽소연은 무지자가 뭐라 한 것을 눈치 채고 대뜸 딴청을 부렸다.

"어머! 문주님, 저기 날아가는 새 좀 보세요. 쌍쌍이 나는 것이 금슬 좋은 부부 같아요. 신기해라~"

상큼한 아미를 곱게 치켜 올리며 팽소연이 간드러지게 웃었다. 유천복은 날아가는 새를 보느라 팽소연이 앞을 향해 가볍게 고개를 끄덕이는 것을 보지 못했다. 도비류에게 부탁한다는 묵언의 암시였다.

도비류는 그녀의 깜찍한 행동에 실소를 터뜨리며 등에 메고 있던 봉을 아무렇게나 집어 앞으로 내밀었다. 한 손에는 여전히 술병이 매달려 있었다.

구조는 안색을 붉으락푸르락 물들이며 손가락질을 하였다. 자신을 안중에도 두지 않는다는 듯한 태도에 노기가 솟구쳤다.

"어딜 가느냐! 안하무인도 유분수지, 네놈들이 죽고 싶어 환장한 모양이구나."

말이 채 끝나기도 전에 철린편을 휘두르며 유천복과 팽소연의 앞을 가로막으려 달려들었다. 가시가 빽빽이 나 있는 철린편이 바닥을 후려치자 튀어오른 나뭇조각들이 두 사람에게 날아왔다.

"어머나! 무서워요."

팽소연은 끔찍하다는 듯이 유천복의 뒤로 몸을 숨겼다. 유천복은 배 안으로 들어가고 싶은 것을 억지로 참고 하는 수 없이 봉호문에서 들고 나온 수옥봉을 들어 철린편을 막으려 하였다.

끼기긱!

수옥봉에 철린편이 뱀처럼 휘감기자 기괴한 소리가 들렸다. 도비류는 저 봉이 대체 무엇으로 만들어진 것일까 생각하였다.

그 순간 구조의 강철 손톱은 유천복의 목을 노렸다. 팽소연이 비명을 지르고 유천복의 목이 강철 손톱에 의해 몸과 분리되려는 순간, 수옥봉이 크게 호를 그리며 위로 치켜 올라갔다.

"헉!"

마치 낚싯줄에 걸린 물고기처럼 철린편과 구조의 몸이 함께 하늘로 따라 올라가더니 그대로 뱃머리에 부딪쳤다가 물로 떨어졌다. 유천복은 너무 쉽게 구조를 물리치자 오히려 어안이 벙벙하였다. 팽소연이 박수를 치며 좋아하였다.

"문주님의 무공이 나날이 고강해지는군요. 물이 차서 저 사람 감기 걸리겠네."

팽소연이 혀를 낼름거리며 뱃전 아래를 내려다보았다.

―제법인데. 효과가 있었군.

"그럼. 매일같이 이 무거운 걸 휘두르고 있는데."

무지자의 말에 유천복도 기분이 조금 나아졌다.

"역시 복령이 좋긴 좋군."

뒤에서 술병을 입에 대고 있던 도비류는 입김을 호오 불어내며 중얼거렸다. 그는 아쉽다는 듯이 검을 들어 뱃전을 톡톡 내려쳤다. 유천복이 뜨끔한 표정으로 그를 쳐다보았다. 도비류는 시도 때도 없이 복령을 입에 올려 유천복을 자극하였다. 유천복은 울며 겨자 먹기로 도비류가 알려준 삼초검인지, 삼취검인지를 매일 삼천 번씩 휘둘러야 했으니 이때에는 이미 한 달 전의 유천복의 아니었다.

수룡방의 사람들이 주춤거리며 물러섰다. 일초에 구조를 날려 버릴 정도의 무공이라면 자신들이 덤비는 것은 섶을 지고 불로 뛰어드는 것이나 마찬가지였다. 구조의 옆에 서서 입에 침이 마르게 아부를 하던 사내가 황급히 배 아래로 뛰어내려 갔다.

철커덩!

뱃머리에 뭔가 걸리는 소리가 들려왔다. 수룡방에서 와아 하는 함성이 들린다. 구조가 어느새 철린편을 돛대에 휘감고 강철 손톱을 뱃전에 박은 채 올라오고 있었다.

"이 썩을 놈들! 감히 나 구조님을 희롱하다니!"

끄르륵―

그러나 구조의 말은 끝을 맺을 수 없었다. 말 대신 섬뜩한 소리가 목구멍에서 새어 나왔다. 미처 강철 손톱을 빼내기도 전에 마침 뱃전에 앉아 있던 도비류의 검이 그의 목을 가로로 그어버린 것이다.

수고스럽게 배를 오르던 구조의 몸은 다시 아래로 내려가야 했다. 그러나 이번에는 물속에 빠지지 않았다. 달랑거리는 머리통을 흔들며 아직 뱃전에 매달려 있었던 것이다.

"쯧쯧, 그대는 좋겠구려."

"네놈이 감히……!"

음산한 목소리와 함께 강맹한 기운이 도비류의 전신을 압박해 왔다. 그는 바닥을 박차고 뒤로 몸을 날렸다. 구조와 닮은꼴의 사내가 이를 갈고 있었다.

"죽어랏!"

"제발 부탁이오."

구력은 자신을 수룡방주로 만들어준 반월도(半月刀)를 도비류를 향해 내던졌다. 돛대에는 아직도 철린편이 팽팽히 감겨 있었고 도비류는 찰랑거리는 쇠사슬 위에 올라서 있었다. 구력의 반월도는 도비류를 그대로 돛대에 꽂아버릴 것처럼 위잉 소리를 내며 날아들었다. 그러나 그것은 단지 구력의 바람일 뿐이었다.

챙!

도비류는 가볍게 몸을 날려 반월도를 피하는 대신 그대로 검을 들어 반월도를 쳐냈다. 팅겨져 나간 반월도는 철린편을 무 자르듯이 잘라

버리고 다시 구력의 손으로 되돌아갔다.

구조의 몸은 그제야 평생을 함께해 온 장강에 몸을 누일 수 있게 되었다. 풍덩 하는 소리가 들려오자 구력의 손에 들린 반월도가 부르르 떨렸다. 반월도를 던졌다가 다시 회수하는 그의 비도술은 칭찬할 만한 것이었다.

"훌륭한 비도술이오."

도비류가 갈채를 보내자 구력의 얼굴은 소태를 씹은 듯이 일그러졌다.

유천복은 흑립을 쓴 사내들과 함께 올라온 회의노인과 마주 보고 있었다.

"구력에게 큰 기대를 한 것은 아니었지만…… 덕분에 재물이 굳었으니 감사할 따름이오."

두공의 입술이 달싹거리지도 않았는데 냉막한 목소리가 흘러나왔다.

"노인장은 뉘시오?"

유천복이 팽소연을 몸으로 가리며 회의노인에게 물었다.

"당삼고가 사라졌소, 수옥과 함께. 당신들이 그 일에 대해 이야기해 줄 것으로 생각하는데?"

"저 노인은 삼천교 사람이에요."

팽소연이 뒤에서 말해 주었다. 그녀는 황산에서 당삼고의 뒤에 서 있던 두공을 보았다. 전면으로 나서길 꺼려하는 삼천교에서 직접 나선 것을 보면 당삼고가 수옥을 가져간 것이 사실인 모양이다.

"마지막으로 우리에게 연락을 보내온 자의 말이 당신들이 사라진 것과 때를 같이하였다고 했소."

"그건 잘못 알고 있는 것이오. 우린 다만……."

유천복의 말이 미처 끝나기도 전에 두공의 신형이 코앞으로 닥쳤다.

무서우리만큼 빠른 신법이었다.

"정말 이상한 일이지 않소, 유 공자? 본 교의 도사들이 말하기를 수옥을 찾으려면 그대가 있어야 한다는구려."

유천복은 팽소연을 한쪽으로 밀치며 뱃전으로 올라섰다.

"당삼고가 언제 사라졌는지 우리는 정말 모르오."

"그건 일단 잡은 후에 물어보면 알 일."

몸을 날리자마자 두공의 장력이 휘몰아쳤다. 유천복이 서 있던 바닥이 쾅 하는 소리를 내며 부서져 내렸다.

난데없는 충격으로 밑바닥에 구멍이 뚫리자 배는 급속도로 물이 차오르기 시작했다. 유천복은 두공의 빠른 공격을 피하느라 정신이 없었다.

"유 공자의 무공이 나날이 일취월장하는구려."

귓전을 울리는 소리와 함께 두공의 모습이 사라졌다. 난데없이 수십 개의 새하얀 손바닥이 유천복을 압박해 들어왔다. 두공의 손이 갑자기 수십 개로 늘어날 리도 없건만 손바닥은 하나같이 요혈을 공격하였다.

"천수탈혼장(千手脫魂掌)!"

구력을 상대하던 도비류는 노인의 무공을 보자 안색이 변했다. 사부가 한 말이 생각났다.

"강호에 나가면 단 한 사람만은 피하거라. 바로 천수탈혼장을 쓰는 자이다. 너는 절대로 그를 이길 수 없다."

"그가 누구입니까?"

"네 무공으로 그를 상대한다는 것은 계란으로 바위를 치는 것이나 마찬가지이다. 천수탈혼장은 삼취검의 상극이니 무조건 피하도록 해라."

사부의 말대로 두공의 무공은 번번이 유천복이 펼치는 삼취검을 막아내었다. 유천복은 검을 내려치기도 전에 두공의 천수탈혼장에 막혀 다시 검을 위로 쳐들어야 했다.

탕!

유천복은 갑자기 뒤에서 날아오는 강한 기운을 느끼고 수옥봉을 들어 막았다. 구력의 반월도가 핑그르르 원을 그리며 날아갔다. 반월도의 끝에는 그 주인의 손도 함께 달려 있었다.

갑자기 배가 심하게 요동 치기 시작했다. 이미 물이 배 안에 반이나 들어차 있었던 것이다.

도비류에게 팔 하나를 내어준 구력은 배가 기울자 균형을 잃고 바닥으로 주르륵 쓸려갔다. 그가 어찌 해볼 틈도 없이 시커먼 구멍이 뚫린 채 물이 콸콸 솟아오르고 있는 소용돌이가 그의 비대한 몸을 집어삼켰다. 구력의 눈이 공포심으로 부릅떠졌다. 도비류는 허리를 구부리고 구력의 몸이 구멍 속에서 빙글빙글 돌다가 끝내는 사라지는 것을 보고 있었다. 그는 손을 살살 흔들었다.

"안녕. 즐거웠네, 친구. 이제 형제가 용궁에서 사이좋게 놀 수 있게 되었으니 내게 감사해야 할 걸세."

배는 이미 반이나 물속에 잠겨 있었다. 아우성을 치던 사람들은 강으로 뛰어들거나 작은 배에 옮겨 타고 있었다. 이미 옮겨간 팽소연이 두 사람을 향해 소리치고 있었다.

"문주님! 도 대협님! 빨리 뛰어내리세요!"

두공은 여전히 천수탈혼장으로 유천복을 상대하고 있었다. 도비류가 뛰어들었지만 역부족이었다. 천 개는 아니더라도 수십 개의 손은 각자 생명이 있는 것처럼 움직여 두 사람은 손을 막아내는 것만으로도 힘에 겨웠다.

"유 아우!"

도비류가 유천복에게 눈짓을 보냈다. 혼자서는 어렵지만 두 사람이 힘을 모으면 천수탈혼장을 깰 수 있을 것 같았다.

"도 형님이 왜 내게 끔뻑끔뻑하는 거지?"

―저 노인의 무공이 예사롭지 않구나. 기세가 대단하다. 그러나 결국에는 다 눈을 현혹시키는 것이니 자세히 보면 틈을 찾을 수 있을 것이다. 도 대협과 함께 그 틈을 노리거라.

유천복은 정신을 집중했다. 여환무단신공을 익힌 덕에 청각은 물론이고 시각도 몇 배로 좋아져 있어 마치 여인의 손처럼 하얀 손바닥 사이로 두공의 신형이 어렴풋하게 보였다.

"이제 보여! 형님, 지금이에요!"

유천복은 도비류에게 신호를 보냈다. 손바닥이 서로 엇갈리는 순간 생기는 작은 빈틈이 보였다. 유천복은 기합성과 함께 봉을 들어 두공을 찔러갔다. 두공이 움찔하는 사이 도비류가 아래에서 위로 검을 쳐 올려갔다.

두공은 하는 수 없이 손을 멈추고 뒤로 물러서야 했다. 난무하던 수십 개의 손바닥이 거짓말처럼 사라졌다.

두공은 두 걸음을 물러섰다. 그러나 그것으로 충분했다. 도비류는 유천복의 손을 잡고 작은 배로 날아 내리고 있었다.

두 사람은 배에 오르자마자 두공이 쫓아올 것이라 여기고 경계하였으나 두공은 이미 다른 배에 올라 있었다.

잠시 뒤 두공이 가볍게 손을 올렸다. 마치 인사라도 하는 듯한 모습이었다. 배는 완전히 물속으로 모습을 감추었다.

괴변

경조부 외곽성의 정문인 명덕문(明德門)으로 세 필의 말이 쏜살같이 지나갔다. 유천복은 멀리 유가장이 보이자 말의 배에 더욱 박차를 가했다.

따스한 밤 바람에 섞여 떠도는 화향은 향긋하다 못해 비릿한 내음을 풍기고 있었다. 거의 반년 만에 돌아오는 유가장이었다.

가까이 다가서자 가지가 거의 땅바닥까지 늘어진 버드나무가 반갑게 몸을 흔들었다.

유천복은 반가운 마음을 참지 못하고 구르듯이 달려갔다.

"아버지! 왕 노대! 천복이에요. 천복이가 왔어요!"

대문을 막 두드리려는 순간이었다.

갑자기 팽소연이 소매를 확 잡아끌었다. 알 듯 말 듯 미소를 띤 그녀의 앙큼한 표정으로 보아 또 무슨 장난스런 계획을 떠올리고 있는 모양이었다.

"잠깐만요, 문주님. 우리 유 장주님을 깜짝 놀라게 해드려요. 어차피 아직 그믐이 지나지 않았으니 소취란은 오지 않았을 거예요. 이미 날이 어두워 유 장주님은 잠이 들었을지도 몰라요. 소란을 피워 깨울 것이 아니라 이대로 몰래 문주님 방에 가서 숨어 있다가 아침에 유 장주님이 깨시면 아무렇지도 않게 방에서 나와 모두들 깜짝 놀라게 해드리는 거예요. 그러면 훨씬 더 기뻐하실 거 아니에요. 호호호! 제 생각이 어때요?"

팽소연이 졸라대자 두 사람은 어이없다는 듯이 서로를 쳐다보았다. 일각이 여삼추같이 길을 재촉하여 왔는데 대문을 눈앞에 두고 저런 생각을 하다니, 유천복은 여자들의 심사를 도무지 알 수가 없었다.

도비류는 난감해하는 유천복을 쳐다보며 헛기침만 연신 해대었다. 유천복은 지금이라도 당장 대문을 두드려 아버지의 모습을 뵙고 싶었다. 그러나 팽소연이 저렇듯 원하고 아버지는 일찍 잠이 드시는 편이니 그녀의 말대로 하는 것도 나쁘지 않을 것 같아 그만 고개를 끄덕인다. 유천복이 우물쭈물하는 사이 팽소연은 벌써 유가장의 담을 뛰어넘고 있었다.

"뭣들 해요? 빨리 와요."

서로를 쳐다보다 어쩔 수 없이 훌쩍 담을 뛰어넘었다. 백목련과 해묵은 노송들이 얽혀 있는 낯익은 정경이 눈에 들어오자 유천복은 눈물이 핑 돌았다. 그러고 보니 집을 떠난 지도 벌써 반년이 훌쩍 넘은 것이다. 자신을 보니 피골이 상접하여 떠날 때와는 영 달라진 모습이라

아버지가 몰라보시지나 않을까 걱정이 되었다.

'아버지는 건강하실까? 왕 노대에게 모두 들으시고 걱정이 태산 같으실 텐데 이렇게 건강하게 돌아온 모습을 보면 정말 기뻐하시겠지. 그런데……'

유천복은 군데군데 파헤쳐진 정원을 이상한 듯이 보고 있었다.

"이상하네. 아버지가 나무를 새로 심으시나?"

—나무를 심을 구덩이치고는 꽤 크군.

무지자의 말대로였다. 정원의 안쪽은 거의 다 파헤쳐져 흉물스럽게 변해 있었던 것이다. 유천복은 돌연 마음이 불안해졌다.

몇 개의 회랑을 지나 나무 숲을 따라 움직이던 도비류는 집 안에서 풍기는 야릇한 피비린내에 이상한 생각이 들었다. 게다가 집 안을 순찰 도는 호위무사의 숫자가 일개 장원치고는 너무 많았다. 일행은 몇 걸음 가지도 못하고 그림자 사이로 기척을 숨겨야 했다. 유천복은 자신이 왜 숨어야 하는지 영문도 모른 채 나무 그늘에서 숨을 죽이고 있었다. 도비류가 나뭇잎 사이로 안쪽을 살폈다.

"유 아우, 원래 집 안에 경비가 삼엄한가?"

"아뇨. 집에 호위무사 같은 건 없었는데……. 정말 이상하네? 아버지는 정원 같은 데다 재물을 쓸 리가 없는데…… 어!"

"아얏! 갑자기 멈추면 어떻게 해요."

뒤에서 오던 팽소연이 유천복의 등에 머리를 부딪치고는 새된 목소리로 말했다.

"저기 좀 보세요. 저기는 오랫동안 쓰지 않는 창고인데… 왜 불이 켜져 있지? 아버지가 새로 개조하셨나?"

유천복은 이제 완전히 밖으로 몸을 드러내고 있었다. 집 안의 이상한 분위기에 그는 한시라도 빨리 아버지를 만나야겠다고 생각했다. 유천복의 걸음이 빨라졌다.

도비류는 창고로 다가갈수록 피비린내가 진동하는 것을 느끼고 미간을 찌푸렸다.

"문주님, 아까부터 누군가 우리를 보고 있는 것 같아요."

팽소연이 속삭였다.

"이 냄새는!"

도비류는 익숙한 혈향에 더욱 긴장하며 창고로 다가섰다. 희미한 불빛이 흐르는 작은 창문 틈새로 안을 들여다보았다.

"음……."

"헉! 이게 도대체……."

도비류의 신음성과 유천복의 놀란 목소리에 팽소연이 무슨 일인가 하여 발꿈치를 들고 안을 들여다보려 하였다. 유천복은 안색이 창백하여져서 팽소연이 보지 못하게 몸으로 막아섰다.

작은 창고 안에는 온통 피칠을 한 듯 붉은 벽에 여러 장의 사람 가죽이 걸려 있었다. 머리카락과 오관이 모두 갖추어져 있었고, 피비린내나는 냄새가 사방에 자욱했다.

"저게 뭐야? 왜 집 안에 저런 시체가 있는 거지?"

"뭔데요? 나도 좀 봐요. 문주님, 좀 비켜보세요."

유천복은 처참한 광경에 차마 자세히 쳐다보지 못하고 소매를 들어 얼굴을 가렸다. 팽소연이 등 뒤에서 고개를 내밀기 위해 애쓰고 있었다. 유천복은 팽소연을 재촉하며 뒷걸음질쳐 물러서려다 이상한 느낌에 멈칫 섰다. 스쳐 지나는 중에 낯익은 모습이 있었던 것이다.

갑자기 등골이 오싹하며 찬 서리 같은 기운이 머리끝에서 발끝까지 휘감았다. 그 자리에 우뚝 서자 팽소연이 쳐다보았다. 뒤를 돌아다보았다. 이미 도비류가 문을 열고 막 들어서려던 참이었다. 자신도 모르게 두 사람을 밀치며 문을 박차고 안으로 뛰어들어 갔다.

'설마……?'

"아버지? 아버지!"

유천복이 벽에 걸린 사람 형체의 가죽을 향해 미친 듯이 달려들며 부르짖었다.

"문주님! 이게 무슨 냄새예요? 앗! 까아아아악!"

유천복의 고함과 팽소연의 비명 소리가 동시에 온 집 안에 울려 퍼졌다. 때를 같이하여 고막을 찢을 듯한 종소리가 집 안에 울려 퍼졌다. 일순간에 집 안이 대낮같이 환하게 불이 켜졌다. 그러나 사람들이 달려오는 기척은 어디에도 없었다.

'우리가 오기를 기다리고 있는 것인가?'

도비류가 술병을 입가로 가져갔다. 그의 눈빛이 더욱 어두워졌다.

유천복은 벽에 걸려 있는 사람 가죽을 벌벌 떨리는 손으로 내려놓았다.

푸르스름한 얼굴은 피로 얼룩져 있었으나 다 내려놓기도 전에 그것이 유장추라는 걸 확인하자 유천복의 신형이 휘청하며 바닥으로 쓰러지듯 무너졌다.

"대체 그게… 그게 뭐예요?"

팽소연은 차마 고개를 돌리지 못하고 두 손에 얼굴을 파묻고 있었다. 코를 찌르는 비린내에 자꾸 욕지기가 올라왔으나 애써 참고 있었다. 그녀는 유천복이 시신을 내리는 것을 보지 못하였으므로 자꾸 묻기만 하였다.

"아닐 거야… 설마 그럴 리가 없어…… 내가 꿈을 꾸는 거야…….
왜 아버지가? 이건 꿈이야."

마소의 가죽을 벗겨 무두질해 놓은 것 같은 참담한 광경이 눈에 들
어오지 않는 듯 유천복은 가죽뿐인 시신을 끌어안고 유장추의 얼굴을
쓰다듬으며 계속해서 중얼거리고 있었다.

손에 느껴지는 싸늘한 감촉은 머리 속을 관통하였으나 유천복은 그
저 고개를 설레설레 젓고 있었다. 손가락 사이로 유천복의 앉아 있는
뒷모습을 보던 팽소연이 의아한 표정을 지으며 조금씩 다가갔다.

"꿈일 거야… 아버지일 리가 없어. 깨면 분명히 눈앞에서 웃고 계실
거야."

입 안이 마르고 눈앞이 컴컴해졌으나 유천복은 앉아서 그냥 중얼거
리고 있었다. 다른 세 구의 시신들을 살피던 도비류가 중얼거렸다.

"정말 이상하군. 이상해."

시체들을 뒤집던 도비류는 낯익은 얼굴을 발견하고는 더욱 안색을
굳혔다. 바로 천왕문의 문주인 소면호 능운겸이었다.

"이건 사람의 시신이 아니군."

도비류의 나직한 음성이 사람들의 귀를 파고들었다. 이제야 이 광경
을 본 팽소연이 끝내 욕지기를 참지 못하고 땅바닥에 엎드려 격렬한
몸짓을 했다.

"저게 뭐야? 우웩!"

─여자들이란!

무지자가 말했다.

도비류가 넋이 빠져 있는 유천복의 어깨를 술병으로 툭 쳤다.

"사람이… 아니라구요?"

유천복은 술병을 받아 단숨에 들이켰다. 목구멍이 불타는 듯한 느낌에 정신이 번쩍 들었다. 그제야 아버지의 시신을 바로 쳐다볼 수 있었다.

정교하긴 했지만 그것은 정말로 사람의 가죽이 아니었다. 짐승의 가죽을 이어 붙여 교묘히 만든 인형이었던 것이다. 얼마나 귀신 같은 솜씨인지 도비류조차도 깜빡 속아 넘어갈 뻔하였다. 그러나 사방에 뿌려진 피는 분명 사람의 것이었다. 대체 누가 이토록 많은 피를 뿌려놓았을까?

"누가 이런 끔찍한 짓을? 그럼 아버지는 아직 살아 계신 거겠지요?"

눈물을 훔치며 유천복이 간절한 표정으로 도비류를 쳐다보았다.

"유 장주… 이쪽은 천왕문의 문주인 능운겸, 하나는 태감 같은데? 이런 걸 만들어 대체 어디다 쓸 작정이었을까?"

도비류는 능운겸의 인형을 바라보며 능초영이 걱정되었다. 혹시 천왕문에도 무슨 일이 생긴 것일까?

팽소연이 입가에 묻은 오물을 닦으며 다가왔다. 눈에는 아직도 눈물이 그렁그렁 맺혀 있었다.

"이게 무슨 짓이람! 연극이라도 하려는 걸까요?"

그녀의 말은 도비류의 궁금증을 단박에 해소시켰다.

"연극!"

"연극이라니 그게 무슨 소리요, 팽 소저?"

그러나 유천복만은 여전히 눈물 젖은 얼굴로 멍청히 서 있었다.

팽소연은 두려움이 가셨는지 이제는 시체들을 일일이 손으로 만져보고 있었다. 심지어는 피로 얼룩진 가죽을 몸에 걸쳐보기까지 하였다. 등에 나 있는 구멍으로 몸을 들이밀자 마치 헐렁한 옷을 입은 듯하였다.

팽소연은 가죽에 뚫린 구멍으로 손가락을 넣어 꼼지락거리고 있었다. 눈알이 있던 자리에서 삐져나온 팽소연의 하얀 손가락이 꿈틀거리는 모습은 괴기스러웠다.

"와아! 정말 무지하게 크네. 문주님의 아버님이 이렇게 뚱뚱해요? 눈, 코, 입, 전부 뚫려 있어 정말 이걸 쓰고서도 움직이는 데 아무 지장이 없겠어요."

팽소연이 가짜 가죽 속에 들어가 어기적거리며 걷는 모습은 우스꽝스러워 보였다.

유천복은 그녀가 정말 여우가 틀림없을 거라고 확신하였다. 그렇지 않고서야 어떻게 저 끔찍한 가죽을 뒤집어쓸 생각을 할 수 있을까? 역시 그녀는 사람의 탈을 쓴 여우가 분명하였다. 거기까지 생각하자 유천복은 저도 모르게 팽소연을 피해 멀찍이 물러섰다.

"가짜 노릇을 해서 뭘 한담?"

그 말은 도비류의 생각과 일치했으나 유천복에게는 더욱 궁금증을 불러일으켰다. 팽소연은 아예 가짜 가죽을 뒤집어쓴 채 팔과 다리를 움직여 보고 있었다. 유장추의 팔을 들어 유천복을 가리키며 깔깔 웃고 있었다.

"문주님, 아니, 천복아! 아버지다. 호호호…… 이걸 쓰고 이렇게 말하는 사람은 얼마나 속으로 웃어댈까!"

그녀는 그것이 단지 연극을 위해 만든 것이라 생각하는지 전혀 무서워하는 기색이 없었다.

"문주님, 우리가 이거 가져가요."

그녀는 자신의 생각이 맘에 든 듯 손뼉까지 치며 좋아하였다. 유천복이 기겁을 하며 뒤로 물러섰다.

"나중에 문주님의 아버님께서 이걸 보면 정말 신기해하지 않겠어요?"

마치 무슨 선물을 준비하는 것인 양 다정한 목소리로 말했다.

"팽 소저……."

"이렇게 얇고 정교하게 만든 걸 보면 틀림없이 안에 사람이 들어가 가짜 흉내를 내려고 한 거겠지. 유가장에 이런 곳이 있다는 것은 유 장주가 이미 일을 당했다는 얘긴데……."

도비류가 슬쩍 유천복의 눈치를 보았다. 아니나 다를까, 유천복은 구르듯이 유장추의 거처를 향해 달려가고 있었다.

"아버지! 왕 노대!"

그러나 미처 유장추의 거처에 다다르기도 전에 발을 멈추어야 했다.

지축을 울리며 한 무리의 사람들이 몰려와 둘레를 에워쌌다. 무리를 헤치고 다섯 사람이 앞으로 나왔다.

각이 진 얼굴에 세모꼴의 눈을 하고 덩치가 큰 사내가 앞으로 나왔다. 아마도 일행의 우두머리인 듯했다. 금색의 비단옷을 걸치고 얼굴은 온통 얽은 자국투성이여서 추하였으며 나이를 가늠할 수가 없었다.

맨 뒤에는 마른 체격의 회의노인이 백발이 성성한 머리카락을 위로 바짝 치켜올려 상투를 틀고 담뱃대를 꽂은 채 이쪽을 노려보고 있었다.

"저 노인은?"

도비류의 얼굴이 굳어졌다. 바로 무한의 배 안에서 천수탈혼장을 펼치던 노인이었다. 도비류는 다시금 노인의 생김새를 찬찬히 뜯어보았다. 주름진 얼굴은 푸른색을 띠고 있었고 무표정한 시선으로 일관하고 있었다.

"두공(杜公)의 말이 맞았소. 분명히 이곳으로 올 거라더니……."

곰보 자국의 사내가 혀를 끌끌 차며 두공에게 말했다. 유천복은 마치 용수철에 튕겨진 듯이 벌떡 일어났다.

"당신은? 당신은!"

유천복은 그 목소리의 주인을 알고 있었다.

바로 경조부의 상권을 장악하고 있는 추정의 아들, 추만생(追萬生)이 아닌가! 그는 인근에서 소문난 망나니였다. 용모는 추정을 닮아 추악하게 생겼으며 부녀자를 밝힘이 남의 처첩이나 혼사를 앞둔 처녀나 가리는 법이 없었다. 온갖 방법을 써서 손에 넣어 욕보인 후에 헌신짝처럼 내버리니 그 음탕함이 하늘을 가리고도 남을 지경이었다.

추정이 조정의 관리와 손을 잡고 있다는 것을 믿고서 힘없는 백성을 과도하게 사기 치고 학대하는 추만생의 악행은 영흥군로 일대에 유명하였으니 유천복이 그를 모를 리 없었다.

유천복은 아버지가 유가장을 팔라는 추정의 요구를 묵살하였다는 것을 알고 있었다.

그런데 그 추만생이 지금 이곳에 있는 것이다.

"당신이 왜 여기 있소? 우리 아버지는 어디 계시오?"

유천복이 눈을 동그랗게 뜨며 의아해했다.

"유 장주야 물론 잘 계시지. 조금만 늦게 왔다면 직접 만나보았을 텐데 아쉽군."

추만생은 바닥에 팽개쳐진 가죽으로 시선을 주었다.

"아이고, 힘들어. 들어가는 것은 쉬운데 나오기는 정말 힘드네. 끄응! 문주님, 좀 도와주세요."

팽소연은 엉거주춤한 모습으로 가죽에서 빠져나오려 애를 쓰고 있었다. 들어갈 때는 쉬웠는데 나오려니 생각처럼 쉽지 않았던 것이다.

옷자락이 모두 앞으로 쏠려 있어 여체의 굴곡이 적나라하게 드러나 있었다. 추만생은 팽소연의 뒷모습을 보며 침을 꿀꺽 삼켰다.

유천복이 다시 소리쳤다.

"아버지는 어디 있소?"

그러나 추만생은 여전히 팽소연을 보고 있었다. 간신히 몸을 빼낸 팽소연은 흐트러진 머리를 손으로 정리하고 있었다. 횃불에 비쳐 상기된 얼굴이 더욱 고혹적으로 보였다.

추만생은 입맛을 다시며 두 손을 마구 비벼대었다.

"추만생!"

유천복이 소리치자 그제야 앞을 보았다.

"왜냐고? 그야 뻔한 거지. 몰라서 묻나? 순진한 도련님이로군. 늑대가 토끼를 잡아먹는 것이 무슨 이유가 있겠나? 더구나 경조부는 생각보다 좁아서 사사건건 유가장과 부딪치니 어디 장사를 해먹을 수가 있어야지."

유천복은 점점 더 영문을 모르겠다는 표정이었다.

"장안표국에서 왜 장사를?"

"저런! 몰랐었군. 얼마 전에 용 장주가 찾아와 형편이 어려우니 용가장을 맡아달라며 애걸복걸했지."

그의 말은 유천복을 제외한 다른 사람들을 전부 이해시킬 수 있었다.

"그게 우리 아버지랑 무슨 상관이지?"

"유 장주도 너무 늙어 장사를 할 수 없을 것 같아 도와주려는 것이야."

"말도 안 돼."

―말로 해서는 안 되겠군.

유천복과 무지자가 동시에 말했다.

"수옥을 찾을 수 없으니 그걸 찾을 수 있는 사람이 필요하게 된 거겠지."

스르릉 소리를 내며 도비류의 검이 그 모습을 드러냈다.

"흥! 연극은 이제 끝났어요."

팽소연이 허리에 찬 여환검을 꼿꼿하게 세우며 마치 연극의 대사를 읊조리듯 말했다. 그러나 뒤이어 나온 말에 도비류는 쓰러질 뻔하였다.

"와아! 나 꼭 이런 대사 한번 해보고 싶었어요."

유천복은 아무 말도 하지 않았다. 그는 난생처음으로 화를 내는 사람처럼 목소리를 높였을 뿐이었다.

"아버지를 어떻게 했소?"

얼굴이 서서히 붉어지기 시작했다. 모든 상황이 이해되자 참을 수 없는 분노가 솟구쳤다.

"나는 말이야, 원하는 것이 많을수록 광포해지거든. 욕심나는 것은 반드시 차지해야 직성이 풀린다네. 듣자니 유가장의 소장주는 소상이라 불리운다는데 지금 보니 피죽도 못 얻어먹은 듯한 당나귀 꼴일세. 지 아비를 닮지 않은 걸 보니 어미 년이 화냥질해서 낳은 자식인가 보군."

"으아아아악!"

유천복이 괴성을 지르며 추만생을 향해 코끼리처럼 돌진하였다. 그러나 그 앞에 이르기도 전에 두공의 강력한 일장이 그를 가로막았다. 유천복도 쌍장으로 대적하였다.

퍼엉!

유천복과 두공은 동시에 뒤로 세 발자국씩 물러섰다. 두공은 의외였는지 이채로운 눈빛으로 유천복을 쳐다보았다. 황산에서는 놀라운 신위를 발휘하였으나 무한에서 직접 겨루어본 바로는 그리 신경 쓸 정도는 아니라고 생각했던 것이다. 그런데 자신의 일장을 막아내다니 놀라운 일이 아닐 수 없었다.

유천복은 이를 악물고 말했다.

"지금 당장 아버지를 모셔오지 않으면 절대로 가만두지 않을 테다!"

추만생은 유천복이 충격으로 정신이 어떻게 되었다고 생각했는지 웃어댔다.

"클클. 어차피 오늘 이후로는 그 아가리를 놀릴 수 없을 테니 열심히 짖어대라구. 두공, 어서 처리하시오! 나는 마음이 급하다오."

팽소연을 보며 여전히 양손을 비비던 추만생의 목소리였다.

두공의 뒤에 있던 세 사람이 동시에 앞으로 나섰다. 세 사람은 얼굴과 행색이 비슷하였으나 쓰는 무기는 제각각이었다.

오른쪽에 있는 사내는 자신의 키만큼이나 커다란 귀구도(鬼鉤刀)를 들고 있었다. 날에는 톱과도 같은 예리한 돌기가 나 있어 살짝 스치기만 하여도 살이 찢기고 피가 튈 것 같았다. 자루는 창처럼 길어 제대로 사용하려면 여간한 힘과 기술이 아니고서는 휘두르기도 힘들 터였다. 자루 끝에는 악귀의 형상이 날카로운 창날을 입에 물고 있었다.

귀주삼마(鬼誅三魔) 중 맏형인 귀구대도(鬼鉤大刀) 철마(鐵魔)가 자랑이라도 하듯 귀구도를 좌우로 내려쳤다. 윙윙 하는 바람 소리와 함께 사람들의 옷자락이 너울거렸다.

귀주삼마는 주로 운남에서 악명을 날리는 마두였다.

도비류는 힐끔 보더니 검으로 어깨를 안마하듯이 툭툭 내려치며 반가워했다.

"귀주삼마로군."

귀주삼마의 악명이 높아 언젠가는 처치하려 생각하고 있던 참이었다.

철마는 도비류가 자신들을 알아보자 한편으로는 경계하고 한편으로는 우쭐하였다. 협박하듯이 귀구도를 앞으로 내밀며 쿡쿡 찌르는 시늉을 했다.

"크크! 우리의 명성이 이곳까지 알려졌을 줄이야. 우리가 오늘 삼취검이 얼마나 대단한지 시험해 보아야겠다. 원래 빈 수레가 요란한 법이거든."

둘째인 귀산대부(鬼山大斧) 귀마(鬼魔)가 싯누런 이빨을 보이며 비릿한 웃음을 흘리고 있었다.

"귀주삼마는 누구의 밑에 들어가는 것을 꺼려한다고 들었는데 헛소문이었군. 한낱 상인의 개 노릇이나 하고 있다니……."

"그 아가리를 벌릴 시간도 얼마 없을 테니 실컷 떠들라구."

이름에 걸맞게 얼굴이 시커멓고 봉두난발을 한 귀마가 날이 시퍼렇게 선 도끼를 들고 철마의 옆에 서 있었다. 도끼는 백금으로 만들었고 그 표면에도 악귀가 아로새겨져 있었다.

강철로 만든 도끼 자루는 그의 손때가 묻어 반지르르 윤이 나고 있었다.

검신이 온통 푸른색인 삼취검은 달빛을 받아 더욱 창백하게 빛나고 있었다. 도비류는 천천히 검을 들어 양손에 쥔 뒤 가슴 앞에 검을 세웠다.

귀마는 코웃음을 치며 이랑부법(二郞斧法) 중 사해귀천(四海歸天)의 초식으로 도비류의 머리와 가슴을 공격하여 들어왔다.

도비류는 귀마의 반월대부가 코앞에 들이닥칠 때까지 움직이려 하지 않았다. 도비류의 검이 반월대부의 번쩍거리는 빛을 가르며 위에서 아래로 내려쳐졌다. 단순히 내려치는 그 동작에 귀마는 자신을 놀리는가 싶어 피하지도 않은 채 반월대부를 머리 위로 들어 올렸다. 그러나 도끼가 검에 닿기도 전에 태산과 같은 압박감이 귀마를 짓눌렀다. 화들짝 놀라며 피하려 하였으나 이미 몸이 움직이지 않았다.

검이 도끼에 닿는 순간, 귀마는 손아귀가 화끈하더니 그만 도끼 자루를 놓치고 말았다. 무게가 백 근은 족히 나갈 것 같은 도끼 자루가 핑그르르 돌며 귀마를 향해 떨어졌다. 귀마는 마치 그물에 얽힌 듯 몸을 움직일 수가 없었다. 그는 자신의 반월대부가 소리도 없이 발목을 잘라내는 것을 멍청하게 보고 있었다. 도끼는 발목을 반이나 자르고 땅에 푹 소리를 내며 처박혔다. 핏물이 솟구치며 참을 수 없는 고통이 다리를 타고 전해졌다.

"으아악!"

공기를 찢어내는 듯한 비명이 하늘로 가득 울려 퍼졌다.

"어머! 멋있어요."

삐이익!

팽소연은 여환검을 겨드랑이 낀 채 양손의 검지손가락 두 개를 입속에 넣고 휘파람을 불었다.

귀마는 경악에 찬 표정으로 도비류를 쳐다보았다. 도비류는 담담한 표정으로 삼취검을 다시 가슴 앞에 일자로 눕혔다. 단 일 초 만에 발목이 거의 잘린 귀마는 눈이 뒤집혔다. 반월대부를 뽑아 들고 일어서는 그의 면전으로 새파란 한기가 닥쳐왔다.

스으윽!

가슴이 섬뜩하였다.

그는 믿을 수 없다는 표정으로 자신의 베어진 가슴을 내려다보았다. 그제야 상처가 벌어져 피가 분수처럼 뻗어 나오고 있는 가슴을 움켜쥔 채 귀마의 몸뚱어리는 통나무처럼 쓰러져 다시는 움직일 수 없는 신세가 되었다.

철마와 금마가 동시에 괴성을 질렀다.

“다 죽여 버리겠다!”

“철마!”

두공의 낮은 음성에 철마는 방향을 바꿔 악귀처럼 고함을 지르며 유천복에게 달려들었다.

무작정 달려들려는 유천복에게 무지자의 목소리가 들려왔다.

—흐흐, 그렇지 않아도 몸이 뻐근했는데 잘되었군. 네 실력이 얼마나 늘었는지 볼 수 있겠다. 일단 후원 쪽으로 가.

“난 정말 싸움이 싫어.”

유천복은 투덜거리면서도 무지자의 말대로 후원을 향해 달려갔다.

구름은 어느새 실낱 같은 달빛조차 부끄러운 듯 품고 있었다. 주위에 대낮같이 밝혀졌던 횃불들도 갑자기 불어온 세찬 바람에 생명력을 잃었다. 주위는 단숨에 어둠에 휩싸였다.

철마는 유천복의 모습이 보이지 않자 당황하였다. 어느새 검은 나무들이 빽빽한 후원까지 자신이 깊숙이 들어와 있음을 느꼈다.

밤이 주는 어둠은 사람의 투지를 좀먹는 마력이 있다. 게다가 이곳은 유천복의 집이 아닌가!

철마는 자신도 모르게 긴장하여 어깨가 뻣뻣하게 굳어졌다. 그리 멀지 않은 곳에서 다시 횃불이 보이자 비로소 그는 안도하였다.

"쥐새끼 같은 놈! 숨어 있지 말고 어서 나와라!"

유천복은 처음으로 사람을 죽이기 위해 몸을 숨기고 있었다. 여전히 내키지는 않았으나 아버지를 생각하면 추만생에 대한 분노가 솟구쳤다. 유천복은 서서히 나무 그늘 사이로 몸을 움직여 나무 위로 올라갔다.

그림자의 음산한 빛은 어둠과 잘 어울렸다. 마치 어둠이 자신의 일부를 떼어냈다가 다시 붙여놓은 것처럼 유천복의 신형은 흔적조차 남기지 않았다.

"이 새끼! 얼마나 숨어 있을지 두고 보자!"

귀구도가 시퍼런 빛을 뿌리며 주변의 나무를 미친 듯이 베어갔다. 갑자기 머리끝이 쭈뼛 서는 듯한 감각이 그의 전신을 지배하였다. 허공에서 검은 나무줄기 같은 것이 내려오고 있었으나 그는 눈치 채지 못하였다.

스윽―

자신의 머리통이 몸과 분리되기 직전 철마가 소리를 지르며 펄쩍 뛰었다. 유천복이 들고 있던 보검에서 반짝거리는 빛이 반사되어 철마의 귀구도에 비쳤기 때문이었다.

"내 이럴 줄 알았어. 네 말을 들은 게 잘못이지."

―멍청이! 숨소리가 너무 컸어.

공격이 실패하자 유천복은 나무에서 홀쩍 뛰어내렸다. 드러난 유천복을 향해 철마의 육중한 몸이 달려들었다. 미친 황소처럼 날뛰는 철마에게서 무시무시한 살기가 뻗쳐 나왔다.

귀구도는 단병기인 도(刀)의 단점을 보완하여 자루 끝에 장창을 붙인 것이었다. 단병기와 장병기의 장점을 모두 취한 것이었다. 그러나 철마가 생각하지 못한 것이 있었다. 그것은 귀구도에서 장창으로 공격을 변환할 때 생길 수 있는 약간의 시간이었다.

유천복은 이 짧은 시간에 자신의 몸을 철마의 몸 가까이 붙일 수 있을 만큼 거리를 좁혔다. 그러나 유천복이 휘두르는 보검의 진로는 어느새 뒤따라온 귀창이 전부 막아내고 있었다. 너무 가깝게 붙은 탓일까? 유천복의 움직임을 감지한 철마의 귀창이 유천복의 몸을 꼬치처럼 꿰뚫으려는 순간이었다.

퍼억!

둔탁한 타격음이 들렸다. 유천복이 머리통을 적절히 사용하여 철마의 안면을 들이받았던 것이다. 뜻밖의 공격에 철마의 콧등은 움푹 함몰되었고 피가 철철 흘러내리고 있었다. 그리고 그것이 철마가 마지막으로 느낀 육체적 고통이 되었다.

철마는 믿을 수 없다는 표정으로 자신의 뱃속에 박힌 검을 양손으로 움켜쥐었다.

—돌려.

유천복의 손목이 돌아가자 철마의 묵직한 몸은 그대로 뒤로 넘어갔다.

'아름답다.'

금마는 도비류의 움직임이 아름답다고 생각했다.

도비류는 단지 그를 향해 걸어오고 있을 뿐이었다. 손에 들고 있는 검의 주위에 반짝거리는 별빛이 흘러내리고 있었다. 그것은 검에 달라

붙었다가 명멸해 가는 나방들의 날갯짓이었다.

푸르스름한 삼취검은 나방들에게 어떤 느낌을 주는 것일까? 팽소연은 삼취검 주위에 몰려든 나방을 보며 생각했다.

그것이 도비류가 남은 술을 삼취검에 부어 주향이 풍기기 때문이란 걸 그녀가 알 리 없었다.

도비류의 검은 마치 빛을 뿜어내는 것 같았다. 검 주위를 둘러싼 밝은 빛은 단순히 검에서 풍겨 나오는 것이 아니었다. 검을 잡고 있는 도비류의 전신에도 푸르스름한 기가 피어오르고 있었다.

금마는 눈을 가늘게 떴다. 오늘 밤은 유난히 귀기가 서려 있었다. 눈앞에 보이는 환상은 아마도 그 때문일 것이다. 그러나 도비류가 천천히 다가올 때마다 마치 거대한 바위가 앞으로 굴러오는 듯한 압력은 환상이 아니었다.

금마는 자신의 애병인 금침과추(金針瓜錐)를 내밀지도 못하고 움찔움찔 뒤로 물러났다. 금침과추는 짧은 철봉에 타원형의 철퇴가 달려 있는 것으로 그 끝에는 고슴도치처럼 가시를 박아 넣었다. 귀주삼마 중 금마가 쓰는 이 금침과추는 무림인이라면 사용하기를 꺼리는 병기 중 하나였다.

금침과추의 끝에 매달린 철퇴는 원심력을 이용한 무기라서 힘이 별로 세지 않은 이도 가공할 파괴력을 낼 수 있다는 장점이 있지만 다루기가 까다롭다. 만약 적이 철퇴의 회전 반경 내에 들어오면 속수무책으로 목숨을 잃거나 무기를 버릴 수밖에 없다는 점 때문에 무림의 인물보다는 녹림단의 도적 등이 무공을 모르는 이를 척살할 때나 주로 사용하는 무기였다.

그러나 금마는 금침과추와 봉을 쇠사슬로 연결하여 마음대로 채찍처럼 사용할 수 있도록 만들었다. 그렇게 함으로써 단점을 보완하고, 휘두르거나 감아서 살상할 수도 있도록 쇠사슬에도 촘촘히 가시를 박아 넣었다.

귀주삼마가 명성을 떨칠 수 있었던 것도 그들이 특별히 주문 제작한 병장기에 힘입은 바가 컸다.

금마는 가시가 촘촘히 박힌 타원형의 철추를 마치 뱀처럼 이리저리 자유자재로 움직였다.

파앗!

철추가 내려쳐질 때마다 바닥에서 돌 가루가 튀며 움푹 패인 자국이 생겼다. 어느새 수십 개의 자국이 정원을 가득 메우고 있었다. 금침과 추가 좌우에서 어지럽게 번뜩였다. 금마는 도비류의 주위를 빙글빙글 돌며 둥근 울타리를 만들었다. 도비류는 예의 그 자세 그대로 원의 중앙에 검을 모은 채 서 있었다.

금마의 몸이 어느 순간 원 안으로 뛰어들었다. 이어서 날카로운 기합 소리가 들리더니 도비류의 몸이 허공으로 솟구쳤다. 이 장을 뛰어 올랐다 거꾸로 떨어져 내리며 허공에 환한 빛무리를 그려내었다.

천지를 찢어내는 듯한 괴이한 소리가 천지를 가득 덮었고, 세찬 바람이 휘몰아치더니 신음성과 함께 쇠가 부러지는 소리가 뒤를 이었다.

사람들이 본 것은 그저 쓰러져 있는 금마와 부러진 금침과추뿐이었다. 그 둥근 빛무리 안에서 어떠한 일이 벌어졌는지는 두 사람만이 알 것이다.

"두, 두공!"

추만생은 안색이 잔뜩 굳어 있었다. 두공의 말만 믿고 섣불리 행동한 것이 아닌가 하는 후회가 들었다. 그러다 다시 팽소연에게로 시선을 돌렸다. 침어낙안(沈魚落雁)이라 했던가! 버들가지 같은 허리하며 쭉 뻗은 몸매가 한숨이 나오도록 아름다웠다. 추만생은 뻐근해지려는 아랫도리의 감촉을 느끼며 바지춤을 추슬렀다.

"뭐 하고 있는 게요, 두공이 직접 저들을 처리하지 않고?"

추만생은 느긋하게 생각하기로 하였다. 조정대신들에게 줄을 대고 있고, 삼천교도 뒤를 봐주고 있으니 천하의 상권을 틀어쥐는 것은 시간 문제였다.

◆제17장 **신공**
神功

두공은 끌끌 혀를 찼다. 마침 철마를 처치하고 달려 온 유천복이 도비류와 두공의 사이에 서게 되었다.

두공의 다섯 손가락이 부채처럼 펼쳐졌다.

"어엇! 이거 왜 이러지?"

유천복은 마치 누군가에게 끌려가듯 주르륵 앞으로 딸려갔다. 굉장한 힘이 그를 끌어당기고 있었다.

팽소연이 깜짝 놀라 유천복의 허리를 안았으나 속수 무책이었다. 당기는 힘이 어찌나 굉장한지 이내 그녀까 지 주르륵 끌려가는 신세가 되고 말았다.

"무지자!"

다시 무지자를 불렀다.

―격공섭물(隔空攝物)! 마음을 공(空)으로 기(氣)를

허(虛)로!

유천복은 무지자의 말이 무슨 뜻인지 알 수 없어 답답하였다. 그동안에도 두공의 손은 계속해서 그를 끌어당겼다. 이렇게 되면 자신의 힘으로 버티는 수밖에 없다고 생각했다. 유천복은 아랫배에 힘을 주고 발을 땅에다 붙였다.

그러자 아랫배에 쐐아 하는 소리가 들리며 일시에 뜨거운 피가 몰리는 느낌이 들었다. 태산이 앞을 가로막기라도 한 듯 갑자기 그를 끌어당기던 힘이 약해졌던 것이다. 유천복은 넘어질 듯 비틀거리긴 했지만 안간힘을 쓰자 간신히 서 있을 수 있었다.

"유 공자의 무공이 갈수록 노부를 흥미롭게 하는구려."

두공이 손을 거두자 일시에 유천복을 당기던 힘이 사라졌다. 유천복은 몸을 힘껏 뒤로 제치고 있었기 때문에 뒤에서 그를 붙들고 있던 팽소연과 엉덩방아를 찧고 말았다. 유천복은 등으로 뭉클한 여체가 느껴지자 튕기듯 일어섰다. 얼굴이 화끈 달아올랐다.

"아버지는 어디 있어요?"

유천복이 얼굴을 붉혔다. 그것이 분노 때문인지 창피함 때문인지는 오직 그만이 알 것이었다.

두공은 여전히 뒷짐을 진 자세였다.

"나도 묻고 싶은 말이 있다오. 지금 말해 주겠소? 아니면 영존을 뵌 후에 답을 주시겠소? 시간이 늦어질수록 영존의 모습은 아마도 공자와 비슷해질 것 같은데……."

마치 친한 친구에게 말을 건네듯 부드러운 어조였으나 내용은 친절한 것이 아니었다. 두공은 아버지를 굶기겠다고 협박을 하고 있었다. 우스운 일이긴 해도 그 말이야말로 유가장의 두 부자가 가장 무서워하는 말이었다. 유천복은 아버지의 평소 식탐을 아는지라 상상만 하여도 몸서리가 쳐졌다.

"수옥을 말하는 것이라면 백 번 물어도 소용없다구요. 당삼고나 찾아볼 일이지 왜 나를 쫓아다니는 거예요. 자, 보라구요. 내가 수옥을 가지고 있는가."

유천복은 답답하다는 듯이 말하며 자신의 옷을 뒤집어 보였다. 그 바람에 들고 있던 보검이 바닥으로 떨어졌다. 공수의 무덤에서 팽소연이 억지로 손에 쥐어주어 가지고 나온 검이었다. 화려한 검끝은 철마의 피로 검게 얼룩져 있었다.

낮이라면 보검에 박혀 있는 수많은 보석들이 사람들의 이목을 끌었을지 모르나 지금은 밤이었고 떨어지자마자 이내 유천복이 벗어 던진 옷 더미 속으로 모습을 감추었다.

유천복이 상의에 이어 하의까지 벗으려 하자 팽소연은 깜짝 놀라는 체하며 얼른 손으로 눈을 가렸다. 그러나 손가락 사이를 살짝 벌리는 것은 잊지 않았다.

"어머낫! 문주님!"

두공은 유천복의 우스꽝스런 태도에도 전혀 표정의 변화가 없었다.

"기억이 나지 않는다면 잠시 시간을 드리지."

두공은 느긋한 표정이었다.

흑립을 쓴 자들 다섯이 도비류와 팽소연을 에워쌌다.

유천복이 그쪽으로 달려가려 하자 두공의 손에서 흰 빛이 쏟아지더니 주변의 나무에 걸쳐졌다.

유천복이 보니 기다랗고 하얀 천이 머리 위로 지나가고 있었다. 두공이 다시 몇 개의 돌을 주워 바닥에 뿌리더니 부적을 꺼내어 그 위로 던졌다.

"망형망아(忘形忘我) 입자지지(入者知止)!"

두공이 소리치자 돌연, 일진광풍이 불더니 주위가 컴컴해지며 정원에 있던 많은 사람들이 일시에 사라졌다. 유천복이 깜짝 놀라 소리쳤다.

"헉! 이게 대체 무슨 조화요?"

―결계를 만들었구나.

유천복은 유가장이 사라지고 막막한 황무지에 두공과 단둘이 서 있는 자신을 보고 경악하였다. 하늘은 싯누런색을 띠었고 바닥의 돌들은 생김새도, 모양도 이상하였고 밟는 대로 푸석거리며 부서졌다. 바람 한 점 없는 공기는 후텁지근하고 끈적거리는 것이 마치 다른 세상에 온 것 같았다.

"여기가 대체 어디요? 다, 다른 사람들은 어디 갔소?"

팽소연은 유천복이 갑자기 손발을 허우적거리며 물에 빠진 사람처럼 행동하는 것을 보았다.

"문주님!"

유천복을 부르며 다가서려 했지만 어찌 된 일인지 손에 잡힐 듯 가까이 있는 그에게 다가설 수가 없었다.

팽소연이 크게 놀라 여환검을 휘두르며 추만생에게 달려들었다.

"무슨 짓을 한 거냐?"

흑립을 쓴 자들이 팽소연을 막아서자 추만생이 손짓을 하여 물러서게 하였다.

"너는 그런 것에 신경 쓸 것 없다. 내게 귀한 보물이 있는데 같이 즐기지 않겠느냐? 나랑 단둘이 있어보면 저런 놈은 생각도 나지 않을 것이다.”

추만생이 징그럽게 웃으며 손을 뻗쳤다.

“이런 곰보 같은 것이 어디서 주둥이를 놀리는 거야!”

팽소연이 평상시의 모습과는 달리 우악스럽게 달려들며 추만생의 목줄기로 여환검을 뻗었다. 추만생은 헛바람을 들이키면서도 웃음을 잃지 않았다. 그의 무공이 대단한 것은 아니었으나 팽소연을 상대하기에는 그리 부족해 보이지 않았다.

챙! 하는 소리가 들리며 종잇장보다 얇은 검이 파르르 떨었다.

“흐흐, 계집이란 이렇게 매서운 맛이 있어야 더 먹음직스럽다니까. 아직 진짜 사내가 어떤 것인지 모르기 때문에 저런 허여멀건 사내를 쫓아다니는 게야. 사나운 암괭이도 길들이고 나면 스스로 털을 부벼대지.”

“너…… 이! 이!”

노골적인 추만생의 말에 팽소연이 말을 잇지 못하였다. 대신 얼굴이 시뻘게져서 그를 죽일 듯이 달려들었으나 그는 흑립인들 사이로 피해 버렸다.

도비류는 흑립인들을 상대하고 있었다. 하나같이 냉막한 표정의 흑립인들은 개개인의 무공은 귀주삼마보다 떨어졌으나 협공이 경지에 다다라 상대하기가 어려웠다.

다섯 자루의 장검이 일제히 두 사람을 찔러왔다. 도비류와 팽소연은 양쪽으로 갈라지며 장검들 사이를 빠져나갔다. 그러나 흑립인들의 공세는 변화가 다양하여 마치 물이 흘러내리듯이 면면히 이어졌다.

“소양검법(小陽劍法)!”

도비류가 알아보고 소리를 질렀다. 다섯 명의 흑립인이 펼치고 있는

것은 공동파의 소양검법이었다. 공동파까지 삼천교의 수하 노릇을 하
다니… 도비류의 머리 속은 어지럽기만 하였다.

합공의 위력이 대단한 걸 보니 공동파 내에서도 신분이 낮지 않은
자들이 분명하였다. 그러나 그들의 얼굴은 마치 가면을 쓴 듯 무표정
하였다.

다섯 명은 각기 오행의 원리에 따라 다섯 방위에서 서로 상생상극의
원리에 따라 접근하기도 하고 물러서기도 하며 빙글빙글 돌고 있었다.
돌아가는 속도가 빨라질수록 원 안에는 세찬 회오리바람이 부는 듯하
였다.

그러나 오래지 않아 합공은 무너졌다. 토(土)의 방위에 어느새 도비
류가 서 있었다. 그는 검으로 바닥에 쓰러진 흑립인 한 명의 목을 겨누
고 있었다. 흑립인은 조금만 움직여도 머리와 몸이 양단될 지경이라
숨도 크게 내쉬지 못하고 있었다.

원래 오행의 이치를 따른 검법인지라 한쪽이 무너지자 다른 쪽이 우
왕좌왕하였다. 그 틈에 도비류의 검은 흑립인들의 장검을 모두 하늘로
날려 보냈다.

추만생은 바닥에 쓰러져 있는 흑립인들을 보자 마음이 급해져 그만
팽소연이 휘두르는 검에 얼굴을 살짝 베이고 말았다.

"이런 쌍년!"

추만생은 얼굴을 감싸 안으며 팽소연에게 거친 욕설을 퍼부었다. 그
러나 그는 도비류가 곧 자신에게 달려들 거라고 생각했는지 서둘러 안
채로 몸을 날렸다.

흑립인들도 일어나 분분히 사라지고 정원은 어느새 적막감과 고요
함마저 감돌았다. 팽소연은 깔깔거리고 웃으며 추만생이 사라진 쪽을

향해 여환검을 몇 번 휘둘렀다.

"그러게 까불지 말라고 했지! 이 팽 소저님도 알고 보면 무서운 사람이라구."

팽소연은 혀를 낼름거렸다.

도비류는 유천복이 진법에 갇혀 있음을 알아보았다.

"어이! 안 들리나?"

고함을 질렀으나 유천복에게는 들리지도 보이지도 않는 모양이었다. 여전히 주위를 두리번거리고 있는 모습이 보였다.

도비류는 바위에 걸터앉아 술병을 꺼내 들었다.

팽소연은 문득 당삼고가 어디로 갔을까 궁금하였다. 당삼고가 수옥을 들고 사라지지만 않았어도 이런 일은 벌어지지 않았을 텐데 생각하니 원망스럽기만 했다. 유장추의 환심을 사 올해 안에 시집가려던 그녀의 계획이 차질을 빚게 된 것이다.

"망할 놈의 당삼고, 정말 도움이 안 된다니까."

일의 전말은 사실 이러했다.

그날 수옥을 보고 탐심이 동한 오산과 화산파 사람들은 호시탐탐 수옥을 가로챌 궁리만 하고 있었다. 오산은 팽소연이 당삼고의 방으로 가면 기회가 생길지도 모른다고 생각했는데 당삼고는 통 방에서 나올 생각을 하지 않았다.

화산파의 제자들과 머리를 맞대고 의논한 결과 팽소연이 쓰려 했던 방법을 다시 한 번 쓰기로 하였다. 주방에 가서 모든 음식과 술에 미혼약을 풀고 때를 기다렸다. 당삼고의 부하들은 그 음식과 술을 먹고 모두 잠이 들었으나 어찌 된 일인지 당삼고는 꼼짝도 않고 있었다.

오산이 당삼고의 방에 가보았으나 방은 이미 텅 비어 있었다. 오산이 생각하기를 당삼고도 그 수옥을 혼자서 차지하기 위해 사라진 것이라 여겼다. 오산은 화산파의 제자들을 재촉하여 당삼고의 뒤를 쫓았다.

그 뒤에 도비류와 유천복, 팽소연 등이 떠났으니 객잔 안에는 잠든 당삼고의 부하들만이 있을 뿐이었다.

삼천교에서는 수옥이 사라지자 당삼고의 행방을 찾기 위해 백방으로 수소문하였으나 찾지 못하게 되자 유천복을 만나기 위해 유가장으로 온 것이었다. 그 와중에 삼천교에 막대한 재물을 쏟고 있는 장안표국이 어부지리로 유가장을 손에 넣을 궁리를 하였던 것이다.

도비류의 시선은 유천복이 아닌 유가장의 안쪽으로 향해 있었다. 아까부터 그쪽으로 신경이 쓰였다. 희미한 불빛이 비치는 그곳에서 사람의 그림자가 어른거렸던 것이다.

'누군가 있다!'

도비류의 생각대로 이 모든 사태를 지켜보는 한 쌍의 눈이 그곳에 있었다. 주인없는 유장추의 방에는 호리호리한 체구의 중년인이 창가에 서서 아래를 내려다보고 있었다. 은은한 달빛에 드러난 두 눈은 마치 여인의 그것처럼 반짝거렸다.

수려한 검미와 서늘한 눈동자, 오뚝한 콧날과 꽉 다문 입술이 어느 절세가인 못지않게 아름다웠다.

"유천복이라… 의외의 변수로군. 후후, 재미있어."

중년인의 긴 손가락이 가볍게 관자놀이를 문질렀다.

그때 실내가 향기로 진동하며 사르륵거리는 옷자락 소리가 들려왔다. 중년인은 잠시 흠칫했으나 뒤를 돌아보지는 않았다. 대신에 창틀에 올려진 주먹을 힘껏 쥐었을 뿐이다.

"무슨 생각을 하고 계세요?"

옥구슬이 울리는 듯한 영롱한 목소리가 방 안에 울려 퍼졌다. 나타난 백의녀는 고아하고 아름다운 자태를 드러내며 살며시 걸어왔다. 여인은 나긋나긋한 손을 뻗어 중년인의 뒤에서 허리를 끌어안았다. 달콤한 숨결이 귓가에서 나직이 속삭였다.

중년인은 여인의 손을 세차게 뿌리쳤다. 여인의 귀밑이 확 달아올랐다. 중년인의 두 눈이 분노로 탁해져 있었다.

"누가 마음대로 궁을 나서라 하였소?"

여인의 달처럼 빛나던 얼굴이 금세 어두워졌다. 붓으로 그려놓은 듯한 눈썹과 백옥 같은 양 볼에 그림자를 드리우는 긴 속눈썹이 파르르 떨렸다.

"저는 단지……."

"흥! 그것은 찾았소?"

싸늘한 냉소가 중년인의 입에서 흘러나오자 여인의 교구가 심하게 흔들렸다. 여인은 이토록 냉대를 받으리라고는 생각하지 못하였는지 눈물이 가득 고인 눈으로 원망스럽게 중년인을 쳐다보았다.

난처한 듯 옷자락을 손가락에 감아쥐는 손짓마저도 기품이 서려 있었다. 여인은 그렇게 흐르는 눈물을 닦아낼 생각도 하지 않은 채 변명하듯 말을 이었다.

"요새 궁의 경비가 사뭇 심해져서… 오늘도 간신히 빠져나온걸요."

애처롭게 말하며 다가서는 여인을 중년인은 보기도 싫다는 듯이 휙 뒤돌아 섰다. 여인의 얼굴이 더욱 비참하게 일그러졌다.

"당장 돌아가시오. 그리고 당분간은 궁을 떠나는 일이 없도록 하시오. 어머님께서 당신을 그곳으로 보낸 것은 바로 그 때문이오. 쓸데없는 감정으로 일을 그르친다면 아무리 당신이라도 용서하지 않겠소."

중년인의 말은 날카로운 비수처럼 여인의 가슴을 파고들었다.

"분명히 황궁 비고에는 없어요. 그리고…… 나는, 나는 그곳에서 나오고 싶어요. 이곳에… 곁에 있고 싶어요. 하루하루가 제게는 지옥이라구요."

여인의 가녀린 교구가 끝내 바닥으로 쓰러졌다. 흐느끼는 울음소리가 들리자 중년인의 얼굴에 짜증이 묻어났다. 그는 지겹다는 표정을 짓고 있다가 결국은 마지못해 손을 내밀었다. 형식적인 목소리가 그의 입에서 흘러나왔다.

"조금만 더 참으시오. 만일 수옥을 찾아 그 비밀을 풀 수만 있다면 우리의 오랜 염원이 이루어지는 것이오. 그러면 그때는 영원히 함께 있을 수 있소."

여인은 촉촉한 눈을 들어 눈앞에 내밀어진 손을 바라보았다. 마치 여인의 섬섬옥수처럼 손가락 끝이 가늘고 긴 아름다운 손이었다. 그녀는 저 손이 자신을 어루만질 때의 느낌을 떠올렸다. 어디를 어떻게 만지면 그녀가 기쁨에 몸을 떠는지 너무도 잘 알고 있는 손이었다. 저도 모르게 묘한 신음을 흘리며 여인이 몸을 비틀었다.

중년인은 한 줌도 안 되는 여인의 허리를 가볍게 안아 자신에게 끌어당겼다. 두툼한 입술이 격렬하게 여인의 입술을 덮쳐 갔다. 궁장을 틀어 올린 머리채가 어느새 풀어져 길게 드리워져 있었다. 중년인의 손이 거칠게 여인의 머리채를 움켜쥐었다. 여인의 목이 뒤로 확 젖혀지며 눈물에 젖은 고혹적인 얼굴이 드러났다.

"아아! 저를 버리지 마세요."

여인의 입에서는 가느다란 신음성이 흘러나왔다. 중년인은 눈살을 찌푸렸으나 야릇한 기대감으로 이미 몸이 달아오른 여인은 중년인의 다리에 매달렸다.

정원의 동편은 어수선하였으나 유가장의 다른 곳은 조용하고 적막하였다.

달빛조차 스며들지 못하는 후원의 나무 그늘 사이로 하얀 신형이 어른거렸다.

"더러운 계집! 어머니만 아니면……."

후원을 내려다보는 중년인의 눈빛은 뜨거운 열정을 쏟아낸 후에도 변함없이 차가웠다. 아니, 오히려 경멸의 빛을 가득 담고 있었다.

유천복과 후원을 번갈아 보고 있던 도비류의 눈에 하얀 신형이 비친 것은 그때였다. 아른거리는 신형은 담을 넘으려다 잠시 멈칫하더니 뒤를 돌아다보았다. 순간 도비류는 머리 속이 둔탁한 망치로 얻어맞은 듯한 충격에 휩싸였다.

"도영!"

뒤돌아보는 그 얼굴은 틀림없는 죽은 도영이었던 것이다!

유천복은 양쪽 무릎을 굽힌 채 양손으로 바닥을 내리누르고 있는 이상한 자세를 취하고 있었다. 마치 오체투지(五體投地)라도 하고 있는 듯한 모습이었다.

"으으…… 어떻게 된 거야? 일어날 수가 없어."

ㅡ포박술(捕縛術)을 쓰는구나.

유천복은 하늘이 무너지는 듯한 태산 같은 압력에 몸이 짜부라지는 듯한 고통을 느꼈다. 바로 눈앞에 두공의 신발이 보였다.

"유 공자, 몸이 조금 무거워 보이는구려."

유천복은 고개를 들고 싶었으나 마치 천 근의 추를 매단 것처럼 조금도 움직일 수가 없었다. 오히려 몸은 점점 바닥으로 향하고 있었다.

얼굴이 시뻘게진 채 땅을 내려다보고 있는 유천복의 눈앞으로 땀이 비 오듯 떨어졌다. 두 손은 바닥을 지탱하느라 부들부들 떨리며 땅속으로 푹푹 빠져들었다. 아무리 안간힘을 써보아도 일어설 수가 없었다. 유천복은 발목까지 흙이 차 오르자 고함을 질렀다. 차츰 숨이 막혀 오자 이대로 땅속에 생매장당할지도 모른다는 두려움이 그의 뇌리를 지배하였다. 한 줌의 생기조차 없는 메마른 땅이 유천복의 몸을 서서히 삼키고 있었다.

뒤쪽에서 지축을 울리는 발걸음 소리가 들리더니 시커먼 그림자가 나타났다. 죽을힘을 다해 목을 조금 돌리자 이상한 짐승이 보였다.

몸은 말이었으나 머리는 용의 형상을 한 짐승의 키는 구 척이나 되었다. 긴 목과 마른 뼈 위로 날개가 달렸는데 날개를 한 번 퍼덕일 때마다 세찬 광풍이 휘몰아쳤다. 이때 유천복의 몸에는 일 갑자에 달하는 내공이 있었으나 아무 소용이 없었다.

"반가운 친구가 나타나셨군."

"저, 저게 뭐야?"

―용마(龍馬)! 천지간의 정기가 형상으로 나타나는 것이다. 이자가 결계 안에서도 이토록 자유롭게 용부진(龍負陣)을 펼치다니……!

"그게… 뭔데?"

퍽!

마침내 유천복의 얼굴이 땅바닥에 마주 닿았다. 작은 회색 돌들이 유천복의 얼굴 아래에서 비명을 지르며 부서졌다.

―용부진은 신수(神獸)인 용마를 불러내는 마법진이다. 아직도 이 진법을 알고 있는 자가 있다니……. 저자의 정체가 정말 궁금하군. 그런데 너는 언제까지 그러고 있을 거냐? 차라리 기절하는 게 어때? 그러면 내가 처리해 주지.

무지자가 한심하다는 듯이 말했다.

입속으로 꾸역꾸역 밀려 들어오는 흙을 혀끝으로 밀어내며 간신히 한마디 하였다.

"끄응! 싫어. 근데 어떻게 싸우지?"

그 순간 무가 뽑혀지듯 유천복의 몸이 흙에서 쑤욱 빠져나왔다. 용마의 검고 긴 손가락이 유천복의 숨통을 막았다. 다리를 허우적거렸지만 발이 땅에 닿질 않았다.

유천복은 숨이 넘어갈 듯한 공포심으로 심장이 터질 지경이었다.

"캑캑!"

끄르르륵―

눈앞에서 흔들리고 있는 세 가닥의 긴 용염(龍髥)에서 허연 침이 흘러내려 유천복의 얼굴을 적셨다.

―심즉기(心卽氣), 기즉허(氣卽虛). 잘 들어. 보이는 것이 다가 아니다. 아까도 봤잖아. 때로는 환상이 실제보다 더 무서울 수 있고 사람도

죽일 수 있는 것이다. 원래 용(龍)이란 동물은 진괘(震卦)에 속하면서 동방(東方)을 가리키지. 또한 봄[春]과 목(木)에 속한다. 곧 병인시(丙寅時)가 되면 생문(生門)이 진(震)에 이를 것이다. 이환즉각(離幻卽覺)하여 그때를 노리거라.

유천복의 머리로 무지자가 하는 말을 이해했을 리가 없었다. 용마의 손은 점점 목을 죄어왔다. 금방이라도 목이 몸통에서 뽑혀져 나갈 것만 같았다. 그러다 문득 두공의 손에 대항했던 일이 생각났다. 다시 그때의 기분을 떠올려 보려 애썼다.

"저건 신수진(神獸陣)이 틀림없어. 전 숙부의 책에서 본 적이 있었지. 탁록의 전투에서 황제의 군대는 신수들을 불러내서 치우의 도깨비 군단에 맞섰지. 바로 진법에 주문이나 부적을 섞어 써서 환상을 만들어내었던 거야. 하지만 신수진이나 이매진(魑魅陣), 망량진(魍魎陣) 등은 모두 옛 전설에나 나오는 것들인데…… 설마 그 진법이 사실이었단 말야?!"

팽소연은 유천복의 모습을 안타깝게 지켜보고 있었다. 누군가 하늘에서 밧줄로 목을 끌어당기는 듯한 모습이었다. 유천복의 턱은 하늘로 한껏 치켜들려 목젖이 목을 뚫어버릴 듯 튀어나와 있었다. 겨우 발끝이 땅에 닿아 있어 보는 것만으로도 숨이 막혔다.

"이제 얘기를 할 마음이 생겼소?"
두공의 목소리는 웃음기를 띠고 있었다. 그는 유천복이 환상에 시달리는 것을 보며 유쾌해졌다. 그 자신이 직접 목을 움켜쥐고 있는 듯한 기분이었다.

유천복은 뒤쪽의 풍경을 거꾸로 보고 있었다. 용마가 한 번만 더 힘을 주면 목이 완전히 뒤로 꺾여질 것이다.

그런데 문득 오른편에 한 그루의 나무가 서 있는 듯한 착각이 들었다. 모든 것은 안개에 싸여 오리무중이었으나 유독 그곳만 짙푸른 녹음으로 우거져 있었다. 반짝거리는 빛들이 나뭇잎마다 영롱한 빛을 뿜어내고 있었다.

따스한 바람이 콧속을 간지럽혔다. 그것은 매우 신선한 느낌이었다. 이른 새벽 한 방울의 이슬로 목을 축인 후 힘찬 비행을 시작하는 곤충들의 날갯짓처럼 서늘한 바람이었다.

"바람……."

─뭐라고?

유천복이 은근히 기절하기만을 기다리고 있던 무지자가 말했다.

"캑! 바람이 느껴져……."

그 순간, 바람 한 점 불지 않던 삭막하고 메마른 공간이 돌연 생명의 기운으로 가득 찼다. 나무뿌리가 마치 살아 있는 듯이 유천복의 발 밑까지 뻗어오더니 휘리릭 유천복의 발목을 휘감았다.

수목의 힘찬 기운은 발바닥의 용천혈(湧泉穴)을 통해 유천복의 등골을 타고 치솟아올랐다. 또한 나무가 미세한 뿌리들을 뻗어 수기를 흡수하듯 팔만 사천 모공을 통해 간질거리는 기운들이 몸 안으로 차츰차 올랐다.

유천복은 나른한 봄날, 양지 바른 담 옆에 기대어 꼬박꼬박 조는 듯한 환상에 빠졌다. 고개를 무릎 사이로 파묻은 채 몸을 동그랗게 말고 있으면 목줄기로, 등짝으로 춘삼월의 햇살이 간질거리며 지나갔다. 그것은 때론 소름이 오싹 끼칠 만큼 오감을 자극하였다.

지금 유천복이 느끼고 있는 것은 바로 그런 것이었다. 미세한 털 하나하나까지 살아 움직이는 듯한 느낌이 그의 온몸을 지배하고 있었다.

전신에서 내뿜는 생명의 입김이 자연의 그것과 교류하여 어김없는 호흡의 일치를 가져왔다. 그것은 마치 자연과 별개의 것이 아닌 동일물이 되어버리는 듯한 신비스런 기분이었다.

―이런, 너 깨달은 거야? 김 샜군. 사람의 몸은 우주의 소천지라 정신이 맑으면 마음도 맑아지고 합일된 정신으로 호흡하면 능히 대자연과 하나가 될 수 있지. 무형이형(無形而形)하여 만물로 하여금 각각 그 성(性)에 통하고 영성(靈性)과 오신(五神)이 통일하여 조화를 이룬다. 평소에 내가 외워두길 잘했지.

무지자가 아쉽다는 듯이 중얼거렸다. 유천복은 용마의 손아귀 힘이 약해지는 것을 느끼자 양손으로 용마의 손을 잡았다. 서서히 용마의 손이 벌어지기 시작했다. 온몸에 느껴지던 터질 듯한 압박감과 땅으로 빨려들 듯한 무게감도 조금씩 사라지고 있었다.

―옳지. 원래 기란 몸 안에 쌓아두는 것이 아니다. 그건 멍청한 인간들이 하는 짓이고 나같이 똑똑한 사람은 세상 만물에서 기를 얻기도 하고 또 내 기를 나누어주기도 하지.

무지자의 말을 들으며 유천복은 완전히 용마의 손에서 벗어나 두 발로 땅에 서 있었다. 용마의 표정은 변함이 없었다. 대신 두공의 얼굴은 조금씩 일그러졌다.

―머리가 아니라 마음으로 느껴. 그러면 내가 알고 있는 것들이 전부 환상이라는 것을 알게 될 거야. 내 몸을 빈 그릇처럼 비우면 만물의 기가 내게로 흘러 들어오고 다시 가득 차면 쏟아져서 또한 비워지는 것과 같은 이치니까. 물이 위에서 아래로 흐르는 것처럼. 여환무단신

공은 채우는 것이 아니라 바로 비우는 무공이야. 오히려 복령의 기운이 여환무단신공을 막고 있었던 것인가? …맞아! 그런 거였어!

무지자의 말이 빨라졌다.

—멍청이가 여환무단신공을 익히고도 제대로 발휘할 수 없었던 이유가 바로 그거야. 너무 많이 차 있어서 몸이 무거웠던 거야. 그래서 두공의 진법에 쉽게 빠져든 거라구. 저항할 필요 없어. 미련과 집착을 버리고 순리를 따르면 허상도 사라지기 마련이야.

무지자의 말은 무림인들이 들으면 얼른 이해가 가지 않을 말이었다. 내공을 쌓아두어야지, 버리라니? 더구나 다 잊으라니… 그러면 평범한 사람으로 돌아가라는 얘기가 아닌가?

어쨌든 유천복은 무지자의 말대로 하고 있었다. 머리로 이해할 수 없는 일을 몸이 행하고 있는 것이다. 소유의 개념조차 없는 그에게 어쩌면 그것은 너무도 당연한 일이었다. 그가 원해서 가지게 된 것이 아니니 내어주는 것 또한 어렵지 않았다. 몸을 덮고 있던 무거운 옷을 한 꺼풀 벗어 던진 것처럼 유천복의 온몸이 날아갈 듯이 가벼워졌다.

유천복의 몸이 가늘게 흔들렸다. 마치 바람이 지나가는 길목에 서 있는 갈대의 흔들림과도 같았다.

"몸이 날아갈 것 같아……."

유천복이 다시 웅얼거렸다.

용마의 모습이 손만 남기고 서서히 사라지고 있었다. 두공의 손은 심하게 떨리고 있었다. 그는 내력을 최대한 끌어올려 유천복을 압박했으나 그것이 오히려 유천복을 도와주고 있었다.

유천복의 온몸에 무리하게 쌓여 있던 탁한 기운들이 점차 모공을 통해 뿜어져 나오고 그 자리에 대지의 기운이 들어찼다. 남은 찌꺼기 기운들은 두공의 내력에 의해 기름을 짜내듯 남김없이 밖으로 밀려 나갔다. 단전에 남아 있던 마지막 한 방울의 내공까지 사라졌을 때 유천복의 몸은 마침내 빈 대롱처럼 대자연의 기가 지나가는 통로가 되었다. 밖에서라면 절대로 불가능하였을 일이 두공이 만들어놓은 진 안에서 이루어졌던 것이다.

이것은 참으로 교묘한 기연이라고밖에 할 수 없었다. 복령의 기운이 손무양의 의술로 유천복의 세맥까지 뻗친 것을 여환무단신공과 화양공의 기운이 삼천육백 개 대혈을 돌며 골고루 씻어 내린 후 단전에 모여들었다. 그리고 두공이 만든 기이한 진에서야 비로소 단전에 쌓여 있던 세속의 기운이 밖으로 빠져나왔던 것이다.

크르르르—

용마의 모습이 서서히 희미해지다가 완전히 사라졌다. 동시에 두공의 들렸던 손이 아래로 툭 떨어지더니 몸이 휘청하며 넘어질 듯이 앞으로 기울었다. 두공은 자신이 만들어놓은 진이 동쪽에서부터 서서히 무너지기 시작하는 것을 보고 있었다. 검푸른 나무들이 모습을 드러내며 부스스 몸을 떨었다. 마치 꼭 닫혀 있던 뚜껑이 한순간에 열린 듯한 느낌이었다. 그 이후로는 밑 빠진 독에 물을 붓는 것처럼 아무리 내력을 쏟아 부어도 소용이 없었다.

유천복의 몸을 중심으로 맑은 빛이 둥근 원을 형성하며 밖으로 뻗어나가려 하였다. 바로 그 순간 하늘이 벼락을 맞은 것처럼 흔들리기 시작했다. 벽력같은 소리가 천지를 뒤흔들었다. 삽시간에 다시 주위가 캄캄해지고 유천복의 몸을 맴돌던 기운은 허공 중에 흩어져 제자리로 돌아갔다.

"어!"

차가운 새벽 공기가 얼굴로 확 끼쳐졌다. 유천복이 몸을 부르르 떨었다. 온몸의 기운이 하나도 없는 것이 뜨거운 물에 몸을 푹 담그고 땀을 흠뻑 뺀 것처럼 나른하였다. 그러나 마음만은 날아갈 듯이 상쾌하였다. 유천복은 주변의 나무들을 돌아보았다. 생전 처음으로 나무들이 자신에게 말을 걸고 있다고 생각했다. 기쁜 듯이 우수수 나뭇잎을 떠는 모양이 익살스러웠다.

"문주님!"

팽소연이 달려왔다. 그녀는 비단 폭이 찢어지는 듯한 소리와 노호같이 흔들리는 바람의 움직임을 감지한 것이다.

두공은 낭패스러운 기색을 감추지 못했다.

지금껏 용부진을 파해한 사람은 한 명도 없었다. 용부진은 신수(神獸)를 불러내는 것은 물론 진 안에서는 내공도 배로 증폭할 수 있다는 이점이 있었다. 단지 오 할의 내공만으로도 커다란 효과를 거둘 수 있는 것이다. 두공이 소매 끝으로 입술을 찍어내자 실핏줄이 터졌는지 작은 핏자국이 번졌다. 그는 입술을 깨물었다.

"대단하군. 용마를 물러가게 하다니……. 역시 수옥이 택한 자인가?"

싸늘한 표정이었으나 목소리에는 진정으로 감탄한 기색이 엿보였다.

"유 공자, 이미 수옥의 비밀을 풀었소?"

"그걸 이제 알았어요? 문주님은 이미 수옥에 있는 천신합일공을 터득하고 신선이 되셨으니 삼천교주가 와도 어쩌지 못할걸요."

팽소연이 얼굴을 빛내며 입을 나불거렸다. 유천복을 보는 그녀의 눈에는 살뜰한 정마저 담뿍 담겨 있었다.

"후후, 소저의 말대로라면 군이 수옥을 찾을 필요가 없군. 유 공자에게 수옥의 무공을 물어보면 되겠구려."

두공이 화해를 청하듯 손을 내밀었으나 유천복은 그가 또 수옥을 달라는 것인 줄 알고 소리쳤다.

"왜 내 말을 안 믿어요? 난 정말 수옥을 안 가지고 있다니까! 아까 다 보여줬잖아요!"

유천복이 답답한 듯이 제자리에서 한 바퀴를 빙 돌았다. 그러자 옷이 한쪽으로 밀리며 바닥에 팽개쳐져 있던 보검이 모습을 드러냈다. 달빛이 모처럼 구름 속에서 벗어나 얼굴을 내밀었다.

두공의 눈이 순간적으로 번쩍 하였다.

'저 검은?!'

도비류는 유천복이 진법을 파해하였다는 것도 깨닫지 못하고 있었다. 그는 방금 전에 본 사실을 믿을 수 없다는 듯이 중얼거리고 있었다.

"그녀일 리가 없어. 그럴 리가 없어……."

도비류는 하얀 신형이 담장을 뛰어넘는 것을 보자 생각할 겨를도 없이 그 뒤를 쫓아갔다. 뒤에서 부르는 소리가 들려왔지만 아랑곳하지 않았다.

"도 대협님! 대체 어디를 가는 거지?"

팽소연은 도비류가 갑자기 미친 사람처럼 몸을 날려 담장 밖으로 사라지는 것을 보고는 고개를 갸웃했다. 그녀가 아는 도비류는 결코 충동적인 사람이 아니었다. 그런데 무엇을 보고 저렇게 놀라 달려간 것일까?

유천복도 순식간에 사라지는 도비류의 뒷모습을 어이없다는 듯이 바라보았다. 유천복은 이 같은 상황에서 도비류가 말도 없이 사라지자서운한 생각이 들었다.

"도 형님이 왜 저러지요?"

—죽은 마누라라도 본 게지. 그건 그렇고 멍청이, 오늘은 칭찬해 주마.

무지자가 왼손으로 유천복의 엉덩이를 주물럭거렸다.

"말도 안 되는 소리 좀 그만 해요!"

유천복은 오른손으로 왼손을 찰싹 때렸다. 팽소연이 말했다.

"혹시 볼일이 급한 건지도."

제멋대로 상상하고 있는 두 사람이었다.

두공은 유천복이 검을 집어 올리는 것을 보고 있었다. 달빛에 드러난 검에서는 오색광채가 숫구치고 있었다.

중년인도 그 검을 보자 눈을 크게 떴다.

"저것은?"

유천복은 어느새 자(紫), 녹(綠), 청(靑), 황(黃), 적(赤)의 다섯 가지 광채를 뿌려대고 있는 보검을 들고 있었다. 검신에 박혀 있는 다섯 가지의 보석에서 뿜어져 나오는 빛이었다.

"다섯 가지의 광채가 나는 보검이라… 어디선가 들은 적이… 비싸 보여서 들고 나오긴 했지만 별 쓸모 있어 보이지는 않는데 저자는 왜 저렇게 검을 뚫어져라 쳐다보고 있을까요?"

팽소연의 말대로였다.

두공의 시선은 검에 머물러 움직이지 않았다.

그때 갑자기 그가 기합성을 내지르며 유천복의 검을 잡기 위해 몸을 날렸다. 깜짝 놀란 유천복이 몸을 돌려 막으려 하였으나 두공의 손이 길게 늘어나는 듯하더니 어느새 보검을 손에 쥐고 살펴보고 있었다. 두공이 돌연 허공 중의 어느 한곳을 향해 검을 높이 쳐들었다.

멀리서 지켜보던 중년인의 얼굴이 그제야 밝아졌다.

"오채보룡검(五彩寶龍劍)이로구나!"

팽소연은 눈 깜짝할 새 두공이 검을 빼앗아 가자 발을 동동 굴렀다.

"아까워라. 아까워라. 문주님, 저걸 빼앗기면 어떡해요? 저게 얼마나 값나가는 것인 줄이나 알아요?"

적의 손에 넘어가자 아까운 생각이 들었던 것이다.

두공은 검을 손에 넣자마자 수옥의 일은 더 이상 묻지 않고 그대로 몸을 돌려 가려고 했다.

"어딜 가는 거요? 우리 아버지는 어떻게 되었소? 거기 서시오!"

유천복의 다급한 목소리였다.

"영존은 잘 계시니 걱정 마시오. 후일 뵐 수 있을 것이오."

두공의 목소리가 멀어져 갔다. 유천복은 서둘러 두공을 쫓으려 하였으나 다시 수십 명의 흑립인들이 그들을 막아섰다.

유천복과 팽소연은 등을 맞대고 눈앞을 노려보았다.

"줄잡아 오십 명은 되어 보이는군."

"꺄악! 그렇게 많아요?"

"아버지……."

―잊지 마라. 가득 차면 비우고 필요할 때 다시 채우면 되는 거야.

무지자의 말대로였다. 덤벼드는 흑립인들은 유천복이 소매를 흔들 때마다 저만큼씩 나가떨어졌다.

"저들이 왜 저렇게 기운이 없는 거지? 내가 미는 힘에도 나가떨어지다니……."

아무리 생각해도 알 수 없는 유천복이었다.

두공은 창가에 서 있었다. 유천복과 그 일행은 이미 대문을 벗어났고 흑립인들이 일정한 거리를 두고 따르는 것이 보였다.

"왜 그들을 놓아주었지? 수옥을 찾으려면 저자가 필요할 텐데? 거기다 그걸 봤다면 우리가 하려는 일을 눈치 챘을지도 모르잖아."

중년인은 탁자에 앉아 부드러운 손길로 오채보룡검을 쓰다듬고 있었다. 유천복이 철마를 찌를 때 묻었던 혈흔은 이미 깨끗이 닦여지고 없었다. 그의 눈이 보석의 광채에 따라 다섯 가지 색으로 번쩍거렸다.

"그럴 리 없어요. 황궁에서 무슨 일이 벌어지는지 알 수 없을 테니까."

두공은 유달리 탐미적인 그의 성격을 잘 알고 있었다. 그는 그의 어머니와 마찬가지로 아름답지 않은 모든 것들을 경멸했으며 지나치게 아름다운 것을 저주했다.

이 중년인이야말로 삼천교의 교주인 양황(楊黃)이었다.

"네 말이 그렇다면 그런 거겠지. 그렇지만 아비를 버려두고 혼자 가다니 유장추가 불쌍하군."

"우리는 금단만 찾으면 돼요. 그런데 이곳에도 없다면 대체 어디서 금단을 제조하고 있는 걸까요?"

"나는 상관없다. 수옥의 비밀도, 금단의 비밀도……. 교의 일은 너나 어머니가 다 알아서 하니 나는 신경 쓸 것도 없지."

권태로운 목소리였다.

"교주께서 그러시면 신도들이 불안해하지요."

"교주? 후후, 누가 교주냐? 이 나이가 되도록 어머니 치맛자락도 벗어나지 못한 내가 교주란 말이냐? 크크, 신도들이라… 그 버러지 같은 것들! 추한 것들은 모두 버러지들이야. 싹 쓸어버려야 해!"

양황의 눈빛이 갑자기 살기를 띠더니 검을 들어 허공을 베어냈다.

"형님이 교를 떠나 이곳에 온 걸 아시면 태상교주께서 좋아하지 않으실걸요."

두공은 방에 들어온 이후 한 번도 양황과 얼굴을 마주치지 않았다.

"후후! 아직도 어머니를 원망하는 게냐? 이제는 그럴 필요 없다. 어머니도 이제 늙으셔서 예전 같지 않으시지. 거동이 불편하시니 네가 눈앞에 보이지만 않으면 별일은 없을 거야. 너만은 내가 지켜주마."

두공의 눈 옆으로 미친 듯이 검을 휘두르고 있는 양황의 모습이 보였다. 검무를 추고 말을 하면서도 땀 한 방울 흘리지 않았다.

"정말 아름답지 않느냐? 이런 걸 열쇠로 사용할 생각을 했다니… 수양제도 참으로 멋스러운 사람이었구나."

양황의 모습에서 그 어머니의 얼굴을 떠올리자 두공은 무심코 버릇처럼 자신의 턱을 꼬집었다. 아무런 감각도 느껴지지 않았다.

"답답하면 벗어도 좋다, 여긴 우리 두 사람밖에 없으니까."

화려한 검무는 어느새 멈추어 있었다. 나직하면서도 다정한 목소리가 들려오자 두공의 손이 미미하게 떨렸다. 양황은 아까 백의녀를 대할 때와는 사뭇 다른 모습이었다. 시종일관 얼음처럼 차가웠던 눈동자는 오채보룡검을 어루만질 때보다 더욱 기이한 빛을 뿜어내고 있었다. 그리고 그것이 뜻하는 바는 너무도 명확했다.

두공이 느린 손길로 얼굴에 쓰고 있던 인피면구(人皮面具)를 벗겨내었다. 그러자 양황과 놀랄 만큼 똑같은 얼굴이 나타났다. 왼편 관자놀이에서 오른편 턱으로 이어지는 붉은 지렁이 같은 흉터만 없다면 누가 보더라도 두 사람을 구별해 낼 수 없을 것 같았다.

"이리 오렴."

양황은 어느새 검을 내려놓고 대신 두공을 끌어당겨 자신의 무릎에 앉혔다. 두공은 마치 꼭두각시처럼 양황이 이끄는 대로 움직였다. 양황의 손가락 하나가 두공의 이마에서 콧날을 따라 입술까지 내려왔다.

"어머니도 너무하시지. 네 얼굴마저 이렇게 만드실 것까지는 없었는데……."

애석해하는 양황의 목소리에 두공의 표정이 잠시 변했다. 울부짖는 목소리가 아직도 생생하게 귓전을 맴돌고 있었다.

"아가야! 아가야……! 잘못했습니다. 잘못했습니다. 제발 이 아이만은 살려주세요!"

또 다른 목소리가 들려왔다.

"이 여우 같은 년! 숨어 살면 찾지 못할 줄 알았더냐? 잘 보거라. 네 년이 낳은 자식은 사내 구실은커녕, 팔다리마저 잘리운 채 몸뚱어리만 가지고 비참한 생을 살게 될 것이다!"

치기 어린 양황의 목소리도 들려왔다.

"어머니, 얼마 안 있으면 제 생일이니 이 아이를 제 노리개로 주세요. 저랑 얼굴이 같다니, 재미있잖아요."

매서운 표정의 여인은 이제 열 살이 되는 아들의 청을 물리치지 못했다. 바닥에서 창자를 드러내고 꿈틀대는 어미의 눈앞에서 세 살 된 아이를 거세하고 얼굴에 칼자국을 남기는 것으로 분을 삭여야 했다. 남편을 꼬셔 아이까지 낳은 계집종을 도저히 용서할 수 없었던 것이다.
두공의 눈빛이 더욱 차갑게 변해갔다. 나이가 들수록 더욱더 선명해지는 기억이었다.
양황의 한 손은 이미 그의 옷 속으로 들어가 매끄럽고 팽팽한 살결을 어루만지고 있었다.
"정말 아름다워……."
나비를 잡듯 조심스러운 손길을 따라 뜨거운 입술이 내려왔다. 양황은 두공의 회색 장포를 어깨에서 벗겨내었다. 달빛은 부끄러운 듯 구름 사이로 숨었다. 어둠 속에서 드러난 어깨가 눈부시도록 새하얗다.
"여자 따위는 필요없어. 네 아름다움에 비하면……."
두공은 미동도 않은 채 양황의 손길에 몸을 내맡겼다. 머리 속은 온통 유천복이 용부진을 파해한 생각뿐이었다. 두공은 양황이 자신을 어떻게 다루든 상관하지 않았다. 양황의 음성이 거칠고 뜨거워질수록 두공의 몸은 얼음장처럼 차디차게 식어갔고, 의식은 점점 다른 생각으로 빠져들었다.

관옥을 깎아 만든 듯 수려한 생김새가
귀공자의 면모를 유감없이 드러내고…

수양제 대업 3년, 양제는 친히 황금 갑주를 갖추고
50만의 군대와 말 1만 필을 거느리고 만리장성 이북 지
역의 순행에 나섰다. 양제는 탐학하기 이를 데가 없어
국내외를 막론하고 국위를 과시하려 하였다.

출발에 앞서 양제는 기술자 우문개(宇文愷)에게 관풍
행전(觀風行殿)과 육합성(六合城)을 만들게 하였다.

관풍행전은 조립식 순행용 궁전으로 수레가 달려 있
어 자유 이동이 가능했고 수백 명을 수용할 수 있는 거
대한 이동식 궁전이었다.

육합성도 조립이 가능한 성으로 널빤지로 만들어지
고 겉면은 휘장으로 장식되어 있었는데, 갖가지 회화도
그려져 있고 기도 세워져 있었다. 무장을 갖춘 병사들

이 창과 칼을 들고 돌아다니며 경비 임무를 수행했다.

또한 황제의 신분과 위엄을 드러낼 수 있는 수황보검(隨皇寶劍)을 만들게 하였다. 우문개는 수양제의 호화로운 성격을 아는지라 이름난 대장장이들에게 세상에서 가장 화려한 검을 만들게 하였다.

금과 보석으로 꾸며진 보검은 길이만 해도 여섯 자에 달했고 검집 표면에 금판으로 외곽을 만들고 그 속에 맑고 투명한 홍마노, 청마노, 묘안석, 비취, 호박 등 다섯 가지의 보석을 둥글게 깎아서 조화롭게 끼워 넣었다. 검신에는 일월성신과 용봉을 아로새겼다. 오색찬란한 서기가 비친다 하여 오채보룡검(五彩寶龍劍)이라는 이름이 붙었다.

양제는 오채보룡검을 차고 육합성에 올라 변경 지대의 이민족들에게 수나라의 국력을 과시하는 것을 좋아하였다. 하룻밤 사이에 초원 위에 거창한 성이 세워지고 성안에는 궁전이 세워졌다. 그 위에서 오색 서기가 영롱한 검을 든 황제가 아래를 굽어보니, 변경 지대 이민족의 돌궐극한(突厥克汗)과 우두머리들은 멀리서 이 정경을 바라보고 천신의 조화라 두려워하였다. 그러나 수나라가 망하면서 오채보룡검도 자취를 감추었다.

유천복은 팽소연의 설명을 듣고서야 간신히 이해한 듯한 표정이었다. 그제야 고개를 끄덕거리더니 아쉬운 표정으로 입맛을 다셨다.

"그렇게 좋은 것인 줄 알았으면 좀 더 자세히 봐둘 걸 그랬어요."

—먹지도 못하는 보석 따위가 뭐가 좋다고.

"이제 알겠지요? 그것은 황제의 검이란 말이에요. 내가 왜 진작 그걸 떠올리지 못했을까?"

팽소연이 자신의 머리를 쥐어박았다. 그런 보검인 줄 알았으면 애당

초 들고 나오지도 않았을 것이다. 유천복은 그런 팽소연을 보며 미소를 짓고 있었다.

"아니오. 정말 팽 소저는 아는 것도 많구려. 무지자, 넌 좀 빠져."

유천복은 무지자의 말을 무시한 채 여전히 팽소연과 희희낙락하고 있었다. 무지자는 속이 부글부글 끓었다.

—네놈은 과연 비겁한 놈이었구나. 너는 효라는 말도 모르느냐? 두 공의 뒤를 쫓아 아버지를 구할 생각은 하지 않고 여기서 계집과 노닥거리다니 넌 사내대장부도 아니야!

무지자의 말에 유천복의 얼굴빛이 싹 변했다.

"나도 이제부터 방법을 모색하려 했어. 나 혼자 어떻게 저 많은 사람들을 상대할 수 있겠어. 이럴 줄 알았으면 등사단과 같이 오는 건데……."

유천복은 그렇게 생각하려 애썼다.

지금은 판단이 서질 않았다. 흑립인들이 우글거리는 유가장으로 다시 들어가는 것은 불가능한 일 같았다.

"아버지를 구할 거야. 구하고말고."

유천복은 웅얼거리며 습관적으로 걸음을 옮겼다. 황산에서 서안까지 쉬지 않고 달려온 데다 유가장에서의 일전을 치르고 난 뒤라 피곤이 엄습했다.

"일단 지금은 좀 쉬어야 해. 우린 많이 지쳤어."

—너, 복령 먹은 거 맞냐?

팽소연도 반쯤 감긴 눈으로 어기적거리며 따라오고 있었다.

유천복은 자신이 무신당 앞에 서 있다는 것을 깨달았다. 그날 이곳에서 아삼과 그 일만 겪지 않았던들 어찌 자신의 신세가 이같이 될 수 있었으랴? 지난날 백궁과 염주행의 시신을 묻었던 나무 아래로 걸어갔다. 팽소연은 백궁의 생전 모습을 떠올리는 듯 잠시 고개를 숙이고 있었다.

"그렇지! 홍교사로 가서 지인 대사님과 의논을 해봐야겠어."

─그래, 한 십 년 틀어박혀 부처랑 씨름하면 혹시 또 아느냐? 부처가 아비를 구해줄지.

무지자의 비아냥거림에 유천복은 입을 꾹 다물었다.

무지자는 유가장 근처에 숨어 있다가 두공을 미행하여 삼천교로 잠입하자고 했다.

그러나 유천복은 혼자서 그 일을 해야 한다는 것이 무서웠다. 봉호문의 식구들이나 아니면 의형인 도비류라도 곁에 있다면 그 말에 따랐겠지만 자신 혼자서는 도저히 해낼 자신이 없었다. 하지만 무지자의 말대로 그사이 아버지에게 무슨 변괴라도 생긴다면?

유천복은 언제나 강한 아버지의 모습을 떠올리며 애써 나오려는 한숨을 거두었다.

"내가 삼천교에 들어갔다 잡히면 아버지는 더욱 걱정하실 거야. 어쩌면 나 때문에 오히려 더 곤란해지실지도 모르지. 그러느니 충분히 계획을 세운 뒤에……."

─정말 너 같은 자식을 낳을까 봐 걱정이다. 약한 계집조차도 아비가 중독되자마자 스스로 독왕을 찾았는데…….

무지자는 팽소연이 익연정으로 당삼고를 찾아갔던 일을 상기시켰다. 그러면 혹시나 유천복이 자극받지 않을까 해서였다. 무지자는 수옥의 행방을 알기 위해서는 삼천교에 잠입하는 것이 가장 빠른 방법이라고 생각하고 있었다. 이대로 시간만 보내다 영원히 자신의 일을 알지 못하게 되면 어쩌나 걱정스러웠다.

유천복은 더 이상 대꾸하지 않고 홍교사로 가고 있었다. 홍교사의 주지인 지인 대사는 평소 유가장과 교분이 남달랐으니 그곳에서 아버지의 일을 의논해 볼 생각이었다. 그때 뒤에서 쿵 하는 소리가 들려왔다. 팽소연이 큰대 자로 바닥에 누워 있었다.

"좀 쉬었다 가요. 난 이제 더 이상 한 발자국도 움직일 수 없다구요."

간신히 일어나 앉으며 팽소연이 무릎 사이로 얼굴을 파묻었다. 너무 피곤해서 고개를 들 기력도 없어 보였다. 유천복은 자신만 생각한 것이 미안해졌다.

"그럽시다. 곧 있으면 날이 밝을 테니 사당 안에서 조금 쉬었다 가요."

─호오! 단둘이 말이야?

"이상한 생각 하지 마."

유천복이 사당 안으로 들어가려는데 갑자기 팽소연이 손가락을 입술에 댄 채 나무 뒤로 잡아끌었다. 산 아래에서 두런거리는 말소리가 들려왔다. 유천복도 잔뜩 긴장하여 숨을 죽였다. 그날처럼 또 누군가 싸우러 오는 것일까?

멀리서 두 사람의 모습이 천천히 걸어오는 것이 보였다. 유천복은 낯익은 두 사람의 모습에 놀라 눈을 크게 떴다.

'당삼고! 아삼?'

유천복은 당삼고의 뒤에서 따라오는 사람을 보고는 깜짝 놀랐다. 그날 익연정에서 말없이 사라진 아삼이 주위를 살피며 당삼고를 쫓아 부지런히 발걸음을 놀리고 있었다.

"사부님, 이곳이라면 안전할 것입니다. 아무도 찾지 못할 거에요."

"흐흐! 그래, 말년에 너같이 눈치 빠른 제자를 거둔 것은 모두 부처님의 은덕이라 할 수 있지. 삼천교의 이목이 그토록 무서울 줄이야… 우리가 여태 황산에 숨어 있기를 잘한 것 같구나. 이제 그들도 지쳤을 것이다. 한동안 이곳에 숨어 수옥의 비밀을 같이 풀어보도록 하자. 내 십 년 전에 종남산에 잠시 머물렀던 적이 있었지."

"저에게 무공을 가르쳐 주시겠다는 말씀도 잊으시면 안 돼요."

"여부가 있겠느냐? 내가 평생 동안 제자로 거둬들인 게 너 하나인데 네게 무공을 전수하지 않으면 누구에게 전수한단 말이냐?"

"이 제자는 사부님만 믿고 따르겠습니다."

당삼고는 아삼의 누런 이빨을 보며 생각했다. 아삼에게 무공을 전수할 마음은 눈곱만큼도 없었다. 그는 자신이 키운 제자가 오히려 자신을 해칠까 두려워 아예 제자를 가르치려 하지 않았다. 짐승의 새끼와 달리 사람의 새끼는 은공을 모른다는 것은 그 자신이 직접 경험해 보고 터득한 바였다. 그런데 이제 와서 나이 든 아삼을 제자로 거둔 까닭은 다른 생각이 있었기 때문이다.

그날 당삼고가 수옥을 들고 여러 가지 생각으로 망설이고 있을 때 그를 찾아온 이가 바로 아삼이었다. 아삼은 자신이 수옥을 얻게 된 경위를 설명하고 그간 자신이 모은 정보가 있다며 제자로 받아줄 것을 요청하였다.

당삼고도 이미 팽소연의 말에 마음이 흔들리고 있던 터였다. 아삼의 말은 그의 결심을 굳히기에 충분히 설득력이 있었다. 그 길로 당삼고는 아삼과 함께 아무도 모르게 객잔을 나와 황산에 숨어 있다가 흑립인들이 모두 물러간 후에야 이곳 종남산으로 온 것이었다.

오는 동안에도 흑립을 쓴 자들이 자신을 찾아다니고 있는 것을 보았다. 그런 조무래기들은 겁날 것이 없었으나 두공이나 삼천교주가 직접 모습을 드러낸다면 그로서도 우위를 점칠 수가 없었다. 일단은 몸을 감추고 수옥을 찬찬히 연구할 곳이 필요했기에 아삼을 이용하기로 한 것이다. 이곳에서 적당히 이놈에게 무공을 가르치는 척하다가 잠잠해지면 이놈을 죽여 버리고 여길 떠날 생각이었다.

아삼은 당삼고의 눈치를 보며 서둘러 사당 안으로 그를 안내했다. 이곳을 떠난 지도 벌써 반년이 흘렀다. 사당은 누가 청소를 하였는지 이미 그때의 흔적은 찾아볼 수가 없었다. 그러나 여기저기 부서진 신상들은 그때의 일을 떠오르게 하였다.

신상 뒤에서 유천복이 오줌을 누던 생각을 하며 저도 모르게 빙그레 웃었다. 그곳에 당삼고의 자리를 마련하고 자신은 바깥쪽으로 자리를 잡았다.

아삼은 눈치가 빨라 당삼고가 자신을 제자로 거둔 것이 진심이 아니라는 것을 알았다. 자신이 필요없어진다면 그의 손에 개죽음을 당할 것이 자명했다. 그는 당삼고의 비위를 맞추어 어떻게든 그의 무공을 전수받아야 한다고 다짐했다.

아삼은 물을 길러 사당을 나서다가 문득 백궁과 염주행이 싸움을 벌이던 곳을 물끄러미 쳐다보았다.

바람에 제 몸을 맡긴 채 이리저리 흔들리는 나뭇잎들은 예나 지금이나 무성한 푸른 잎을 자랑하고 있었다. 한때 수옥을 얻긴 했으나 자신의 신세도 예나 지금이나 변함없으니 계절이 가도 변하지 않는 것이 있는 모양이었다.

아삼은 막 몸을 돌리려다가 누군가와 부딪치는 바람에 엉덩방아를 찧고 말았다.

"사부님!"

어느 틈에 당삼고가 밖으로 나와 좀 전까지 아삼이 보고 있던 나무를 매서운 눈으로 쏘아보고 있었다. 아삼은 당삼고의 무시무시한 표정에 기가 죽어 주춤주춤 뒤로 물러선다.

"나오너라. 어떤 놈이 쥐새끼 같이 숨어 있느냐!"

유천복과 팽소연은 심장이 밖으로 튀어나올 만큼 놀라 숨을 훅 들이켰다. 당삼고는 이미 자신들이 이곳에 있는 줄 알고 있었던 것이다. 그에게 잡혔다가는 복수는커녕 두 목숨을 부지하기도 어려울 것이었다. 두 사람이 서로의 새파래진 얼굴을 마주 보고 있는데 당삼고는 당장에라도 공격할 태세였다.

"어쩌지? 우리가 나가지 않는다고 저자가 그냥 돌아갈까?"

─나가. 여차하면 팽 소저에게 기절시켜 달라고 하고.

팽소연이 곰곰이 생각하더니 이윽고 굳은 표정으로 말하였다.

"문주님, 제가 나가볼게요. 저자가 제 미색에 혹해 있으니 나를 어쩌지야 않겠지요. 문주님은 앞으로 더 큰일을 하실 분이니 저같이 보잘것없는 계집애는 앞으로 잊으시고……."

─미치겠군.

비극적인 연극의 주인공처럼 자신의 한 목숨을 희생하여 유천복을 구하겠다는 듯이 비감에 찬 어조였다.

"엇! 팽 소저, 누군가 나타났소."

팽소연은 모처럼 심각하게 말하는데 유천복이 말을 끊자 김이 빠졌다. 입을 삐죽거리더니 팽 토라져서 앞을 쳐다보았다.

유천복의 말대로 당삼고 앞에는 자삼을 입은 사내 하나가 쥘부채를 살랑살랑거리며 유유자적하게 서 있었다. 마치 잠이 안 와 산책을 나왔다가 달빛에 홀린 듯 한가로운 모습이었다. 관옥을 깎아 만든 듯 수려한 생김새가 귀공자의 면모를 유감없이 드러내고 있었다.

그는 당삼고를 보자 마치 오랜 친구를 만나기라도 한 듯 반가운 표정을 지었다. 반면에 당삼고의 두 눈은 염라대왕이라도 만난 것처럼 부릅떠져 있었다.

팽팽한 긴장감이 주변을 맴돌았고 아삼은 슬금슬금 뒷걸음질쳐 사당 안으로 들어갔다. 그가 움직이는 것을 누구도 눈치 채지 못했다. 그는 예전처럼 사당에 난 구멍으로 밖을 내다보았다.

한동안의 대치를 깨고 자삼을 입은 이가 입을 열었다.

"당 형, 그새 나를 잊었소?"

"양 교주!"

당삼고의 입에서 억눌린 듯한 이름 하나가 튀어나왔다. 그는 가장 피하고자 했던 사람을 만나자 당황하며 속으로 재빨리 계산을 하였다.

'저자가 날 가만둘 리 없다! 내 사력을 다해야 오늘의 위기를 벗어날 수 있겠구나!'

그는 바로 유가장에서 두공과 헤어진 삼천교주 양황이었다.

양황은 두공이 유천복에게 관심을 가지고 있는 듯하자 살심이 일었다. 그 관심의 방향이 수옥에 대해서인지, 아니면 용부진을 파해한 유천복의 무공에 대한 것인지 굳이 알고 싶은 생각은 없었다.

단지 자신이 아끼는 인형이 다른 곳에 신경을 쓰는 것을 원치 않았기 때문이다. 그러나 당삼고라는 의외의 수확은 기대 이상의 즐거움을 그에게 선사했다.

"아직도 나를 기억하고 있는 걸 보니 우리가 한 약속도 잊지 않았으리라 생각하오. 내게 줄 것이 있다고 들었소만?"

양황의 어조는 봄처녀의 치맛자락을 희롱하고 달아나는 산들바람처럼 부드러웠으며 짓궂었다. 그의 얼굴 또한 오랜 벗을 찾은 듯 기쁨에 겨워 있었다.

그러나 당삼고는 그 모든 것이 거짓임을 알고 있었다. 양황이 적을 상대할 때는 언제나 저런 태도였다. 화려한 외모와 상냥한 미소로 적을 안심시킨 후 새하얗고 차디찬 손으로는 심장을 도려내는 것이다.

당삼고가 십대고수의 반열에 오른 것은 그의 무서운 독공 때문이었다. 그러나 양황의 무공은 그의 상상을 초월했다. 그는 주술에 능했으며 신통한 능력을 가지고 있었다. 양황에게는 독공도 소용이 없었다.

잠시 아무 말도 못하고 머뭇거리고 있던 당삼고는 품속에서 수옥을 꺼내 들었다. 양황의 눈이 반짝 빛을 뿜었다. 수옥을 잡으려는 순간 당삼고가 한 손을 휙 뒤집어 앞으로 일장을 쳐냈다.

흥! 하는 냉소 소리와 함께 양황은 신형을 회전시키며 벼락같은 기세로 쥘부채를 앞으로 뻗어냈다. 분명 나무와 종이로 이루어진 쥘부채일 텐데 어느새 당삼고의 일장을 뚫고 들어가 그의 가슴팍 옷자락을 길게 베어내었다. 정말 전광석화처럼 빠른 동작이었다.

"네놈이 죽으려고 환장을 했구나! 감히 날 속이려 들다니, 어서 그 손을 놓지 못할까!"

양황의 입에서 추상같은 일갈이 터져 나왔다. 그러나 이미 죽기를 각오한 듯 당삼고의 공세는 더욱 치열해졌다.

"이래 죽으나 저래 죽으나 죽기는 매일반이다!"

사나운 경기가 휘몰아치면서 당삼고의 머리카락이 서서히 일어나기 시작했다. 그의 두 손은 어느새 새빨갛게 달아올랐으며 입고 있던 장

포는 터질 듯이 부풀어 올랐다. 당삼고의 두 손에서 커다란 붉은 연꽃
이 피어오르는 듯하더니 은은한 혈광을 흩날리며 폭사되어 나갔다.

"적련신장(赤蓮神掌)! 대단하긴 하나 아직 멀었다."

양황이 부채를 휘두르자 일진광풍이 휘몰아치더니 적련신장을 밀어
내었다. 한동안 두 사람의 대치가 계속되니 집채만한 나무들이 부르르
몸을 떨며 힘없이 부러져 날아갔다. 유천복과 팽소연은 열심히 구경하
고 있다가 앞을 가로막고 있던 나무가 날아가자 황급히 숲 속으로 들
어갔다.

잠시 후 누구의 입에서인지 짧은 신음 소리가 터져 나왔다. 당삼고
는 이를 악물고 버텼으나 주르륵 세 걸음이나 밀려났다. 간신히 몸을
바로 하고는 너덜너덜해진 자신의 앞가슴을 내려다보았다. 마치 맹수
의 발톱이 지나간 것처럼 선혈이 낭자했다. 그는 양황의 부채에서 무
시무시한 괴호(傀號)를 보았다. 자신을 향해 사납게 달려들던 괴호의
형상이 뇌리에 또렷했다.

양황은 아무런 타격도 입지 않은 듯이 그 자리에 우뚝 서 있었다. 단
지 이마에 흘러내린 몇 올의 머리카락만이 그의 움직임을 대변해 주고
있었다.

당삼고는 가슴이 두근거리는 것을 느꼈다. 이내 뜨거운 것이 가슴을
타고 목줄기로 올라오더니 검붉은 핏덩이를 와락 뿜어내 그의 옷자락
을 흥건히 적시었다. 그는 천천히 고개를 들어 앞을 바라보았다.

자신은 필생의 전력을 기울였는데도 상대는 아무런 타격도 받지 않
았다니… 그의 미간이 흉하게 일그러졌다.

"정말 천외천이구려. 크크…… 내 어찌하여 이십여 년의 은둔을 깨
고 나왔는지 후회스럽구나. 그러나 다시 세상에 나왔을 때는 어차피

죽음을 각오한 것! 내 혼자 가지는 않으리다!"

당삼고는 신형을 빙글 돌리는 척하다가 이내 품에서 혈섬침을 꺼내어 양황에게 뿌렸다. 허공 가득히 아름다운 꽃이 피어나는 듯 보였다.

양황은 혈섬침에 그대로 몸을 노출시킨 채 당삼고의 머리통을 노리며 허공으로 몸을 솟구쳤다.

"어리석은 것! 본좌가 만독불침이라는 걸 아직도 모르느냐?"

그러나 당삼고가 노린 것도 바로 그것이었다. 그는 상대가 자신의 수에 걸려들었다고 생각하며 회심의 미소를 지었다. 양황이 가까이 다가오는 순간 당삼고는 혼신의 힘을 다해 붉은 구체의 물건을 그의 가슴을 겨냥하여 던졌다.

수백 개의 시뻘건 불꽃이 두 사람 사이에서 솟구쳐 오르고 고막을 울리는 굉음이 터져 나왔다. 화끈한 열기가 느껴지더니 갑자기 삼 장 안의 풀과 나무들이 화르르 타오르기 시작했다. 한 치 앞도 분간할 수 없는 자욱한 연기가 주변의 숲을 붉게 물들였다.

유천복과 팽소연은 황급히 입과 코를 틀어막았으나 불길은 어느 틈엔지 바로 코앞까지 혀를 널름거리고 있었다.

"내가 방심하였구나. 독연탄을 지니고 있었을 줄이야……. 흥! 그러나 멀리 갈 수는 없을 것이다. 숨어 있던 쥐새끼들도 이걸로 다 처리되었겠지."

양황의 시선이 유천복과 팽소연이 숨어 있던 나무에서 사당으로 서서히 옮겨갔다. 그리고 벌써 까마득히 멀어지는 당삼고의 그림자를 따라 쏜살같이 사라졌다.

숲은 온통 불바다였다. 양황이 사라지자 놀란 토끼같이 튀어나온 두 사람은 불길을 피해 사당으로 뛰어들어 갔다.

"대체 저자가 누구길래 당삼고가 저토록 두려워하는 걸까요?"

팽소연은 양황이 사라진 방향을 보고 있었다. 유천복은 그 말을 못 듣고 사당 안을 빙빙 돌고 있었다.

"아삼! 아삼! 이상하다? 내 분명히 이곳으로 들어오는 것을 보았는데……."

─벌써 당삼고와 그놈을 따라갔다! 너처럼 느려터지면 밥인들 제대로 빌어먹겠느냐?

왼팔을 잡혀 맘먹은 대로 팔을 움직일 수 없게 되자 잔뜩 화가 난 무지자가 소리쳤다.

아삼은 부지런히 당삼고의 뒤를 쫓고 있었다. 당삼고가 품속으로 손을 집어넣자 이미 눈치를 채고 재빨리 사당을 빠져나왔다. 그러나 그의 발걸음으로는 도저히 경공을 펼치고 있는 당삼고를 따라잡을 수가 없었다. 그때였다. 갑자기 누군가 뒷덜미를 확 낚아채더니 이내 아삼의 발이 땅에서부터 떨어졌다.

"흥! 내가 데려다 주마."

순식간에 눈앞으로 숲의 나무들이 휙휙 지나가는 것이 보였다. 아삼은 머리가 어찔하니 현기증이 나며 욕지기가 치밀어 오르는 것을 간신히 참고 버텼다. 목소리를 들으니 당삼고와 싸우던 자가 분명한지라 머리 속이 아찔해졌다. 어쩌면 이자가 당삼고를 죽일지도 모른다. 그렇다면 그 후에 자신은 어떻게 해야 될까? 약육강식이라 했거늘 더 강한 자가 있다면 그를 따르는 것이 당연한 이치이리라. 아삼은 결심이 서자 서둘러 입을 열었다.

"천신나으리."

양황이 못 들은 듯 아무 말이 없자 아삼은 조금 더 목소리를 높였다.

"아니아니, 태상노군(太上老君)나으리. 제발 제 말 좀 들어주십시오. 제게 당삼고로부터 원하시는 물건을 뺏을 계책이 있습니다."

양황은 아삼의 말에 코웃음을 치며 잡고 있던 손의 힘을 빼려 했다. 이대로 아삼을 놓는다면 달리는 속력 때문에 그대로 땅바닥에 쓸려 목숨을 부지하기 어려울 것이었다.

아삼은 땅바닥이 갑자기 눈에 확 들어오자 서둘러 허공에서 손발을 허우적거렸다. 만일 근처에 사람이 있어 이 같은 광경을 보았다면 아마도 독수리가 쥐새끼를 채어간다고 생각하였을 것이다.

"어구구! 나으리, 저를 놓지 마십시오. 그리고 제발 제 말 좀 들어주십시오."

아삼이 애걸복걸하자 양황은 힘을 빼려던 손을 다시 움켜쥐었다. 갑자기 무료함이 밀려왔다. 이자의 말을 들은 후에 손을 놓아도 늦지는 않을 것이다. 양황의 심경 변화를 눈치 채자 아삼은 기회를 놓치지 않고 재빠르게 말을 꺼냈다.

"저는 원래 저 아래 황가촌에 살았던 놈으로 이름은 저두(猪頭)라고 합지요."

양황은 이자가 자신을 스스로 미련한 멍청이라고 말하자 실소를 흘렸다. 아삼은 양황의 나직한 웃음소리에 더욱 자신을 얻었다.

"지난봄에 이 근처에 흉흉한 소문이 나돌았습니다. 한 사내가 가난하긴 했지만 노쇠하신 부모님과 젊은 아내, 그리고 어린 두 여동생을 돌보며 살고 있었지요. 그런데 어느 날 그 사내가 사흘 동안 장에 다녀와 보니 집은 쑥대밭이 되어 있고 부모와 아내, 그리고 어린 두 여동생은 처참하게 유린당해 차가운 시신으로 변해 있었습니다. 흑흑! 누군가 젊은 아내에게 음심을 품어 일으킨 일이었지요. 처음에는 인근에 소문난 색마들을 의심했었습니다. 그런데……"

아삼은 끝내 말을 잇지 못하고 두 손으로 얼굴을 가리며 오열을 터뜨렸다. 연극이라는 것이 뻔히 들여다보였지만 냉랭한 표정을 짓고 있던 양황은 도리어 웃고 말았다. 이 속 보이는 거짓말을 믿는 척해야 할까! 그는 문득 이 어리숙한 듯 보이면서도 교활한 자에게 흥미가 생겼다.

만일 죽자 사자 살려달라고 매달렸다면 단숨에 심장을 쥐어 터뜨려버렸을 것이다. 양황은 이 버러지 같은 자를 살려두면 어떤 일이 벌어질까 속으로 상상해 보았다.

아삼은 잠시 진정하는 듯하며 양황의 눈치를 살폈다. 양황이 그의 말에 귀를 기울이는 듯하자 다시 떨리는 목소리를 가장하여 말하였다.

"그 광경은 차마 눈 뜨고 보지 못할 정도로 처참했습니다. 게다가 큰누이는 이제 십여 세를 조금 넘었고 어린것은 십여 세도 되지 못했습죠. 여자라고 할 수도 없는 그 어린것들을 그토록 참혹하게 유린하다니…… 흑흑, 용서할 수가 없었습니다. 미친 듯이 원흉을 찾아다녔지요. 주변을 수소문한 끝에 간신히 범인이 누구인지는 알아냈지만 워낙 무서운 자라 그자의 그림자조차도 밟을 수가 없었습니다. 흑흑, 그러나 하늘이 무심치 않아 그자가 이곳으로 오게 되었고, 소인이 그자의 시중을 들 수 있는 기회를 잡을 수 있었습니다. 호시탐탐 원수를 갚을 기회가 오기를 기다렸지만 그자의 터럭 하나 건드릴 수 없어서 차라리 제가 죽어버리는 것이 낫겠다고 생각하던 참에 오늘 나으리가 그자를 상대하는 것을 보고는 결심했습니다. 제발 제가 원수를 갚도록 도와주시고 나으리에게 보은할 수 있는 기회를 주십시오. 그자를 제 손으로 죽일 수만 있다면 나으리께서 죽으라면 죽을 것이고 벌거벗고 개똥밭을 구르라고 하셔도 기쁜 마음으로 따르겠습니다. 제발, 나으리!"

아삼은 치가 떨린다는 듯이 몸을 떨었다. 그러더니 남루한 소맷자락 끝으로 서럽게 훌쩍이며 눈물을 찍어내는 시늉을 하였다. 어려서부터 동냥을 하며 지나는 이의 주머니에서 고린 돈을 털던 아삼이었다. 다른 것은 몰라도 불쌍하게 보이는 일만큼은 그의 전문이라고 할 수 있었다.

양황은 아삼이 끝내 자신의 이야기라고도, 당삼고의 이름을 꺼내지도 않았다는 것을 눈치 챘다. 교묘한 언변으로 자신의 일인 양 얘기했지만 사실일 리가 없었다. 어디서 당삼고와 사천당문의 이야기를 주워들은 후 그럴듯하게 지어낸 얘기일 것이다. 그러나 양황은 그 이야기가 재미있었다.

아삼은 속으로 자신이 당삼고를 배신한 것은 아니라고 생각했다. 당삼고의 이름을 입에 담지 않았고 또한 자신에게는 부모 형제가 없었다. 그저 떠도는 소문을 이야기한 것뿐이었다. 그는 위에 있는 양황에게 보이지 않을 것이라 생각하며 소리없이 웃었다.

양황은 기꺼이 이 연극에 일조를 담당하고자 했다. 이자가 원하는 것이 무엇인지 궁금하였다.

아삼은 고개를 힘껏 빼어 양황의 얼굴을 올려다보았다. 매끈한 턱과 오뚝하게 솟아오른 보기 좋은 코만이 보일 뿐 그가 어떤 표정을 짓고 있는지 알 수가 없었다. 그는 자신의 오랜 경험에서 우러나온 직감을 믿으며 말을 이었다.

"비록 소인이 배운 바 적어 우둔하오나 다행히 당삼고라는 자가 저를 의심치 않으니 제가 먼저 가서 그자의 경계를 풀어놓겠습니다."

아삼의 말을 듣던 양황은 고개를 끄덕였다. 자신이 당삼고를 한 손에 쳐 죽이는 것은 어렵지 않으나 오늘은 지저분한 피로 손을 더럽히고 싶지 않았다. 그리고 이자의 심계가 어느 정도인지 구경해 보는 것도 나쁘지 않을 듯했다.

그는 일부러 아삼이 다치지 않도록 땅에 조심스럽게 내려놓았다.

발이 땅에 닿은 뒤에도 아삼은 한참을 앞으로 뛰어 달린 후에야 멈출 수 있었다. 아삼은 앞으로 넘어지려던 몸을 팔을 몇 번이나 흔들어 중심을 잡은 뒤에야 양황을 똑바로 쳐다볼 수가 있었다.

쥘부채를 내린 양황의 얼굴은 너무도 수려하여 도저히 무공의 고수라고는 생각하기 어려웠다. 자신이 아첨하려 한 말이었으나 정말 하늘에서 내려온 천신처럼 감히 범접할 수 없는 기품이 서려 있었다.

아삼은 침을 꼴깍 삼켰다. 사당 안에서는 양황의 얼굴을 자세히 쳐다볼 수 없었던 것이다. 거기다 이미 그의 놀라운 신위를 눈으로 보았지 않는가! 무슨 일이 있어도 양황의 수하로 들어가리라 마음먹었다. 만일 그렇게만 된다면 천하에 이름을 떨치려는 자신의 꿈도 불가능한 것은 아니리라 생각하자 가슴이 두근거렸다.

아삼은 양황에게 진실한 눈빛을 보이며 고개를 살짝 끄덕여 보이고 숲 속으로 걸어 들어갔다. 자신의 생각대로라면 당삼고는 분명 거기 있을 것이다.

종남산이라면 자신의 손바닥보다도 환히 꿰뚫고 있는 아삼이었다. 무신당으로 가면서 혹여라도 일이 생기면 피신할 곳을 당삼고에게 미리 알려주었던 것이다. 아삼은 양황이 자신의 일거수일투족을 주시하고 있다는 것을 느낄 수 있었다.

"이번 일만 잘되면 정말 내가 원하는 걸 얻을 수 있을지 모른다."

아삼은 주머니 속에서 아껴두었던 육포를 꺼내어 입 안에 넣고 우물
거렸다. 씹으면 씹을수록 고소한 육즙이 배어 나와 입 안 가득 침이 고
였다. 아삼은 육포가 금세 목으로 삼켜지는 것이 아까워 혀끝으로 목
구멍을 막았다. 손바닥에는 몇 조각의 검붉은 육포가 놓여 있었다. 또
유난히 손때가 반질반질 묻은 새까만 고기 조각이 한 점 섞여 있었다.
바로 금관사와 죽은 쥐고기였다. 이미 바싹 말라 있어 그 형태를 알아
보기가 어려워 붉은 끈으로 표시를 해놓았다.

이것을 적절히 사용하면 당삼고를 속일 수 있을 것 같았다. 그는 자
신의 직감을 믿어보기로 하였다.

육포를 씹다 보니 어느새 5층 석탑과 두 개의 3층 석탑이 나란히 보
이는 홍교사 앞에 서 있었다. 홍교사의 승려들은 곤히 잠들었는지 좀
전의 소란에도 불구하고 쥐 죽은 듯이 조용하였다.

아삼은 당삼고를 찾기 전에 먼저 작은 불을 피워 그곳에 육포 몇 조
각을 올려놓았다. 대번에 고기 타는 냄새가 사위에 진동했다. 아삼은
낮게 웃으며 몸을 일으켰다.

홍교사를 마주 보는 낮은 언덕의 중간 즈음에 잔뜩 나무 덩굴이 엉
켜 있는 곳이 그가 찾는 곳이었다. 엉켜 있는 나뭇가지를 손으로 헤치
며 아삼이 작은 소리로 당삼고를 불렀다.

"사부님, 사부님, 어디 계세요? 저예요."

당삼고는 잔뜩 경계를 하였는지 기척조차 들리지 않다가 아삼이 몇
번을 더 소리쳐 부르자 작은 기침 소리를 내어 자신이 안에 있음을 알
렸다.

아삼은 허리를 굽혀 동굴로 기어들어 갔다. 입구는 매우 좁아 허리
를 굽히고 들어갔으나 조금 지나자 서너 사람이 누울 만한 널찍한 공

간이 나타났다.

아니나 다를까, 그곳에는 가부좌를 틀고 창백한 표정으로 앉아 있는 당삼고가 있었다. 옷섶이 온통 피로 물들고 얼굴마저 백지장 같아 상세가 위중함을 알 수 있었다.

원래 당삼고가 화염독연탄을 뿌리고 도망칠 적에 양황의 일장이 가슴을 후려쳤던 것이다. 가뜩이나 상처가 있는 데다 그 일장의 위력이 강맹하기 그지없어 당삼고는 오장육부가 성한 곳이 없었다.

당삼고는 아삼을 믿지는 않았지만 지금 자신의 상세가 너무나 위중하여 내상을 치료하자면 한동안은 꼼짝 못하고 누워 있어야 할 판이었다. 그러자니 누군가 옆에서 시중들 사람이 필요하였다. 당삼고는 아삼을 반색하여 반기며 말했다.

"그래, 양황이 너를 놓아주더냐?"

"그자가 버러지만도 못한 저 때문에 손에 더러운 피를 묻힐 리가 있겠습니까? 제자는 사부님이 피하시는 것을 보자마자 달음질쳐 도망 왔으니 그자가 저를 보지는 못하였을 것입니다."

아삼이 입을 열자 향긋한 고기 냄새가 풍겼다. 당삼고는 자신도 모르게 혀로 입술을 적시며 침을 꿀꺽 삼켰다. 그러면서 경공술도 모르는 아삼이 어떻게 자신을 이렇게 금방 따라올 수 있을까 의아해하였다. 그는 잔뜩 의심하는 눈초리로 아삼을 쳐다보았다.

아삼은 그가 힐문하는 듯이 쳐다보자 오히려 고개를 들어 그와 눈을 마주쳤다. 누군가를 믿게 하려면 절대로 시선을 피해서는 안 된다는 법을 아삼은 오랜 경험으로 이미 깨닫고 있었다.

"네 말이 정녕 사실이렷다. 그렇다면 무공도 모르는 네가 어찌 내 종적을 쫓아올 수 있단 말이냐?"

"아이 참, 사부님이 일러주신 대로는 너무 멀어서 지름길로 왔지요. 종남산에서 제가 모르는 길이 어디 있으려구요."

지름길이라는 말에 당삼고는 그럴 수도 있겠다고 생각하였다. 원래 종남산은 당삼고가 은거해 있던 산이기도 했다. 그러나 그는 이곳에만 틀어박혀 나가지 않아 지리를 거의 모르고 있었다. 아삼이 종남산의 지리를 잘 안다면 지름길을 통해 훨씬 빨리 달려올 수도 있었을 것이다.

당삼고는 곧 의심을 풀었다. 당삼고의 상처를 살펴보던 아삼이 조심스럽게 물었다.

"그런데 사부님, 그자가 정말 그렇게 강한가요?"

"흥! 네놈이 지금 나와 그를 견주어보고자 함이더냐?"

당삼고의 목소리가 날카로워지자 아삼은 황급히 고개를 떨구며 허리를 굽혔다.

"그, 그럴 리가 있겠습니까? 제자는 혹시 그자가 이곳을 다시 찾아오면 어쩌나 싶어서……."

"그렇게 안 되기만 바랄 뿐이지. 내 쥐도 새도 모르게 숨었거늘 그가 아무리 신출귀몰한 재주를 가졌다고 하나 어찌 이곳을 찾아내겠느냐? 다만 누군가 일러주지 않았다면 말이다."

당삼고의 말에 아삼은 다시 가슴을 졸였으나 내색하지 않은 채 연신 머리를 조아렸다.

"제자는 사부님에게 그저 감탄할 따름입니다. 그자가 사술을 부려 천신의 현신인 사부님을 곤경에 빠뜨렸으니 필경 나쁜 마귀일 것입니다. 그러나 사부님이 놀라우신 능력으로 그자의 마수에서 벗어났으니 제자는 그저 기쁘고 기쁠 따름이지요. 그런데 그자가 대체 누굽니까?"

"그자가 바로 삼천교주이다. 그자의 신통한 재주는 하늘도 놀라고 땅도 놀라지 않을 수 없을 것이다. 그자가 주문을 외면 몸이 마비되고 흉물스런 짐승들이 덤벼드니 아무도 그자를 대적하지 못하는 게 당연하지. 오늘 노부가 미리 방비하지 않아서 낭패를 당하였다만… 흥! 다음번엔 이렇게 호락호락 당하지는 않을 것이야."

당삼고가 입술을 깨물며 자신의 패배를 애써 위로하려 했으나 아삼은 속으로 그를 비웃었다. 자신이 곧 죽게 될지도 모르는 판국에 허세를 부리는 꼴이 가소로웠다. 아삼이 다시 몸을 돌려 나가려 하자 당삼고가 사납게 불러 세웠다.

"네놈이 지금 어딜 가는 것이냐?"

"멀지 않은 곳에 절이 있으니 그곳에 가서 요기할 것이라도 얻어 와야지요. 사부님은 일신의 경지가 신에 이르러 허기를 느끼시지 못할지도 모르지만 이 버러지 같은 제자 놈은 한 끼라도 굶으면 하늘이 노래지고 다리가 후들거려 살 수 없답니다."

아삼이 누런 이를 드러내며 히죽 웃었다. 입으로는 당삼고를 칭송하면서도 내심으로는 그가 양황에게 어떻게 당하는지 빨리 보고 싶었다.

당삼고는 아삼의 말이 일리있다고 생각하였다. 그러나 아삼의 말에는 어딘지 모르게 석연치 않은 기색이 느껴졌다. 하나 아삼이 자신에게 거짓말을 하고 있는지도 모르지만 지금은 어쩔 수가 없었다. 자신도 황산에서 이곳 종남산까지 오는 동안 거의 굶다시피 하여 뱃속의 회가 요동을 치고 있지 않은가? 그리고 보니 저 거지 놈이 계속 입을 우물거리고 있던 것이 생각났다.

"멀리 가지는 말거라. 그런데 네놈이 지금 먹는 것이 무엇이냐?"

당삼고는 망설임 끝에 아삼에게 물었다. 아까부터 아삼에게서 고소한 냄새가 나는데 지독히도 향기로웠다. 당삼고는 더 이상 참지 못하고 재차 물었다.

"네 녀석이 사부의 굶주림을 아랑곳하지 않으니 괘씸하구나. 어서 주머니 속에 있는 것을 꺼내놓거라!"

아삼은 속으로 쾌재를 불렀다. 그는 일부러 동굴로 오기 전에 고기 타는 냄새가 옷에 배도록 했던 것이다. 그러나 겉으로는 어리숙한 표정으로 주머니에게 몇 개의 마른 고기 조각을 주섬주섬 꺼내놓았다. 육포를 보자 당삼고는 대번에 입 안 가득히 침이 고였다.

"무엇이냐?"

"이것은… 이것은 제자가 비상 식량으로 가지고 다니는 쥐 고기입니다. 사부님 같은 분이 드실 만한 음식이 못 됩니다. 제자가 얼른 가서 먹을 것을 구해올 테니 그동안만 참으십시오."

아삼은 내놓기가 아깝다는 투로 고기 조각을 얼른 도로 집어넣으려 하였다.

"그냥 두거라. 형편이 이러하니 쥐 고기인들 못 먹겠느냐. 거기 두고 어서 갔다 오거라."

아삼이 몸을 돌려 나가려는데 당삼고가 다시 불러 세운다.

"이 붉은 끈에 묶은 것은 무엇이냐?"

"그건 쥐들의 왕으로 맛이 훨씬 좋지요. 그놈은 주로 작은 독사를 잡아먹는데 제자가 한꺼번에 먹자니 독이 있을 것 같아 붉은 끈으로 표시해 놓고 조금씩 맛만 볼 뿐입니다. 사부님이 지금 병중이시니 그건 드시지 않는 것이 좋을 것입니다."

말을 하면서도 아삼은 연신 입맛을 다시며 미련을 버리지 못하는 듯 육포에 시선을 던진다.

당삼고가 빤히 쳐다보고 있었다. 아삼은 찔리는 속내를 감추려는 듯 과감히 그 눈을 마주 보았다.

"이리 오거라."

당삼고가 갑자기 부드럽게 부르자 아삼은 더욱더 경계하였다.

"제자는 너무 배가 고파 기절할 지경입니다요."

아삼이 슬그머니 밖으로 나가려 하였으나 당삼고가 손을 움직이자마자 다리가 뜨끔하더니 이내 사지가 마비되어 고꾸라졌다.

"사, 사부님, 어찌 제자를 죽이려 하십니까?"

부들부들 떨며 죽는시늉을 하였다.

"흐흐. 내 네놈의 잔꾀에 넘어갈 줄 알았느냐? 이놈아! 네가 정녕 이것이 뭔지 모른단 말이냐?"

당삼고가 붉은 끈에 묶인 금관사를 아삼의 코앞으로 던지자 아삼은 일이 실패하였다는 것을 알았다. 그러나 정신을 바짝 차려 정말 모르겠다는 표정을 지었다.

"어이구, 사부님! 제자가 방금 그것이 쥐들의 왕이라고 말씀드리지 않았습니까요? 제자는 단지 쥐 굴을 파다 그 말라비틀어진 걸 쥐들이 소중히 하여 가까이 하지 않는 것을 보고 왕이라고 생각한 것입니다요."

"흥! 하긴 네놈이 알고 있을 리가 없지. 이것은 금관사라는 독사이다. 노부가 사천에서 직접 가져온 것이거늘 내 어찌 몰라보겠느냐."

당삼고의 말을 듣자 아삼은 아차 싶었다.

'지난날 염주행이 이걸 보고 당문의 것이라 했었는데 그 말을 그만 깜빡하였구나!'

머리가 아득하여 이 사태를 어떻게 벗어나야 할지 생각이 나지 않았다. 당삼고는 쓰러진 아삼을 쳐다보지도 않고 고기 조각을 입에 털어 넣었다. 상처를 입은 데다 허기까지 심하니 무엇이든 먹어야 기력을 회복할 수 있었다. 고기 조각들은 몇 번 씹지도 않아 목으로 꿀꺽 넘어 간다. 당삼고는 순식간에 나머지 육포를 모두 한입에 털어 넣고 우물 거렸다. 고기를 삼키며 가만 생각하니 자신의 신세가 처량 맞기 그지 없었다.

사천당문을 유린하던 지난날 설마 자신이 이런 작은 동굴에서 쥐 고 기로 연명을 할 줄 어찌 알았으랴? 그러나 천하를 얻는다면 이 정도의 일쯤은 훗날 웃으며 이야기할 수 있으리라.

"네놈이 금관사를 이용하여 나를 해치려 하였더라도 소용없는 일이 다. 내게 독왕이라는 별호가 왜 붙었겠느냐? 이런 맹독은 오히려 내 독 공에 도움을 주는 것들이다."

거만하게 웃는 당삼고의 얼굴을 보며 아삼은 이제 죽었다고 생각했 다.

그때였다.

"하하, 천하의 당삼고가 쥐새끼같이 숨어들어 간 곳이 겨우 두더지 굴이로군."

밖에서 양황의 목소리가 들리자 당삼고의 얼굴이 흙빛이 되었다. 그 가 이곳을 어찌 찾았을까 궁금하였다. 안광을 빛내며 아삼을 노려보았 다.

"너, 이 쳐 죽일 놈!"

당삼고는 화가 머리끝까지 치밀어 아삼을 발로 뻥 차며 밖으로 뛰쳐 나갔다. 아삼이 바닥에 널브러진 채 양황에게 구원의 눈빛을 보냈다. 아삼의 얼굴은 금방 푸른색으로 변하였다. 당삼고가 발로 찼을 때 이미 중독되었던 것이다.

"천신나으리…… 도와주세요."

"이런 개 같은 후레자식을 믿는 것이 아니었는데……."

후회해도 이미 늦은 뒤였다.

당삼고는 입술을 깨물었다. 이대로 죽느니 양황과 다시 한 번 타협을 하려는 것이다.

"양 교주, 나와 다시……."

그러나 양황은 이미 당삼고를 죽이기로 마음먹은 듯하였다. 쥘부채로 당삼고의 목에 있는 염천혈(廉泉穴)을 노리는지라 할 수 없이 뒤로 물러났다. 당삼고는 양황의 쥘부채가 혈을 찌르는 데에 아주 능란하다는 것을 알고 있었다.

"네놈이 큰일만 기억하고 작은 일은 기억하지 못하는 척하는구나. 그러나 손바닥으로 하늘을 가릴 수는 없는 법! 목숨 빚은 목숨으로 갚아야 하는 것이다. 네놈이 이자의 입을 막아 더러운 짓거리를 덮으려 하나 그렇게는 안 될 것이다."

양황은 일부러 아삼의 거짓말을 믿는 척 당삼고를 나무랐다. 아삼은 쓰러진 와중에도 양황이 자신의 말을 믿어주자 살았다고 생각했다.

"무슨 얼어죽을 소리냐?"

당삼고는 양황이 무슨 말을 하는지 몰라 황당한 얼굴이었다.

"네가 이미 천륜을 저버린 자라는 걸 내가 알고 있다. 그 못된 버릇이 어디 가겠느냐. 가족도 몰라보고 주인도 몰라보는 네놈을 내 오늘 반드시 죽여 더는 그같이 파렴치한 짓을 하지 못하도록 할 것이다!"

그 말을 듣고서야 양황이 지난날 당문의 일을 꼬투리 잡으려 한다는 것을 알았다. 당삼고는 입술을 깨물며 양황의 곡지혈(曲池穴)을 향해 두 개의 독질려를 날렸다. 양황은 몸을 날려 가볍게 피하였으나 뒤에 있던 아삼은 발이 땅에 붙어 떨어지지 않았다. 그러자 양황이 지풍을 날려 암기의 방향을 바꾸었다.

당삼고는 사천당문을 떠나오면서 무슨 일이 있어도 당문의 무공은 쓰지 않으리라 맹세하였다. 지난 수십여 년간 그 나름대로의 무공을 창안하여 사용하였는데 이제 목숨이 경각에 이르니 저도 모르게 당문의 무공이 나오게 되고 말았다. 비록 당문을 떠나기는 했지만 그의 몸에는 한 번도 떼어놓은 적이 없는 당문의 암기 수백 가지가 갖추어져 있었다. 한꺼번에 독질려와 혈적자, 비황석 등의 수십 가지 암기로 만천화우의 수법을 펼쳤다.

당삼고는 양황이 그런 암기 수법쯤에 당할 리 없다는 것을 모르지 않았다. 그는 단지 아삼에게 손을 쓸 기회를 엿보고 있었다. 자신이 양황에게 죽임을 당하는 것은 어쩔 수 없다 하더라도 아삼을 저대로 곱게 죽이느니 죽지도 살지도 못하게 만들어놓아야 원이 되지 않을 것 같았다.

당삼고는 암기를 발출하는 것과 동시에 허리에 차고 있던 금룡연편(金龍軟鞭)을 꺼내어 들고 황사만리편법(黃砂萬里鞭法)을 전개했다. 차르륵 차르륵 연편이 땅을 휩쓰는 소리가 마치 뱀이 먹이를 쫓을 때 나는 소리처럼 들려왔다. 삽시간에 주위에 한 치 앞도 구분할 수 없는 자욱한 먼지 연기가 피어올랐다.

"내가 죽더라도 저 거지 놈을 용서치 않겠다!"

당삼고는 먼지 사이를 뚫고 아삼을 향해 이를 갈며 덤벼들었다. 그는 속으로 당문에서 폭우이화정(暴雨梨花釘)과 폭우이화침(暴雨梨花針)을 가지고 나오지 못한 것을 한탄했다. 그 두 가지의 암기는 당문 내에서도 장문에게만 전해지는 암기였으니 천하의 당삼고라 하여도 어쩔 수 없었다. 그러나 요행히 비천뢰구(飛天雷球) 하나를 들고 나올 수 있었다.

당삼고는 비천뢰구를 본따 파공강침(破空强針) 대신 불씨를 터뜨리는 화염독염탄(火焰毒煙彈)을 만들어내어 그의 독문암기로 삼았다. 바로 혈섬침과 화염독연탄이 그를 십대고수의 반열에 들 수 있게 하였던 것이다. 그러나 독연탄은 워낙 위험한 물건이라 몸에 지니고 다닐 수가 없었다. 만일을 대비해 간신히 하나의 화염탄을 갈무리하여 다녔었는데 이미 아까 양황과 싸울 때 사용하였다.

당삼고는 원래 내상이 심하여 움직이는 것에 한계가 있었으나 아삼에게 속은 것이 너무 분하여 자신의 상세도 돌보지 않고 연편을 휘두르며 팔다리를 닥치는 대로 뻗어내었다. 그의 손이 지나가는 자리마다 나무가 시커멓게 변색되어 넘어지고 연편이 지나갈 때마다 돌 가루가 모래처럼 날렸다.

아삼은 꼼짝도 하지 못하고 두 사람의 싸움을 보고 있었다. 당삼고의 채찍이 혹시나 자신의 머리통을 박살 낼까 두려워 가슴이 조마조마하였다. 아삼은 금관사가 당삼고에게 아무런 영향도 끼치지 못하는 것을 보고 애석해하였다. 혹시 그걸 먹고 오히려 더 기운이 나는 것은 아닌가 하여 아삼은 자신의 경솔함을 책망하였다.

양황은 당삼고의 필사적인 공격에 대응하지 않고 이리저리 피하기만 하였다. 마치 고양이가 쥐를 희롱하듯 하며 아삼의 얼굴이 밝아졌다 어두워졌다 하는 모양을 보고 있었다.

양황의 속내를 알 수 없는 아삼으로서는 그가 아까와는 달리 당삼고에게 맹렬한 공격을 펼치지 않자 입 안이 바짝바짝 마르고 손발이 축축하게 땀에 젖어왔다. 그는 초조해서 자신도 모르게 발을 굴렀다. 어서 빨리 당삼고가 죽지 않으면 자신이 죽을 판이었다.

양황은 당삼고가 얼마 안 가 기력이 떨어져 쓰러지고 말 것임을 알고 있었다. 당삼고가 화염탄을 던지고 도망갈 당시 자신이 오성의 탈혼장으로 그의 가슴을 격중시켰으니 모르긴 몰라도 오장육부가 성한 곳이 없을 것이었다. 그런데도 이같이 무서운 공격을 할 수 있는 것을 보면 당삼고의 무공이 허명이 아님을 알 수 있었다.

당삼고는 양황을 향해 삼양수(三陽手)를 전개하려 하였다.

그 순간이었다.

"윽!"

오장육부를 칼로 난자당하는 듯이 무서운 통증이 그의 사지에 퍼져 갔다. 당삼고는 금룡연편을 떨어뜨리며 그 자리에 풀썩 주저앉았다.

난생처음 겪어보는 격렬한 통증이 그의 숨통을 막았고 칠공에서 시커먼 피가 콸콸 뿜어져 나왔다. 당삼고는 이 같은 증세가 낯설지 않았다. 자신의 독에 당한 수많은 사람들도 이처럼 칠공에서 피를 뿜어내며 죽어 넘어지지 않았던가? 그가 독에 당한 것이다. 언제? 눈에서 주르륵 핏물이 흘러나와 더 이상 앞이 보이지 않았다.

"너! 너……! 금관사에 무슨 짓을 했느냐!"

당삼고는 아삼을 향해 손가락질하였으나 이미 혀는 그의 뜻대로 움직이지 않았고 사지는 뒤틀리기 시작했다. 당삼고는 금관사의 독에는 면역이 되어 있었으나 그 속에 영초와 흑지주가 함께 들어 있었다는 것은 몰랐다. 세 가지 독이 교묘하게 배합되어 천하의 당삼고도 알 수 없는 기이한 독이 되었던 것이다. 게다가 상처 입은 오장육부로 독이 퍼져 설사 대라신선이 오더라도 구할 수 없는 지경에 이르고 말았다.

양황은 담담한 얼굴로 당삼고의 칠공에서 피가 분수처럼 솟구치는 것을 보고 있었다. 아삼의 얼굴에 화색이 돌자 이 같은 일을 꾸민 것이 그라는 것을 알았다. 보기보다 심계가 독한 자였다.

당삼고는 피칠을 한 얼굴을 간신히 들어 아삼이 있는 쪽으로 향했다. 그리고 보면 모든 것이 아삼의 세 치 혀에서 비롯되었던 것이다. 수옥을 보고 탐심이 동한 것도 사실이었으나 더욱 부채질한 것은 바로 아삼이었다.

자신이 어쩌자고 아삼의 꾐에 넘어가 이 같은 개죽음을 맞이하는가에 대한 회한이 물밀듯이 밀려왔다. 지금껏 당삼고를 지탱해 오던 야망이 툭 소리를 내며 끊어졌다. 생명의 불꽃은 심지가 다한 촛불처럼 순식간에 사그라들고 있었다.

아삼을 가리키던 당삼고의 팔이 기형적으로 꼬이더니 뒤로 확 젖혀진다. 당삼고는 안간힘을 썼지만 이미 온몸의 신경은 그의 의지를 무시한 채 제멋대로 꺾이고 부러졌다. 당삼고는 자신의 뒷모습을 보고 있었다. 목에서 우두둑우두둑 콩 볶는 듯한 소리가 들리더니 목이 한없이 돌아갔다. 당금 무림에서 독왕으로 불리웠던 당삼고의 어이없는 죽음이었다.

아삼은 당삼고의 시뻘건 눈이 뒤집어져 흰자위가 붉게 물드는 것을 보고 그만 웃음이 터져 나오려 했다.

그럼 그렇지! 아무리 독왕이라지만 세상의 모든 독을 알 수는 없을 것이라는 아삼의 예상은 적중하였던 것이다.

한동안 고요한 적막이 흘렀다.

당삼고는 온몸이 마치 끈처럼 꼬이고 뒤엉켜져 있어 마치 한 덩어리의 검붉은 고깃덩어리처럼 보였다. 검은 피는 온몸을 적시며 흘러내려

작은 웅덩이를 만들고 있어 끔찍하고 처참한 광경이 사람의 상상을 초월하였다.

양황은 수옥을 꺼내고 싶었으나 당삼고의 죽음이 하도 괴기스러워 그에게 다가가지 못하고 있었다.

그때 긴 휘파람 소리가 밤하늘의 정적을 깨뜨리며 연이어 길게 두 번, 짧게 한 번 울려 퍼졌다. 양황의 표정이 굳어지더니 잠시 망설이는 듯하였다. 저 소리는 두공이 자신을 찾는 소리였다. 아무리 사소한 일이라도 그를 기다리게 하기는 싫었다. 그는 이미 당삼고가 죽었으니 아삼을 여기 두고 가도 별일은 없을 거라 생각하였다.

"이곳에서 기다려라."

양황은 아삼에게 짧게 한마디를 던졌다.

"천신나으리……."

아삼은 해독부터 시켜달라고 말하고 싶었으나 혀가 굳어 말이 빨리 나오지 않았다. 양황은 이미 한 모금의 진기로 몸을 솟구쳐 시위를 떠난 화살처럼 하늘로 사라져 갔다. 이대로 있다간 양황이 돌아오기 전에 저세상으로 갈 판이었다.

아삼은 당삼고의 품에 해독약이 있을 것이라 생각하였다. 뻣뻣한 사지로 땅바닥을 기어갔다. 정말 당삼고가 죽었는지 궁금하기도 하고 수옥을 꺼내고 싶기도 하여 주변에서 나뭇가지 하나를 주워 들고 간신히 옆에 이르렀다. 죽은 쥐를 찌르듯이 쿡쿡 찔러보았으나 아무런 반응이 없자 그제야 안도의 한숨을 내쉬었다.

"쿡쿡…… 헉!"

웃음을 참지 못하던 아삼이 헛바람을 일으키며 대경실색하였다. 그는 믿을 수 없다는 표정으로 손을 보고 있었다. 아삼의 손목에는 어디서 튀어나왔는지 모를 당삼고의 손가락이 매달려 있었다. 아삼의 눈과 당삼고의 뒤엉킨 다리 사이로 초점을 잃고 흔들리는 새빨간 눈이 마주쳤다.

"내가 네놈을… 두고 갈 줄 알았… 더…… 냐?"

당삼고는 앞이 보이지 않는 듯 끊임없이 눈동자를 움직였고 말을 할 때마다 거꾸로 처박힌 머리 쪽으로 검은 피가 울컥울컥 뿜어져 나와 흘렀다. 아삼은 미칠 듯한 공포로 인해 심장이 목구멍 밖으로 튀어나올 지경이었다. 온몸의 털이란 털이 모두 꼿꼿이 일어나 비명을 질러대고 있었다. 당삼고에게 잡힌 손목이 타는 듯이 아파왔다.

당삼고는 사실 완전히 명줄이 끊어진 것이 아니었다. 보통 사람이었다면 즉사하였을 것이나 그는 독왕이었다. 반드시 양황이나 아삼, 두 사람 중 누군가가 수옥을 찾기 위해 자신에게 다가오리라 생각하였다. 이대로 허무하게 죽기는 너무도 억울하다는 생각이 그의 뇌리를 지배하여 한 모금의 생기를 붙여두었던 것이다.

마침내 양황이 사라지자 당삼고는 하늘이 자신을 버리지 않았음을 알았다. 그러나 몸을 움직일 수 없는 그로서는 아삼이 스스로 다가오기만을 바랄 수밖에 없었다. 아삼이 자신에게 기어오는 것을 보자 그는 마지막 남아 있던 잠력을 쥐어짜 내어 아삼의 완맥을 움켜잡았다.

"클클…… 쿨럭…… 내 네놈을… 황천… 길… 동무로…… 삼을…… 쿨럭쿨럭……."

당삼고는 마지막 말을 잇지 못하였다. 대신에 그는 내공을 운용하여 그의 몸에 쌓여 있는 독을 아삼에게 뿜어내기 시작하였다. 이미 독은 당삼고의 골수에까지 사무쳐 있었으니 그는 반드시 죽게 될 터였다. 그러나 아삼에게도 똑같은 고통을 주고 싶었던 당삼고는 자신의 필생의 내력을 독과 함께 아삼에게 쏟아 붓고 있었다.

"으아아아아악!"

아삼의 처절한 비명 소리가 밤하늘을 뚫고 종남산 자락에 울려 퍼졌다. 곤하게 잠자던 수많은 이들은 생전 처음 듣는 괴성에 모골이 송연하여 밤새 잠을 설치며 뒤척거려야 했다.

아삼은 수백 수천 마리의 벌레들이 자신의 몸속을 돌아다니는 듯한 느낌에 고통스럽게 몸부림쳤다. 형언할 수 없는 지독한 통증은 순식간에 그의 이성을 마비시켰다.

그 벌레들은 아삼의 심장을 갉아먹고 오장육부를 갈가리 찢어내듯 요동을 치며 사지백해를 돌아다니고 있었다. 아삼은 더 이상 비명도 지르지 못하였다. 불덩이를 삼킨 듯이 목구멍이 활활 타오르는 느낌이었다.

아삼이 쓰러지자 당삼고도 그 무게를 이기지 못하고 둘이 한 덩어리가 되어 땅바닥을 데굴데굴 굴러갔다. 그 순간, 쓰러진 아삼의 눈에 두 개의 막대기처럼 생긴 것이 보였다.

"아삼! 아삼! 어떻게 된 거야?"

잔뜩 겁에 질린 목소리가 아삼의 귓전을 울리자 그는 정신이 번쩍 들었다. 당삼고 역시 어렴풋이 누군가 나타났다는 걸 알았으나 더 이상 말을 할 수 있는 상태가 아니었다. 그는 오로지 아삼에게 독을 주입시키는 일에 자신의 마지막 기력을 다 쏟아 붓고 있었다.

"유 공자님… 살… 려… 주세… 요……."

칠흑같이 어두운 속에서도 유천복은 아삼을 알아보았다. 아삼의 몸이 비틀리고 일그러진 얼굴의 눈과 귀 등에서 피가 흘러나오는 것도 볼 수 있었다.

유천복과 팽소연은 당삼고가 사라진 후 홍교사를 찾아갔다. 주지인 지인 대사에게 자초지종을 설명하고 날이 밝으면 방법을 모색하여 보기로 하였다.

유천복은 잠자리에 들었으나 아버지 걱정에 잠이 오질 않았다. 날이 밝으면 천왕문으로 가보는 것이 가장 좋은 방법일 듯싶었다.

이리 뒤척 저리 뒤척하다 보니 소변이 마려웠다. 막 바지춤을 내리려는데 머리끝이 쭈뼛 서는 듯한 무시무시하고 끔찍한 비명 소리가 들려왔다. 유천복은 무서웠으나 바지춤을 털며 한 발자국씩 소리나는 곳으로 향했다.

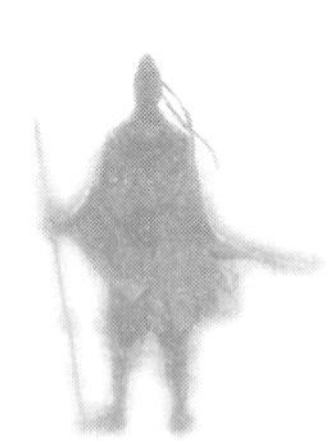

그는 아삼을 붙들고 있는 것이 당삼고임을 알아보고

는 소스라치게 놀라 뒷걸음질쳤다.

"저자는? 다, 당삼고! 아삼, 어떻게 된 거야?"

―도대체 어찌 된 일인지 알 수가 없군. 그나저나 너 이놈, 정말 이거 안 풀 거야?

무지자가 퉁명스럽게 말했다. 유천복은 자신의 왼팔을 내려다보았다.

"그걸 풀어주었다가 또 무슨 망신을 당하라구? 대체 팽 소저의 옷자락은 왜 자꾸 들치는 거야, 들치길? 팔십이나 먹었다더니 망령이라도 난 건가."

―심심파적으로.

무지자는 팽소연 때문에 유천복이 더욱 의지가 약해진다고 생각하였다. 그래서 창피를 주어 스스로 떠나게 만들려고 하였다. 유천복 몰래 팽소연의 치맛자락을 들쳤으나 팽소연은 부끄러워하기는커녕 유천복의 뺨을 후려쳤고 지인 대사만이 민망한 듯 고개를 돌렸다.

"두 번 다시 내가 팔을 풀어주나 봐라. 무지자, 넌 이제 끝이야, 끝!"

유천복은 방에 돌아오자마자 끈으로 왼팔을 몸에 꽁꽁 동여매었다. 더 이상 무지자가 날뛰도록 둘 수 없었다. 뺨을 어루만지자 아까의 일이 생각나 또다시 화가 치미는 유천복이었다. 덕분에 아삼과 당삼고를 본 순간 놀랐던 가슴이 많이 진정되었다.

아삼은 온몸을 죄어오는 고통 속에서도 재빠르게 머리를 굴리고 있었다. 어떻게 하면 저 어리숙한 유천복을 자기 대신 당삼고에게 넘겨줄 수 있나 궁리했다. 그는 의식이 점점 흐려지고 있어 이대로 가다가는 자신이 정말 꼼짝없이 죽임을 당할 것임을 알 수 있었다. 서둘러 유천복을 불렀다.

“이, 이자의 몸에 수옥이 있어요. 저, 저는 그것을 찾아 유 공자님께
갖다 드리려고 했는데… 그, 그만…… 제발 저 좀 이자에게서 떼어내
주세요…….”

“앗! 그렇지! 이따가 얘기하자구.”

아삼은 당삼고가 자신의 손목을 움켜잡자 몸이 화끈해진 것을 기억
했다. 혹시 자신도 유천복의 손목을 잡으면 이 끔찍한 것들이 옮겨갈
지도 몰랐다. 아삼은 유천복이 그의 몸에 한 손을 대자마자 마지막 남
은 힘을 쥐어짜 내어 손목을 움켜잡았다.

“어어? 아삼, 왜 이래? 이렇게 손목을 꽉 잡으면 내가 어떻게 아삼을
끌어내? 손목 좀 놔봐.”

유천복이 잡힌 손을 빼내려 힘을 쓰자 자신도 모르게 여환무단신공
이 펼쳐졌다. 그 순간 몸이 화끈해지며 손목으로부터 스멀거리는 기운
이 생겨났다. 머리가 확 달아오르며 온몸이 불구덩이에 들어간 듯 뜨
거워지며 몸이 부르르 떨려왔다.

“앗! 뜨거워! 이거… 이거…….”

─큰일이다. 멈춰라!

무지자가 뭔가 깨달은 듯 황급히 소리쳤으나 한번 흐르기 시작한 내
력은 둑이 터진 저수지처럼 끊이지 않고 유천복의 몸으로 흘러들었다.

사실 무공을 모르는 아삼이니 유천복의 손목을 움켜잡았어도 별다
른 일은 생길 리가 없었다. 지금 아삼의 몸에는 당삼고로부터 전해진
독과 내공이 터질 듯이 가득 차 있었다. 나갈 곳을 찾지 못해 분탕질을
치던 기운은 아삼의 살가죽을 찢어낼 듯이 팽팽해져 있었다. 그대로
있었다면 아삼의 몸은 독기를 이기지 못하고 녹아내렸을 것이다. 그러
나 유천복이 손을 대자 마치 물이 가득 찬 항아리에 빈 대롱을 꽂은 듯

한꺼번에 유천복의 몸으로 흘러들었다.

당삼고는 내력과 독을 모두 아삼에게 뿜어내었다. 마지막 한 방울의 진기마저 모두 고갈되고 나서야 당삼고는 숨이 끊어졌다. 그와 동시에 두 사람도 지독한 독성을 이기지 못하여 실신하고 말았다. 아삼의 몸과 유천복의 몸은 여환무단신공으로 인해 한 몸이나 다름이 없게 되었다. 독공은 두 사람의 몸을 순환하며 조금씩 스며들고 있었다.

당삼고의 내공은 원래 그가 창안한 혈독공이 그 바탕을 이루고 있었다. 만일 당삼고가 내상을 입지 않은 상태에서 시간을 두고 잘 조절하였다면 그 무형독은 내공을 증진시키는 희대의 기보가 될 수도 있었다. 그러나 당삼고의 오장육부는 이미 엄중한 상처를 입은지라 중독이 되는 것을 막을 수 없었던 것이다.

—이런, 큰일이구나! 이 멍청이 똥대가리가 물인지 불인지 가리지도 않고 무조건 기를 받아들이니… 이 노릇을 어쩌지?

무지자가 화급한 듯 중얼거렸다. 유천복은 이제야 막 만물의 기와 상생하는 법을 터득한 직후였다. 아직 순수한 기운과 불순한 기운을 가릴 만한 단계가 아니었던 것이다. 두공을 상대할 때에는 다행히도 순순한 기운만을 운용할 수 있었으나 지금은 그 반대였다.

빈 주머니처럼 변한 유천복의 몸 안으로 아삼을 통해 당삼고의 독과 내공이 고스란히 들어오게 된 것이다. 원래 여환무단신공을 대성하면 당삼고의 독은 그대로 유천복의 몸을 빠져나가 대지로 흩어졌을 것이다. 그러나 독을 그 원형으로 하는 내공은 나갈 곳을 찾지 못하고 유천복의 몸 안을 소용돌이치며 차 오르고 있었다.

더구나 유천복으로 인해 무공을 모르는 아삼까지도 당삼고의 독과 내공을 자신의 것으로 흡수할 수 있게 된 것이었다. 유천복에게는 악연이요, 아삼에게는 천하에 다시없을 복연이었다.

유천복이 두공의 용부진 안에서 여환무단신공을 연성하고 다시 아삼이 유천복으로 말미암아 당삼고의 독공을 이은 것은 하늘이 아니면 결코 안배할 수 없는 일이라 할 수 있었다. 어찌 되었든 아삼은 당삼고를 사부로 모신 뜻을 이룰 수 있게 되었다. 반 시진만 더 지난다면 그는 당년에 당삼고가 이루었던 지경까지 이룰 수 있을 것이었다.

그러나 호사다마(好事多魔)라 했던가?

얼마 안 되어 양황이 다시 돌아왔을 때 그는 유천복이 아삼의 곁에 누워 있는 것을 보았다. 아마도 당삼고의 몸에 손을 대었다가 중독된 것이라 짐작하였다. 어차피 죽이려던 유천복이었으므로 양황은 손도 안 대고 코를 푼 기분이었다. 그의 냉막한 얼굴에도 한줄기 미소가 스쳤다.

"재수가 없는 놈은 뒤로 넘어져도 코가 깨진다더니 그 말이 딱 맞는군. 하필이면 이곳까지 찾아와 스스로 죽음을 자초하다니… 어리석은 놈!"

양황의 말은 무지자의 심경을 그대로 대변해 주는 것이었다. 무지자는 자신으로서는 유천복의 화를 막을 수 없다고 생각하고 있었다. 두공을 대적했을 때만 하더라도 이 미련한 놈에게 한줄기 기대를 품고 있었는데 이제 말짱 소용없는 일이 되어버린 것이다.

양황은 경기를 발출해 당삼고의 옷자락을 들치고 나뭇가지를 주워 수옥을 꺼내었다. 독수로 변한 당삼고의 시신 속에 파묻혀 있었어도 영롱한 빛과 매끈한 표면은 긁힌 자국 하나 없이 반짝거리고 있었다. 양황은 기분이 너무 좋아 그대로 돌아서려다가 아삼에게로 시선을 돌렸다.

일천쌍조(一箭雙雕)라 했던가? 일이 이렇게 잘 풀린 것은 저자의 공이 컸다고 생각하였다. 아삼을 안아 들자 유천복의 손목도 그대로 딸려왔다. 양황은 소매를 한 번 뿌리쳐 유천복을 떼어놓은 뒤 긴 휘파람 소리와 함께 허공으로 사라졌다.

무지자는 왼팔을 움직이려고 갖은 애를 쓰고 있다가 양황이 사라지자 맥이 탁 풀렸다.

―이것도 다 하늘의 뜻이려니 해야지. 제기랄, 그럼 그렇지. 이까짓 놈이 어떻게 수옥을 차지할 수 있으랴.

무지자가 투덜거렸다. 체념하려고 해도 너무 화가 치밀어 죽도록 패주어도 울분이 가시지 않을 것 같았다.

한편, 유천복의 몸 안에서는 여환무단신공이 당삼고의 혈독을 몰아내려 안간힘을 쓰고 있었다. 그러나 아직 완전히 연성된 것이 아닌 여환무단신공은 노호처럼 몰아닥치는 독기를 막기에는 역부족이었다. 독기는 유천복의 오장육부로 침투하려 번번이 기회를 엿보았다.

유천복의 몸은 독기에 조금씩 잠식되어 갔다. 오장육부가 완전히 중독이 되면 신공이고 뭐고 유천복의 몸은 한 줌의 핏물로 화할 터였다.

무지자의 안타까움을 아는지 모르는지 홍교사 쪽에는 아무런 기척도 없었다.

"이놈을 어떻게 하지? 큿큿!"

"뭘 어떻게 해? 그냥 내버려 두면 알아서 썩겠지. 그놈 참 잘되었다. 내 황산에서부터 알아봤지. 버르장머리없는 놈 같으니……."

"큿! 그나저나 이 냄새 한번 향기롭구나. 어떤 놈이 벌써 채갔는지…… 쯧쯧! 아깝구나, 아까워. 큿!"

무지자의 귀에 높고 낮은 두 목소리가 들려왔다. 그중 한 목소리는 이미 귀에 익은 무애 대사의 음성이었다. 무지자는 뛸듯이 반가웠다.

공처럼 둥글게 말린 유천복의 몸 주위에 두 사람이 둘러앉아 있었다. 그중 한 사람은 철 지팡이로 유천복의 몸을 여기저기 찔러보고 있는 무애 대사였다.

"킁킁. 부처님을 모시고 있다는 놈이 불쌍한 중생을 구할 생각은 않고 도리어 해코지를 하려 들다니, 이 돌팔이땡중 놈아! 그러니 네가 득도를 못하는 거다!"

걸쭉한 목소리가 가차없이 무애 대사를 몰아세웠다. 무지자는 무애 대사와 함께 있는 사람이 누구일까 궁금하였다. 대체 현 무림에서 가장 배분이 높다는 무애 대사와 동수를 이룰 자가 과연 누가 있을까? 보고 싶었으나 위아래로 딱 들러붙은 유천복의 눈으로는 도저히 불가능하였다.

"개코늙은이가 어디서 감히 땡중이래? 그래도 너처럼 백 살도 넘게 처먹어서 빌어먹는 거지보다야 중이 낫지. 오늘만 해도 내 조손뻘 되는 놈에게 밥을 빌어먹지 않았느냐?"

개코라 불리운 노인은 키가 오 척밖에 되지 않았는데 그마저도 허리가 구부정하여 열 살 먹은 어린아이보다도 작았다. 거기다 기형적으로 뒤틀린 다리는 뼈만 남아 있어 그 다리로 걷는다는 것이 오히려 이상해 보였다.

얼굴은 온통 주름투성이라 눈, 코, 입을 찾아볼 수 없고 숱 없는 머리카락은 몇 올씩 묶어 상투를 틀었는데 그 수가 무려 열 개나 되었다.

이 개코늙은이야말로 바로 개방 방주인 견비왜개(犬鼻矮丏) 이자오(李子敖)였다. 개방 내에서는 신비(神鼻)로 불리지만 이자오는 견비(犬鼻)로 불리는 것을 더 좋아하였다. 그는 스스로를 서슴지 않고 개코로 불렀으며 그걸 이용해 취미 생활을 즐겼다. 그의 특이한 취미는 바로 보석 수집이었다.

개방의 규칙상 사유 재산은 인정하지 않는다는 규율이 있었기 때문에 이자오가 보석을 수집한다는 사실은 공공연한 비밀이었다. 그의 코는 특히 보석과 영약의 냄새를 잘 맡기로 유명하였다. 이자오의 무공은 잘 알려져 있지 않아 십대고수의 반열에 들지는 못했으나 개방 내에서는 개방 역사상 최고의 고수라고 일컬어졌다.

이자오는 침을 튀기며 무애 대사에게 잡아먹을 듯이 삿대질을 하였다.

"쿵쿵! 나는 끼니때마다 각설이 타령이라도 쿵! 한자락 해주었으니 밥벌이나 했다 치자. 그러는 너는 열흘 내내 손가락 하나 까딱 않고 누워서 공양을 받아 처먹은 게 자랑이냐? 누가 더 잘한 짓인지 부처님께 가서 쿵! 따져 보자꾸나."

아무래도 말로는 무애 대사가 이자오를 당해낼 재간이 없어 보였다. 무애 대사는 때가 잔뜩 낀 손톱 끝만 바라보며 꿀 먹은 벙어리처럼 가만히 있다가 문득 생각났다는 듯이 말하였다.

"이게 다 그 능가 놈 때문이야. 천왕문으로 오면 한상 잘 차려준다고 호언장담하더니 십 년이 넘도록 코빼기도 안 비치고 수련 중이라고? 이래서 늙은 것들이 망령들었다는 소릴 듣는 게야."

"그래, 쿵! 그 망할 능가 놈 탓이다. 내 그쪽으로는 앞으로 오줌도 안 눌 테니 두고 보라고! 있는 놈이 더하다니까! 짠돌이 영감탱이! 쿵쿵! 동냥 주기 싫어서 폐관수련한다는 놈은 내 살다살다 처음 본다!"

이자오가 맞장구를 쳤다. 강호에서는 이 세 사람을 일컬어 삼우(三

友)라고 칭하였다.

바로 열흘 전에 무애 대사와 이자오는 천왕문 앞에서 만나 내기를 하였다. 이십여 년 만에 처음 만나는 검황 능소천이 두 사람을 환대하느냐 마느냐에 대한 것이었다. 세 사람은 모두 이십 년 만에 만나는 것이었다.

이십여 년 전에도 세 사람은 바둑 내기를 하였다. 이자오는 무애 대사와 능소천을 속여 백 년이나 묵었다는 백사주(白蛇酒)를 들고 튄 것이 들통날까 봐 그동안 천왕문 근처로는 얼씬도 하지 않았다. 그러다 이번에 무애 대사를 만나자 그제야 능소천을 찾아올 생각을 하였다.

결국 능소천은 만나지도 못하고 내기에 진 무애 대사는 이자오를 업고 다니는 신세가 되고 말았다. 그러자 무애 대사는 그 길로 종남산에 올라 홍교사에서 숙식을 해결하고 있었다.

새벽녘에 뒷간을 찾아 일어난 무애 대사는 유천복과 팽소연이 들어서는 것을 보고 황산에서의 일을 떠올렸다. 독연을 마시고 설사한 것과 유천복의 버릇없는 태도가 떠오르자 괘씸한 심사에 어떻게든 골탕을 먹이려 별렀다. 유천복이 나가는 것을 보고 똥이라도 한 바가지 퍼서 끼얹어줄 요량으로 따라나섰다가 사지가 말린 유천복을 발견하게 된 것이다.

무애 대사는 이제 피부가 까맣게 타 들어가기 시작하는 유천복을 물끄러미 바라보았다. 저대로 두었다가는 일각이 지나지 않아 핏물로 화하고 말 터였다. 젊은 놈이 맘에 안 들긴 하지만 저대로 죽게 내버려둔다면 어찌 부처님의 말씀을 들었다고 할 수 있으랴! 고민 끝에 그 화살을 이자오에게 돌렸다.

"개코야! 그거 내놔라."

“뭘?”

“이십 년 전 중추절 때 곡차 많이 먹기 내기 하다가 네놈이 날 속여 뺏아간 대환단 말이다.”

무지자는 대환단이라는 말에 귀가 솔깃했다. 황산에서 무애 대사가 언급했던 대환단(大還丹)이 실제로 있기는 한 모양이었다.

대환단이란 소림비전의 요상성약으로 일반인이 복용하면 무병장수하고 무림인이 복용하면 일 갑자의 내공을 얻는다 하나 극히 귀해 절전되었다고 알려져 있었다.

그때는 노인네가 잘난 척하느라 있지도 않은 대환단을 들먹거린다고 생각했으나 이제 보니 그래도 영 쓸데없는 소리를 하고 다니지는 않는 모양이었다.

“큼! 없다.”

이자오가 세차게 도리질을 하더니 그걸로도 부족했는지 불편한 다리를 움직여 세 걸음이나 황급히 물러났다.

“그게 여태 있을까 보냐? 큼큼! 내 일찌감치 먹어치웠지. 그런 영약을 네놈처럼 꼭꼭 숨겨두고 있다간 오히려 날개가 달려 날아간단다. 그리고 그게 바둑 내기였지, 곡차 내기였냐?”

“이 망할 늙은이가 어디서 사기를 치려고! 그때도 네놈이 바둑으로 승패가 안 나니까 곡차 내기를 하자고 날 꼬드겨서는 내공으로 곡차를 다 뿜어낸 줄 내 모를 줄 아느냐? 내공을 쓰지 않기로 철썩같이 약속해 놓고는 사람을 속였으니 그 내기는 무효다!”

무애 대사가 씨근거렸다. 이자오가 떠난 자리에 마치 오줌을 눈 것처럼 물웅덩이가 고여 있는 것을 보고서야 속은 줄 안 것이 지금까지도 분통이 터졌다.

"쿵쿵! 정말 없다니까! 내 여태 잘 간직하고 있었는데 올 봄에 비만 오면 허리가 막 쑤시고 아픈 것이 다 죽게 생겨서 그냥 콱 먹어버렸다구. 쿵!"

"불쌍한 중생 운운하더니 네놈 눈에는 이놈 살이 녹아내리는 게 보이지 않냐? 내가 네놈 사타구니를 뒤집어봐야 실토를 하겠냐? 네놈이 그 병신이 된 다리 사이에 불알 주머니를 만들어 온갖 잡동사니를 쑤셔 넣고 다니는 줄 내 다 아는데 거짓말을 해?"

무애 대사는 정말 이자오의 사타구니를 향해 손을 뻗칠 기세였다.

"쿵! 이놈이 누굴 고자로 만들려고."

"정말 안 내놓으면 이 산속에 그냥 혼자 두고 가버릴 테다."

두고 간다는 말에 이자오가 움찔하더니 행여 무애 대사가 볼세라 돌아앉았다. 이윽고 손을 바짓가랑이 사이로 집어넣어 주섬주섬 물건들을 꺼내놓는다.

"쿵! 가만있어 봐라. 하두 오래돼서 다 닳아버리지나 않았는지 모르겠다. 이건 색안경(色眼鏡)이고… 철린갑에다 인피면구… 쿵쿵…… 어라? 이게 여기 있었네? 아무리 찾아도 없더니만. 할망구! 훌쩍 그렇게 먼저 갈 줄 알았으면 생전에 더 잘해줄걸. 쿵쿵!"

이자오는 감회가 새롭다는 듯이 귀퉁이가 다 떨어진 칠보로 만든 빗을 어루만졌다. 무애 대사는 이자오의 보물 주머니 안에 무엇이 들어 있는지 항상 궁금했었다. 보석 수집이 취미이니 그래도 값나가는 물건이 꽤 있을 거라 여겼었는데 늘어놓는 것이라고는 하나같이 고물단지들이다.

한참 뜸을 들이다가 때가 껴 시커먼 기름종이에 환약 한 알을 냅다 뒤로 던졌다.

"에라, 이 늙은이야! 치사하다. 먹고 떨어져라. 쿵쿵!"

무애 대사가 보니 틀림없이 대환단이었다. 허공에서 지풍을 날려 종이를 벗긴 후 유천복의 입으로 떨어뜨렸다. 무지자는 코끝을 싸아 하니 휘감아도는 청량하고 향기로운 단약의 냄새를 맡을 수 있었다. 대환단은 입술에 닿자마자 스르르 녹더니 그대로 유천복의 목으로 넘어갔다.

"쿵쿵! 에구! 에구! 아까워라. 내가 얼마나 아끼던 건데 시퍼렇게 젊은 놈이 죽을 날 받아놓은 노인네들 앞에서 약을 처먹고 있으니 말세로세, 말세야. 쿵쿵! 이럴 줄 알았으면 내 진작에 먹어버리는 건데. 쿵!"

이자오가 입맛을 다시며 억울하다는 듯이 말하였다.

"이놈아, 가만있지 말고 여기 와서 한 손 거들어라."

무애 대사는 유천복의 몸을 똑바로 앉힌 뒤 장심을 등 뒤 명문혈(命門穴)에 대어 가볍게 내력을 주입하였다. 이자오는 내키지 않는 듯 천천히 다가와서는 유천복의 가슴팍에 있는 전중혈(膻中穴)에 장심을 갖다 붙였다.

두 줄기의 뜨거운 기운이 대환단을 녹이며 유천복의 사지백해로 스며들었다.

"쿵쿵! 독기가 심장은 물론이고 오장육부와 골수에까지 미쳤는데 이거 괜히 아까운 대환단만 날린 거 아니냐?"

이자오는 짐작했던 것보다 유천복의 상세가 심각하자 더욱더 대환단이 아까운 생각이 들었다. 무애 대사는 눈을 감은 채 천천히 더 많은 내력을 유천복의 몸 안으로 흘려보냈다.

차 한 잔 마실 시간이 흐르자 두 노인의 몸에서 놀라운 일이 벌어졌다. 두 노인의 코끝에서 안개 같은 기운이 흘러나와 점차로 짙어지며 유천복의 전신을 감쌌다. 더구나 두 노인의 머리 위로 각기 다른 세 가지 색깔의 꽃이 피어올랐다. 그것은 무림인들이 꿈에 그려 마지않는 절정의 경지이자 이 두 노인의 공력이 이 갑자를 훌쩍 넘어 오기조원(五氣朝元), 삼화취정(三花聚頂)에 이르러 있음을 뜻하는 것이었다.

그러나 이자오의 머리 위로 떠올랐던 홍화(紅花), 금화(金花), 은화(銀花)는 순식간에 사라졌다. 이자오가 뭍에 오른 잉어처럼 제자리에서 팔딱팔딱 뛰며 소리를 질렀다.

"킁킁! 이 개 같은 늙은이야! 너, 바른대로 말하거라. 킁킁! 망할 놈의 땡중아! 킁! 이놈과 짜고서 내 내공을 남김없이 빨아먹으려는 수작이렷다!"

이자오는 유천복에게 내력을 주입할수록 마치 황하에 오줌발 갈기듯 흔적도 없이 사라지는 것을 느끼고는 놀랍고 당황하였다. 그러나 무애 대사는 아직도 유천복의 명문혈에 진기를 주입시키고 있었다. 불그레한 콧등에 땀방울이 송골송골 맺혀 있었다. 이자오는 멋쩍은 듯 머리를 긁적거리다 다시 주춤거리며 유천복의 앞쪽에 앉았다.

"제기랄! 킁! 이게 무슨 난데없는 날벼락이람."

이윽고 다시 반 시진이 지나서야 무애 대사는 감았던 눈을 떴다.

"휴우……."

깊은 한숨과 함께 한꺼번에 십여 년은 늙어버린 듯한 두 노인네는 비칠거리며 물러났다.

"킁킁! 그놈 참 이상한 놈일세. 분명 단전은 텅 비어 있었는데 도대체 내 내력이 어디로 흘러 사라졌단 말이야? 킁! 이놈은 평생 무공 익히기는 글렀구나. 내공을 쌓을 수 없으니 단전이 폐쇄된 것이나 뭐가 다르랴."

"촐싹거리는 네놈 때문에 다 된 밥에 코를 빠뜨렸다. 중간에 네놈이 일어서지만 않았어도…… 저 봐라, 이놈아! 이게 사람의 몰골이냐?"

무애 대사는 난처한 얼굴로 독기를 다 배출시키지 못하여 피부가 검붉게 돼버린 유천복을 가리켰다. 심장과 오장육부에서 독을 몰아내기까지는 어찌어찌 되었으나 이자오가 중간에 손을 떼는 바람에 그만 유천복의 팔만 사천 모공으로 스며들고 만 것이다.

유천복은 머리카락과 눈썹은 물론이고 몸에 난 털이란 털은 깡그리 녹아 없어져 민숭민숭했고, 마치 화상을 입은 것처럼 몇 겹씩 허물이 벗겨진 자리마다 새빨간 속살이 드러나 보기에도 흉측했다.

"그게 왜 내 탓이냐? 쿵! 이놈이 이상한 거지. 삼십 년 공력을 쏟아부었는데도 밑 빠진 독에 물 붓기 아니냐? 그게 어떻게 쌓은 내공인데…… 쿵! 그 정도면 독이 아니라 독기 할아버지라도 벌써 달아나고도 남았겠다. 쿵쿵! 거기다 죽을 목숨을 살려준 게 어딘데! 이놈이 깨어나면 석 달 열흘 동안 동냥질을 시켜서라도 잃어버린 내 공력을 보충해야겠다. 쿵쿵!"

이자오는 목숨을 살렸으니 그 대가를 받아야 한다며 길길이 뛰었다. 그러나 무애 대사는 유천복이 깨어 오히려 이 꼴로 만들어놓았다고 대들까 봐 걱정이 되었다. 자신이 보아도 괴기막측한 꼬락서니라 도저히 사람의 몰골이라 할 수 없었다. 무애 대사는 눈꼬리가 치켜 올라간 팽소연의 암괭이 같은 얼굴을 떠올렸다.

"이놈아, 어서 내려가자. 저놈이 깨어 또 망령난 늙은이 둘이 자기 신세를 망쳤다고 펄펄 뛰기라도 하면 그때는 어쩔 거냐? 네 머리카락이라도 잘라내어 저놈 불알에 붙여줄 거냐?"

무애 대사는 혹여 유천복이 깰까 봐 소곤거리며 서둘러 이자오를 들쳐 업고 번개같이 사라졌다. 이자오가 그럴 수는 없다며 고래고래 지르는 소리가 종남산 가득 메아리쳤다. 그러나 들은 척도 않고 바람처럼 달려가는 무애 대사의 머리 속에는 오직 한 가지 생각뿐이었다. 매번 저놈을 만날 때마다 손해를 보니 이후로는 절대로 아는 척하지 말아야겠다고 혼자서 꼭꼭 다짐하고 있었다.

이른 새벽, 서늘한 공기를 가르며 높은 비명 소리가 종남산에 울려 퍼졌다.

팽소연의 얼굴은 눈물로 범벅이 되어 있었다. 유천복은 그저 온몸이 가려워 긁는 데만 열중할 뿐이었다. 긁는 대로 양파 껍질처럼 피부가 벗겨졌다. 유천복의 모습은 도살장에서 갓 잡아 가죽을 벗겨 매달아놓은 고깃덩어리와 다를 바가 없었다.

홍교사의 스님들은 방 밖에서 유천복의 모습을 신기한 듯이 쳐다보며 웅성거리고 있었다.

"문주님! 이게 대체 어찌 된 일이에요? 흑흑, 어쩌다 이렇게 된 거예요?"

팽소연이 새된 목소리로 연신 비명을 질러댄다. 그녀는 미간을 찡그린 채 잠자리 날개 같은 허물들을 손가락으로 연신 벗겨내고 있었다. 지인 대사는 한참 동안 유천복을 살펴본 연후에 고개를 절레절레 흔들었다.

"심하게 중독이 된 듯한데 피부 외에는 특별히 상한 곳이 없으니… 소승의 견식이 짧아 영문을 알 수 없구려. 어째서 유 공자의 상세는 항상 이토록 괴상한지……. 아무래도 유 공자는 다시 북경에 있는 천금방으로 가야 할 것 같소."

지인 대사는 지난번 유천복의 관례식 때의 일을 기억하며 다시 고개를 흔들었다. 홍교사의 스님들은 지인 대사의 눈치를 살피며 수군거렸다. 지인 대사는 스님들의 경망스러움에 눈살을 찌푸렸으나 이내 한숨을 내쉬었다. 육십 평생을 살아온 그로서도 처음 보는 일이었다. 문 밖에 장사진을 치고 구경하고 있는 어린 스님들을 탓할 수도 없는 노릇이었다.

그의 신경은 사실 유천복보다 갑자기 사라진 무애 대사에게 가 있었다. 소림에서 가장 높은 배분인 그가 홀연히 나타나자 지인 대사는 서둘러 숭산에 통보를 넣었다. 그런데 온다 간다 말도 없이 사라졌으니 이제 숭산에서 그를 만나기 위해 사람이라도 온다면 뭐라고 변명을 해야 한단 말인가!

"문주님, 정말 당삼고가 죽었단 말이지요?"

팽소연은 말하면서도 유천복의 곁에 수북이 쌓여진 허물들을 곁눈질하였다. 머리카락은 물론이고 손톱과 발톱까지 빠진 데다 피부는 물론이고 혀까지 검붉게 변했으니 그를 유천복이라 알아볼 사람은 아무도 없을 것이었다.

"틀림없소. 그런데 정말 가려워 죽겠네……."

―홍! 죽지 않은 것만도 다행으로 알아라. 그 땡중과 개코늙은이만 아니었으면 너도 당삼고와 똑같은 꼴이 되었을 거야. 그나저나 대환단을 또 네가 먹어버렸으니 어쩌냐? 너와 도 대협은 아무래도 전생에 악연이 있는 사이가 틀림없나 보다.

무지자의 말에 유천복의 안색이 더욱 시뻘게졌다. 어째서 도비류가 먹어야 할 것을 번번이 자신이 먹게 되는지 정말 알다가도 모를 일이었다.

"그만 해! 나도 이제 어떻게 해야 할지 모르겠다구. 아버지는 어디 계신지도 모르고, 집은 남의 손에 넘어간 데다 내 꼴은 사람이 아니니……."

말을 하고 보니 하도 기막힌 신세라 눈물이 치밀어 올랐다.

—내 팔만 묶지 않았어도 그런 일은 안 당했잖아. 사람이 심보를 곱게 쓰지 않으니 그런 일을 당하는 거야.

"어째서 그게 네놈 팔이냐? 그리고 무지자, 네놈이 그런 장난만 치지 않았어도 내가 왜 팔을 묶어놓았겠냐구!"

팽소연을 슬쩍 보며 유천복이 큰 소리로 무지자를 나무랐다. 어제 치마를 들친 것은 온전히 무지자가 한 일이라는 것을 증명하려는 것이다.

팽소연은 이미 그 일은 잊어버린 듯 유천복의 허물 벗기기에 여념이 없었다. 벗겨도 벗겨도 끝이 없으니 한편으로는 소일거리 삼아 할 만하였고 한편으로는 지루하기 짝이 없었다.

"머리카락이 없으니 시원하긴 한데 영락없는 땡중이네."

유천복은 매끈한 머리통을 쓰다듬으며 어색한 듯 웃자 옆에서 지인 대사가 땡중이란 말에 헛기침을 하였다. 무지자를 통해 이미 이야기를 다 들은 그는 수염을 쓰다듬었다.

"그 아삼이라는 자를 데려간 자는 대체 누군지 모르겠소. 게다가 무애 사조님마저 그렇게 황급히 사라지시다니… 숭산에서 곧 사람을 보낼 텐데……."

지인 대사는 실전되었다고 알려진 대환단을 무애 대사가 가지고 있었다는 말에 안타까움을 금치 못했다. 그 같은 소림의 영약을 무공도 모르는 이런 평범한 사람을 살리기 위해 사용하였다니… 생각할수록 아까웠다.

지인 대사의 말에 유천복은 어깨를 으쓱한다. 그 노인네가 괴상한 성격이라는 것은 이미 황산에서부터 알고 있었다. 팽소연은 여전히 유천복의 어깨에서 허물을 벗겨내는 일에 집중하고 있었다. 마치 그 일에 목숨을 건 듯한 태도였다.

"안 되겠어요. 어서 빨리 그 천금손가로 가요."

팽소연은 마침내 벗겨도 벗겨도 끝이 없는 일에 싫증을 느꼈는지 벌떡 일어섰다. 유천복은 멍한 얼굴로 팽소연을 올려다보았다. 팽소연의 동그란 눈동자를 빤히 보다가 고개를 좌우로 흔들었다.

"나는, 나는 아무래도 천금손가로는 가지 않는 것이 좋겠소."

유천복은 혹시 천금손가로 갔다가 도비류를 만나기라도 하면 어쩌나 걱정이 되었다. 그의 낯을 볼 자신이 없었던 것이다. 팽소연의 눈꼬리가 대뜸 치켜 올라갔다.

"어째서요?"

─갈 수가 없지. 아마 이 일을 듣게 되면 이번에야말로 손 늙은이가 너를 통째로 잡아먹으려고 할 거다, 아마. 어쩌면 네놈의 살을 한 점 한 점 베어내어 도 대협에게 먹이려고 할지도 모르지.

무지자의 말에 유천복은 몸을 부르르 떨었다. 당장이라도 손무양의 허옇게 드러난 눈 흰자위가 옆에서 노려보고 있는 것 같았다. 죽어도 천금방으로는 갈 수 없었다. 예정대로 천왕문으로 가는 것이 나을 듯싶었다. 도비류의 일에 대해 말하지만 않는다면 능초영도 자신을 홀대하지는 않을 것이다.

팽소연은 유천복이 천왕문으로 가고 싶어한다는 것을 눈치 챘다. 이미 도비류와 능초영의 얘기를 들어 알고 있는지라 벌써부터 얼굴 표정이 굳어진다.

"문주님은… 문주님은 자신의 안위를 제쳐 두고서라도 보고 싶은 사람이 있는 모양이군요. 흥! 맘대로 하세요. 그러나 나는 개봉에는 함께 가지 아니할 것이에요!"

"패, 팽 소저! 내가 언제 개봉에 간다 하였소? 나는 단지 앞일이 걱정되어서……."

자신의 마음을 팽소연이 귀신같이 알아내자 유천복은 혀를 내둘렀다. 팽소연의 원망 섞인 눈빛에 가슴이 또 서늘해진다. 천금방에서 본 능초영의 눈빛과 같았다. 팽소연도 능초영처럼 자신이 경솔하여 도비류의 약을 가로챘다고 책망하는 것일까?

'팽 소저는 정말 여우가 틀림없다. 그렇지 않고서야 어떻게 내 마음 속을 들여다보았을까!'

─개봉에 가서 능초영에게 대환단을 네가 먹었다고 해봐라. 퍽이나 널 반겨주겠다.

"능 소저가 그렇게 보고 싶으시다면 말리지는 않겠어요. 그러나 자신이 봉호문주라는 것을 잊지 마시길 바래요."

무지자와 팽소연이 동시에 힐책하자 유천복은 얼굴이 벌게졌다. 그는 자신이 두 사람의 말대로 북경에 가야 할지 다시 망설여졌다. 어쩌면 이미 도비류가 천왕문으로 갔는지도 모를 일이다. 그렇다면 자신이 간다 한들 무슨 소용이 있으랴.

"그럼… 역시 천……."

유천복은 천금방이라고 말하려 하였으나 팽소연은 '천'이라는 말만 듣고 그가 아직도 천왕문을 말하는 것인 줄 오해하였다. 더욱더 화가 난 얼굴로 유천복을 노려보더니 그대로 몸을 돌려 나가려 하였다.

"저는 이대로 황산에 돌아가겠어요! 어른들이 무사하신지도 궁금하고 문주님의 말씀대로 앞으로 무림의 향후에 대해서도 논의를 해봐야 겠군요."

유천복은 어쩔 줄 몰라 하며 지인 대사를 쳐다보았다. 지인 대사는 두 사람을 번갈아 쳐다보았다.

"소승의 생각도 유 공자님의 생각과 같습니다. 유 공자님의 상세는 겉에 국한된 것일 뿐 그리 위중한 듯 보이지 않습니다. 천왕문은 유가장과의 친분도 있고 또한 무림의 큰 세력이라 할 수 있으니 그것이 가장 상수인 것 같군요. 저 또한 숭산에 연락을 취할 터이니 유 공자께서는 먼저 천왕문에 가서 유 장주님의 소식을 알아보심이 좋을 듯싶습니다. 아미타불."

지인 대사의 말에 유천복의 얼굴이 환하게 펴졌다. 그는 동의를 구하려는 듯 다시 팽소연을 보았다. 팽소연은 입술을 꼭 깨물고 두 눈에는 눈물이 그렁그렁하였다.

"두 분의 뜻이 그러하시다니 이미 결정이 난 듯싶네요. 문주님, 후일 황산에서 뵙기를 바래요."

팽소연이 한마디를 남기더니 그대로 몸을 돌려 뛰쳐나갔다. 유천복은 난처한 기색으로 주춤거렸다. 무지자가 빨리 그녀를 따라가라고 재촉하자 그제야 주섬주섬 행색을 갖춘다.

지인 대사에게 작별을 고하고 홍교사를 나왔으나 이미 팽소연의 모습은 온데간데없었다.

"이제 어쩌지?"

─뭘 어째? 계집도 떠났겠다, 삼천교로 가서 박살을 내자.

유천복은 갑자기 무거운 돌 하나를 올려놓은 듯 가슴이 답답했다.

◆제20장 개봉

개봉은 외성(外城)과 리성(里城),
궁성(宮城)으로 이루어져 있었다

당의 수도였던 경조부는 정치 군사의 중심지로 번영
하였지만 그 번영은 강남 지역에서 들어오는 물자에 의
해 유지되었다. 강남 지역의 물자는 수나라 양제(煬帝)
가 건설한 대운하를 따라 북상하여 다시 황하를 따라
서안까지 거슬러 올라왔다. 그런데 이 운반 과정에서는
황하 중류 최대의 난코스인 삼문협(三門峽)을 거쳐야 했
으므로 운반 도중 물자가 손실되거나 운반이 늦어지기
일쑤였다.

특히 당 말에는 전란으로 경조부 주변의 토지가 황폐
화되었다. 강남에 더 많은 물자를 의존해야 하는 상황
이 되었으나, 조운(漕運) 노선 일대가 절도사들에게 장
악되자 경조부는 쌀이 부족하여 군대가 폭동 직전까지

이르는 상황이 되었다. 이제 황하와 장강을 연결하는 운하인 변하(汴河)는 경제의 동맥이 되었다.

그리하여 송태조 조광윤도 천 년의 고도를 버리고 황하와 변하의 교차점인 개봉을 통일제국의 수도로 정한 것이다.

개봉은 외성(外城)과 리성(里城), 궁성(宮城)으로 이루어져 있었다. 리성과 외성 내에는 중앙의 여러 행정 관서와 사원, 고급 관료들의 저택과 일반 거주지, 상점 등이 있었다.

개봉을 동서로 가르는 어가(御街)는 궁성의 정남문인 선덕문(宣德門), 리성 정남문 주작문(朱雀門), 외성 정남문인 남훈문(南薫門)까지 일직선으로 뻗어 있는데, 이 길은 개봉에서 가장 번화한 곳이었다.

남북향으로 뻗은 어가를 중심으로 서쪽 준의현(浚儀縣)의 어느 망화루(望火樓)에서 한 사내가 깊은 생각에 빠져 있었다.

사내는 안락촌(安樂村)에 사는 장원(張元)이란 자로 올해 꼭 서른이었다. 사흘 전에 아내로부터 생일상을 받았으니 빼도 박도 못하는 서른이 맞았다.

생일 다음날 아침, 장원은 자신이 이미 인생의 반을 보내 버렸다는 생각이 들었다. 물론 그가 육십 세까지 살 수 있으리라는 보장은 없었다. 운이 나쁘면 당장 오늘이라도 개죽음을 당할 수 있었지만 그는 육십 세까지 아무 일도 없으리라고 장담하고 싶었다. 문득 앞으로 남은 인생은 좀 더 여유롭게 즐기면서 살아야겠다고 생각했다. 아버지의 머리에 하얗게 내려앉은 세월의 서리를 보자 마음이 더욱 굳어졌다.

장원의 아버지는 안락촌에서 작은 의원을 하고 있었다. 인근에서는 제법 소문이 나 입에 풀칠할 걱정은 하지 않아도 되었다. 아버지는 장원에게 의술을 배우라고 했지만 장원의 마음은 이미 다른 곳에 가 있었다.

어려서 금군(禁軍)의 위풍당당한 모습을 본 후로 그는 내내 군인이 되는 것이 자신의 적성에 맞다고 생각하였다. 그는 뜻대로 군인이 되었고 지금은 리성을 수비하는 수비대(守備隊)의 부장(部將)들 중 한 명이었다.

장원의 아내는 아직 젊고 예뻤으며 두 명의 첩들과 사이도 좋았다. 세 명의 아들과 한 명의 딸은 모두 사랑스러웠고 그를 존경하고 있었다.

나이치고는 빠른 성공이었다. 장원은 욕심이 많은 사람이 아니었다. 아주 부자는 아니었지만 재물도 어지간히 모은 편이었다.

술을 즐기지 않아서인지 피부도 매끈했고 머리숱도 많은 편이었다. 팔과 가슴의 근육도 젊은 청년 못지않았다. 기절까지는 아니지만 아직은 처첩들을 충분히 만족시킬 정도의 정력도 있었다.

그런데도 장원은 자신이 늙어가고 있다고 생각했다. 이제는 거칠기만 한 군대의 생활에 염증이 느껴졌다. 육체적으로도 힘들었다. 그는 이제 아버지 뒤를 이어 의원이 돼야겠다고 결심하고 있었다.

장원은 망화루에서 내려가자마자 상관을 찾아가 자신의 뜻을 밝혀야겠다고 생각했다. 남훈문(南薰門) 서쪽의 담을 넘는 검은 그림자를 발견한 것은 그때였다.

장원은 망설였다. 은퇴를 결심한 마당에 위험을 자초할 필요가 있을까 하는 생각에서였다. 그러나 군인으로서의 자부심은 그를 움직이도록 만들었다. 장원은 황제의 충성스러운 군인으로서 공을 세우며 명예롭게 은퇴하고 싶었다.

유가장을 나온 도비류는 흰옷을 입은 여인을 쫓아 정신없이 달려나 갔다.

그의 가슴이 격렬하게 두방망이질을 쳤다.

'그럴 리가 없어, 그럴 리가……! 그러나 저 뒷모습은 너무도 흡사하지 않은가?'

도비류는 그녀의 낯익은 뒷모습을 놓칠세라 부지런히 발걸음을 놀렸다.

어둠은 이미 자신의 할 일을 다 하였다는 듯이 한 켠으로 물러서고 있었다. 그 자리에 싸한 솔향이 희미한 여명과 함께 들어찼다.

백의녀가 도착한 곳은 개봉이었다.

서안에서와는 달리 성문을 쉽게 뛰어넘는 것을 보니 이곳 지리에 익숙한 듯 보였다. 백의녀는 군사들이 순찰을 언제 도는지 정확히 알고 있었다. 때에 따라서는 군사들이 사라질 때까지 잠시 기다리기도 하며 망화루에서 보이지 않는 담장의 그늘만을 이용해 서북쪽으로 달려갔다.

이윽고 내성 중앙에서 서북쪽으로 약간 치우쳐 있는 높은 담장의 끝에 도달했다. 도비류의 표정이 찌푸려졌다. 여인은 망설임없이 몸을 날려 담장 안으로 사라졌다. 도비류는 잠시 머뭇거렸으나 이내 여인을 따라 담장을 넘으려 하였다. 적어도 그 사내가 나타나기 전까지는…….

도비류의 앞을 가로막은 사내는 혼자였다.

장원은 공을 세울 욕심에 아무도 부르지 않고 혼자서 도비류를 쫓아온 것이었다.

도비류는 마음이 급해졌다. 이대로는 백의녀를 놓칠 것 같았다. 더구나 이곳에서 싸움이 벌어지면 사람들이 몰려올 것이 뻔하였다. 도비류는 입술을 깨물었다. 그의 눈이 얼음처럼 차갑게 가라앉았다.

장원은 의기양양한 표정으로 도비류를 보고 있었다. 그는 허리에 양손을 댄 채 우렁차게 말했다. 공을 세워 상을 받는 자신의 모습을 상상하며.

"도적놈이 감히……."

스윽—

장원은 목소리가 왜 나오지 않는지 이상하게 생각했다. 도적놈은 어디로 갔는지 사라지고 없었다. 그는 자신이 꿈을 꾸고 있다고 생각했다.

하늘의 바람과 구름은 예측하기 어렵고 사람의 생사는 조석으로 바뀌는지라 한겨울 새벽, 댓돌 위에 맨발로 올라선 듯한 시려움이 장원의 목에서부터 천천히 아래로 내려갔다. 마치 만두 속이 벌어지듯 목이 위아래로 벌어지며 뜨끈한 액체가 빛살처럼 뿜어져 나왔다.

"커억!"

장원의 목에서 기괴한 음향이 흘러나왔다. 그는 이해할 수가 없었다. 도적놈이 움직이는 것조차 보지 못했는데 언제 자신의 목을 베었단 말인가? 고통은 없었다. 마지막으로 그의 머리 속에 떠오른 생각은 하나였다.

서른은 반환점이 아니라 종착점이라는 것이었다.

'이곳은……!'

사내를 베고 담을 훌쩍 뛰어넘은 도비류는 우뚝 멈추어 섰다. 눈앞에 펼쳐진 광경은 헛바람을 들이키기에 충분하였다. 저 멀리 높게 솟아 있는 대전의 모습이 보였다.

날아갈 듯한 겹처마에 황기와를 얹은 지붕이 눈에 선명했다. 처마 끝에는 용틀임을 하고 있는 한 쌍의 청룡상이 두 눈을 부릅뜬 채 이쪽을 쳐다보고 있었다.

바로 황제가 사는 궁성(宮城)이었다.

장엄하고 웅장한 복령궁(福寧宮)의 모습은 도비류를 긴장시켰다. 정궁(正宮)인 복령궁을 동쪽으로 바라다보고 있는 이곳은 대송의 황궁에서도 가장 은밀하다는 후원이었다.

도비류는 제왕 광미가 문덕전(文惠殿)에서 황제를 알현할 때 그 앞까지 호위하여 간 일을 기억하였다. 그날 안면을 익혔던 선덕문(宣德門)의 문지기들과 투전을 하며 주위들은 이야기였는데…….

그는 백의녀가 도영일 리 없다는 것을 알고 있었다. 그러나 직접 얼굴을 보지 않고는 도저히 참을 수가 없었다.

백의녀는 주위를 조심스레 살핀 뒤 호화로운 연못 주위를 돌아 한 누각으로 들어갔다. 옷이 바닥에 스치는 소리도, 풀잎을 밟는 소리도 들리지 않았다.

도비류는 최대한 숨을 멈추고 그녀의 뒤를 따랐다. 멀리 주작문(朱雀門) 쪽으로 군사들이 교대를 하기 위해 뛰어가는 것이 보였다. 조금 있으면 자신이 죽인 시체를 보고 군사들이 몰려올 것이다. 지금 이대로 돌아가지 않으면 대역죄인이 될 수도 있었다.

그러나 그는 반대로 누각 위로 몸을 날렸다. 지붕 위로 내려앉을 때 잠시 바스락거리는 소리가 나긴 했지만 백의녀는 의심치 않는 듯했다. 열려진 창문으로 안을 살짝 들여다보았다.

백의녀는 도비류가 살펴보는 것을 아는지 모르는지 수심에 찬 얼굴로 면경을 보고 있었다. 면경에 비친 단아한 아미와 서늘한 눈동자는 한순간에 남자의 마음을 사로잡을 만큼 아름다웠다. 그러나 여명에 비친 그녀의 모습은 도비류의 기억 속에 있는 도영의 모습과는 조금 달랐다.

'그러면 그렇지.'

도비류는 실망한 듯이 중얼거렸다. 그래도 설마 했었는데… 도영은 이미 십 년 전에 죽었건만 자신은 아직도 그 그림자에서 벗어나지 못하고 있었다. 자신이 생각해도 한심한 노릇이었다. 그저 뒷모습이 닮았다는 이유 하나만으로 오백 리 길을 달려오다니… 지금쯤 다들 얼마나 자신을 원망할까? 불현듯 유천복이 어떻게 되었을까 걱정이 되었다. 도비류는 몸을 돌리려다가 미련이 남았는지 다시 한 번 방 안을 들여다보았다.

면경 속의 얼굴은 분명 도영의 모습이 아니었으나 청초한 분위기만은 닮아 있었다. 도영이 지금쯤 살아 있었다면 저렇게 변하였을까? 들꽃처럼 풋풋한 도영과는 달리 여인의 얼굴에서는 온실에서 자란 백합처럼 고귀한 기품이 서려 있었다.

여인은 빠르게 손을 놀려 머리를 매만지고 화장을 하였다. 가채를 높게 틀어 올리고 꽃 장식과 비취로 된 여러 가지 형태의 장신구를 달았다.

칠보갑(七寶匣)을 열어 옥녀도화분(玉女桃花粉)을 바르고 이마와 턱, 볼에 분홍색의 연지(臙脂)를 발랐다.

도비류는 도영의 열다섯 번째 생일날 연지를 사다 주었던 일을 떠올렸다. 눈앞이 부옇게 흐려졌다.

여인은 누에나방의 눈썹같이 가늘고 긴 눈썹을 그린 후에 이마에는 화전을, 볼 바깥쪽에는 초승달 모양의 사홍(斜紅)을 그려 넣었다. 마지막으로 입술연지를 바르고 입술 양쪽에 보조개까지 그려 넣자 아까와는 다르게 화려한 모습의 미녀가 나타났다.

도비류는 도영의 청초한 모습과 완전히 다른 백의녀의 모습에 실망을 감추지 못했다.

"누구냐?"

여인은 오색구름이 그려진 화려한 심의(深衣)의 앞섶을 여러 차례 몸에 감다가 돌연 소리쳤다. 뾰족한 교성에 도비류는 들킨 것이 아닌가 움찔하며 몸을 움츠렸다. 그러나 백의녀의 시선은 문 쪽으로 향하고 있었다.

황급히 뒤돌아 서던 도비류가 멈칫하였다. 코끝을 스치는 아련한 향기는 분명 기억 속에 남아 있는 것이었다. 그것은 언제나 도영에게서 풍기던 매화의 향기와도 같았다. 도비류는 자신도 모르게 눈을 감았다.

"옥 사저, 들어가도 돼요?"

방문 밖에서 옷자락이 스치는 소리가 들리더니 이내 나직하면서도 앳된 음성이 들려왔다. 그 순간 도비류의 심장은 또다시 멈추어지는 듯했다. 자신이 잘못 들은 것이 틀림없었다. 세상에는 같은 목소리가 얼마든지 있을 수 있었다.

그러나 저 목소리는… 저 목소리는 틀림없는 도영의 목소리! 눈가가 뜨거워졌다. 굵은 눈물이 주르륵 흘러내린다. 십 년이나 그리워하던 목소리가 아닌가? 설마 잘못 들은 것일 테지.

눈물로 얼룩진 흐릿한 시야에 한 인영이 들어왔다. 잡으면 바스러질 것 같은 연약한 모습… 날아갈 듯한 걸음걸이… 수심을 머금은 듯한 미소…… 꿈에서도 잊어본 일 없는 바로 그녀였다.

'도영!'

도비류는 자신도 모르게 도영을 소리쳐 불렀다. 그러나 그의 목소리는 미처 입 밖으로 나오지 않았다.

"백리 사매, 이른 새벽에 어쩐 일이지?"

백의녀는 안색을 굳히며 들어온 소녀를 보았다. 붉은 꽃과 채색 구름이 그려진 화사한 궁장 차림의 소녀는 백의녀를 향해 천진한 웃음을 지어 보인다. 백의녀도 미인이었으나 이 홍화소녀야말로 보기 드문 미인이었다. 요염한 얼굴에 가는 눈썹, 반듯한 이마에 검고 맑은 눈, 마치 백옥으로 깎아놓은 듯한 창백한 안색을 지니고 있었다.

"옥 사저, 요즘 재미가 좋은가 봐요."

애고있게 말하는 홍화소녀와는 달리 백의녀의 눈빛은 차갑기 그지없었다.

"재미? 사매가 그런 천한 말투를 쓰다니 이곳이 어디라는 걸 잊었느냐?"

"흥! 내 근본이 항주(杭州) 청루(靑樓)의 기생이었다는 것은 온 황궁이 다 아는 사실인데 굳이 천하다는 것을 숨길 필요가 뭐가 있어요? 옥 사저도 속으로는 나를 그저 천한 기생 년으로 생각하고 있다는 걸 내 모를까 봐서요."

홍화소녀는 요염한 자태로 침상의 한 켠에 놓여 있는 의자에 앉았다. 옷자락이 벌어지며 미끈한 허벅지가 훤하게 드러났다. 마치 사내를 유혹하는 듯한 행동에 백의녀는 고운 아미를 찌푸렸다.

"네가 전에 어찌 살았든 지금은 황상의 총애를 받는 몸이 아니더냐? 어서 몸가짐을 조심하거라."

"몸가짐? 호호, 밤이슬을 맞고 다니는 사람이 누굴보고 몸가짐 운운하는 거예요?"

홍화소녀는 손가락으로 탁자의 모서리를 문지르며 백의녀의 시선을 피했다.

"뭐라고? 사매가 지금 무슨 소리를 하는 거지?"

"내가 모를 줄 알았어요? 사저가 밤마다 밤이슬을 맞고 다닌다는 사실을? 만일 황상께서 이 사실을 안다면 언니를 가만두실지 몰라? 아무리 뒷방 후궁이라지만 이부종사(二夫從事)하는 줄 알면 그 진노가 대단하실걸요."

홍화소녀의 당돌한 비아냥거림에 백의녀의 초승달 같은 눈썹이 대뜸 하늘로 치켜올려졌다.

"너! 너!"

그녀의 얼굴이 입고 있는 옷보다도 더 창백하여졌다. 홍화소녀는 깔깔거리며 냉큼 일어서더니 백의녀를 정면으로 쏘아보았다. 고양이 같은 눈매가 살짝 웃음을 띠자 백의녀는 자신도 모르게 소름이 끼쳤다.

"뭐, 내가 의리도 없이 사저, 아니, 언니의 비밀을 떠벌리고 싶은 생각은 없어요. 단지 한 가지 부탁할 일이 있기는 하지만……."

"부탁할 일?"

백의녀의 목소리가 조금 누그러졌다. 홍화소녀는 얼굴이 붉어지더니 이내 눈가가 그렁그렁해졌다. 그래도 백의녀의 표정에는 아무런 변화가 없었다.

홍화소녀는 마치 사내에게 투정이라는 부리듯 옷소매로 눈물을 찍어내며 말을 이어갔다.

"언니도 생각해 보라구요. 언니나 나나 교주님의 명으로 궁에 들어

온 거잖아요. 단지 언니는 대갓댁의 양녀로 들어갔고, 나는 항주의 기녀원으로 보내진 것이 다를 뿐이지요. 어차피 둘 다 황궁에 들어오기 위해서 꾸며진 것 아니에요? 그런데 나는 아무것도 아는 것이 없어요. 아무도 내게는 중요한 일을 안 가르쳐 주죠. 그걸 내가 모를 줄 알아요? 그저 나는… 억울할 뿐이에요. 내가 왜 이 빌어먹을 황궁에 숨어서 말라비틀어진 영감탱이의 발가락이나 핥고 있어야 하는지. 이럴 줄 알았다면 차라리 항주의 기녀원에 있는 것이 더 좋을 뻔했어.”

“사매, 말을 조심하거라. 그래도 황상은 널 예뻐하시고 또 후궁들은 모두 너를 부러워하잖니? 더 이상 무얼 바래?”

“그럼 뭐 해요! 나는 그저 팔십일 명의 어처(御妻)들 중 한 명이라구요. 기생인 내가 어처가 된 것도 하늘이 놀랄 일이니 더 이상을 바라다간 쥐도 새도 모르게 죽어 나갈 줄 내 모를까 봐. 거기다 그 늙은이는 이제 나만 따로 찾지 않는다구요. 요 며칠 동안 아예 이화궁에서만 침수를 드신단 말이에요. 다 고 여우 같은 유비(柳妃) 때문이에요. 유비만 없어진다면 다시 재미있어질지도 모르는데…….”

홍화소녀는 말끝을 흐리며 슬쩍 백의녀의 눈치를 살폈다.

“언니라면 유비를 쥐도 새도 모르게 병사한 것처럼 꾸밀 수 있잖아요? 그쵸?”

아무렇지도 않은 얼굴로 살인을 청부하는 홍화소녀의 얼굴에 사이한 미소가 번졌다.

“사매, 네가 지금 무슨 소리를 하고 있는 거냐? 날보고 유비를 살해하란 말이냐? 황상의 총애를 받고 있는 후궁을? 네가 아직도 잠꼬대를 하고 있구나!”

백의녀는 서릿발 같은 기세로 홍화소녀를 나무랐다. 그러나 그녀는 혓바닥을 낼름거릴 뿐 기세가 누그러지지 않았다.

"홍! 그 기집애 때문에 노물마저도 날 찾지 않으니 밤이 얼마나 긴지 모르겠어요. 어차피 날 황궁에 들여보낸 이유가 그거잖아요. 내가 배운 거라고는 채양보음술(採陽補陰術)과 섭혼술(攝魂術)이 다인데 그럼 어떻게 하란 말이에요. 내가 언니처럼 무공을 할 줄 알았다면 난 벌써 유비 고년을 난도질해서 만두 속으로 만들었을 거야! 아마 황후도 같은 생각일 거라구요. 어차피 우리들은 황후에게도 충성을 해야 하니 유비를 없애는 것은 곧 황후에게 충성하는 것이지 뭐겠어요. 게다가 난 밤을 혼자 보내는 것에 익숙하지 않다구요. 더군다나 사내가 나를 두고 다른 여자에게 가는 것은 용서할 수가 없어요. 교주님만 해도 언니보다는 날 더……."

홍화소녀의 눈빛이 무엇을 상상하는지 야릇해졌다. 백의녀는 입술을 깨물며 치맛자락을 움켜쥐었다.

"그리고 보면 교주님만한 사내도 없으니 언니는 좋겠어요. 언니가 아니라면 내가 어떻게 해보겠지만…… 호호! 그러니 나는 어쩌겠어요. 늙다리라도 사내가 있어야 잠을 잘 수 있는데, 이곳은 그나마 번듯한 시위들도 없잖아요. 있는 사내라고 해야 태감들뿐이니 밤마다 허벅지만 꼬집고 있다구요. 유비만 없어지면 황상을 다시 내 치마폭에 휘감는 것은 시간문제예요. 교주님도 아마 그걸 바라실 걸요? 그리고 사저는 내 일을 최대한 도우라는 명을 받았을 텐데요?"

홍화소녀가 입을 삐죽 내밀었다. 백의녀는 소녀의 살기 어린 눈빛에 질린 듯 고개를 흔들었다. 홍화소녀의 당찬 협박이 걱정되는 것은 아니었다. 그러나 그녀의 말대로 교주에게는 계획이 있었고, 그것은 홍화소녀의 말과도 일치했다.

'살아 있었구나! 살아 있었어!'

도비류는 머리의 피가 한순간에 빠져나가는 듯한 착각이 들었다. 그 자리를 미칠 듯한 환희가 지배하였다. 심장의 박동이 터질 듯이 빨라져 온몸에서 열이 확확 오르는 것만 같았다.

그는 자신이 발각되리라는 것을 알면서도 모습을 드러내지 않을 수가 없었다. 도비류는 두 사람의 대화가 머리 속에 들어오지 않았다. 단지 도영의 모습과 목소리라는 것만 그의 의식을 지배하였다. 그가 완전히 창문 안으로 들어서자 강렬한 매화 향이 콧속을 파고들며 뒷골을 띠잉 하니 울렸다.

그리고 겁먹은 표정의 두 여자가 그곳에 있었다. 십 년의 세월 동안 조금도 변하지 않은 열여덟 살의 도영이 있었다. 두 여자는 갑자기 나타난 도비류를 보고 잠시 놀라는 듯했으나 소리를 지르지는 않았다.

"도영!"

도비류가 넋이 나간 듯 홍화소녀를 향해 한 손을 내밀었다. 홍화소녀는 조금 물러섰다가 도비류의 멍한 표정에 생긋 웃음을 지었다. 도비류는 도영이 자신에게 웃자 머리 속이 백지처럼 변해가는 것을 느꼈다.

"정말 너였구나. 살아 있었어."

홍화소녀는 나타난 사내가 자신을 다른 이로 오해하고 있다는 것을 알았다. 저렇게 애절한 눈빛인 것을 보면 아마도 사랑하는 이였을 것이다. 그녀가 다시 고운 치아를 드러내며 눈부신 미소를 보이자 도비류의 입가가 따라서 벌어졌다. 그의 눈에 도영의 손이 자신의 뺨을 어루만지는 것이 들어왔다.

백의녀는 홍화소녀의 섭혼술이 위력을 발휘했음을 깨달았다. 홍화
소녀는 내시지법(內視之法)이라는 주안술을 익혀 겉으로 보기에는 십
칠, 팔 세의 소녀처럼 보였으나 사실은 옥청화보다 몇 살이 어릴 뿐이
었다. 거기다 그녀의 섭혼술은 조종당하는 상대가 간절히 원하는 것을
볼 수 있게 만들 뿐 아니라 정신까지도 손에 넣을 수 있을 만큼 강력한
것이었다. 그러나 그것은 일반인에 한해서였고 정순한 내공을 어느 정
도 익힌 자라면 쉽사리 깰 수 있다는 단점도 있었다.

황궁에는 알려지지 않은 무공의 고수들이 많았다. 자신이야 조정대
신의 세력으로 입궁하였으나 천한 기생이 절정고수라고 한다면 누구든
의심을 할 거라는 교주의 생각 때문에 홍화소녀는 무공을 익히지 못했
다.

그런데 홍화소녀의 섭혼술에 아무런 방비도 없이 걸려든 저자는 또
누구란 말인가? 분명 좀 전까지는 아무런 기척도 없었거늘……. 백의
녀의 고운 아미가 다시 찡그려졌다.

유천복은 개봉 외성(外城) 동쪽 제일 아래문인 동수문(東水門) 앞에 서 있었다. 동수문 밖 변하 위에 놓인 홍교(虹橋)를 건너오며 양쪽에 빽빽이 들어찬 노점상들에게 천왕문을 물어보려 다가갔으나 상인들은 유천복이 다가오자마자 기겁을 하며 손을 내저어 가까이 오지 못하도록 했다. 결국 날이 어두워진 후에야 간신히 길을 물을 수가 있었다.

천왕문은 주작문에서 서쪽으로 꺾어진 어가(御街)의 끝에 위치하고 있었다.

"어떻게 들어가지?"

자기 키보다 두 배는 높은 담장을 바라보며 유천복이 중얼거렸다. 그동안 성을 지나오면서 보던 담이 낮은

초가집이나 기와집들과는 확연히 구분되는 거대한 규모의 장원은 보는
것만으로도 기가 죽었다.

―넘어가면 되지 뭐가 걱정이야.

"담을 어떻게 넘어?"

―이 기회에 너도 경공을 배워. 지금 생각났으니 알려주마.

무지자가 경공의 기초를 설명하는 사이 유천복은 더러워진 천 조각
들을 휘날리며 정문 앞으로 휘적휘적 걸어갔다.

"됐다. 내가 또 네 말에 속을 줄 알고."

천왕문의 문지기인 각귀와 조개라는 이름의 두 병사는 오늘 낮에 위
에서 호된 질책을 당한 일로 잔뜩 화가 나 있었다. 더구나 요즘은 천왕
문의 세력이 전 같지 않은 데다 미지의 세력이 침입할 거란 정보까지
있었던 터라 경비가 더욱 삼엄했다.

그런데 날이 어둑해지자 웬 병자 행색의 사내가 끊임없이 중얼거리
며 걸어오는 것이 아닌가.

온몸을 천으로 감싼 그 사내는 일견 보기에도 중병을 앓고 있어 보
였다. 각귀와 조개는 장창을 꼬나 들 생각도 하지 않고 유천복을 위아
래로 훑어보며 카악 가래침을 뱉었다.

"무슨 일이냐?"

각귀는 가래침을 발로 비비며 거칠게 말했다. 조개는 각귀가 알아서
하리라 생각하였는지 먼 산만 바라보고 있었다.

"소생은 유가장에서 왔습니다. 천왕문의 능초영 소저를 만나고 싶습
니다만……."

"뭐라고? 으핫핫핫! 이놈이 미친 게로구나. 감히 이곳이 어디라고

와서 소저의 이름을 함부로 나불거리는 게냐? 당장에 물러가거라!"

"저는 능 소저와 친분이 있으니 안에 기별을 넣어보시면……."

유천복의 말은 각귀의 발길질 한 번에 그만 입속으로 삼켜지고 말았다.

"이런, 미친놈을 봤나! 우리 소저께서 어떤 분이신데 너 같은 거렁뱅이를 알겠느냐? 개수작 떨지 말고 썩 물러가거라!"

각귀가 장창끝을 앞으로 찔러대며 위협적으로 소리쳤다.

유천복은 발길질에 걷어채인 장딴지를 주무르며 빠르게 뒤로 물러섰다.

―푸하하하!

무지자가 박장대소하였다.

"이젠 어쩌지?"

아까와 똑같은 질문이 유천복의 입에서 흘러나왔다.

―넘자니까.

"담을 넘자구? 내가 도둑인 줄 알아? 그리고 이 담을 보라구. 이게 유가장의 담 같으면 내가 말도 안 해. 높이만 해도 일 장은 넘는데 내게 날개가 달렸다면 모를까 이걸 어떻게 넘어?"

유천복은 자신의 가슴팍에 닿던 유가장의 담을 생각하며 다시금 불평 섞인 목소리로 말했다. 한편으로는 소취란과 마유가 싸우는 장면이나 육신단주들이 당삼고와 싸우던 장면들이 떠오르기도 했다. 그러나 그것은 단지 부러움과 동경의 대상이었을 뿐 자신이 할 수 있을 거라는 생각은 꿈에도 하지 못했다.

―멍청아, 그러니까 배우라는 거 아냐!

무지자는 답답하다는 듯이 한숨을 내쉬었다. 그가 생각하기에 이 정도의 신공을 익혔으면 오성의 총명함도 남다를 터인데 유천복은 어쩐

일인지 예나 지금이나 똑같이 멍청했다. 답답한 것은 무지자뿐만이 아니었다.

유천복은 유천복대로 그동안 쌓인 것이 많았던지 팔까지 걷어붙이곤 침을 튀기며 속사포처럼 말을 쏟아내었다.

"그래, 말이 나온 김에 한번 따져 보자. 내 그동안 말을 안 해서 그렇지, 내가 이 꼴이 된 것은 다 무지자 너 때문이잖아. 여환무단신공이라고? 말이 좋아 신공이지, 내가 무공을 한 번이라도 배웠으면 말도 안 해. 내가 언제 그 신공이라는 걸 한 번 보기를 했냐, 누가 가르쳐 주기를 했냐? 그저 배운 거라고는 도 형님한테 배운 찌르기, 정력에 좋다는 방중술, 소양 형님이 알려준 어려운 문자들뿐인데 그걸 가지고 내가 신공을 연성했다고 우길 작정이라면 내가 믿을 것 같아?"

—유가장에서 용부진도 파했잖아.

"용부진? 그게 왜 내가 한 거야? 무지자 네가 한 거지! 나는 장사꾼의 아들이라구. 평생 장사꾼으로 늙어 죽는 게 내 꿈이야. 그런데 이게 뭐냐? 졸지에 타향에 나와 고생이란 고생은 다 한 데다 집도 절도 없는 신세에 한 분뿐인 아버님은 행방이 묘연하시니 이게 다 누구 때문인지 무지자, 너도 양심이 있으면 생각해 봐! 원래 난 피만 봐도 기절하는 섬세한 성격의 소유자인데 사람까지 죽였으니, 흑흑…… 관에서 알면 날 잡아 사형시킬 거야. 이 모든 일이 벌어진 게 바로 너 때문이잖아!"

따지고 보면 무지자가 몸속에 들어온 것이 모든 일의 시초라 할 수 있었다.

훌쩍거리는 유천복을 이해시키느니 차라리 윽박지르는 것이 편했다. 이런 인간이 신공을 익혔으니 개 발에 편자요 돼지 목에 진주 목걸이였다.

다시 일각이 흐르고 결국 유천복은 무지자가 시키는 대로 가장 으슥한 담 아래 섰다. 몇 번이나 담벼락을 기어오르려 하였으나 번번이 미끄러지고 말았다. 유천복은 손톱이 빠질 듯이 아파서 저도 모르게 소리를 쳤다.

"이게 무슨 경공술이야! 고양이한테 배워도 이보다는 낫겠네. 그리고 그 무공이라는 걸 쓰고 나면 몸이 얼마나 아픈지 알아?"

—차라리 담벼락에 머리를 박고 기절해라. 넌 어떻게 맞아도 기절을 안 하냐?

"싫어! 나는 그냥 아까 그 사람들에게 가서 사정해 볼래."

유천복은 손과 다리를 주무르며 다시 천왕문의 정문으로 향했다. 무지자가 기가 막혀 아무 소리도 못하는 사이 정문에 다다른 유천복은 무작정 정문 안으로 들어갈 태세였다. 그는 무지자에게 말은 안 했지만 속으로는 다른 마음이 있었다. 무지자가 자신이 익힌 것이 신공이라고 하기도 했지만 스스로 생각하기에도 전과 다른 것을 느꼈던 것이다. 유가장에서 흑립인들이 자신의 손에 밀려 나가떨어지던 것을 생각했다. 그는 정문을 밀고 들어서며 소리쳤다.

"난 정말 능 소저와 친구라니까요! 어서 안에 기별을 해줘요!"

"이 미친놈이……!"

각귀가 어이없다는 듯이 소리치며 창을 들어 유천복의 앞가슴을 찌르려 하였다. 유천복이 몸을 살짝 옆으로 틀며 손바닥으로 창끝을 잡아 밀었다. 이렇게 하면 각귀도 밀려 넘어질 줄 알았는데 오히려 각귀는 얼굴이 시뻘게지며 용을 썼다. 각귀는 창이 바위에라도 박힌 듯 꼼짝하지 않자 화가 머리끝까지 치밀었다. 대뜸 안에다 대고 소리를 질렀다.

"이, 이놈이…… 침입자다! 침입자다!!"

각귀의 고함 소리에 수십여 명의 군사들이 사방에서 튀어나와 유천복을 에워쌌다. 천왕문은 군사들로 하여금 방비를 서게 하고 있었다.

가장 빨리 뛰어온 자는 왕막공(王幕工)이란 자였다. 그는 이제 막 천왕문에 들어와 공을 세우고 싶은 욕심에 사로잡혀 있었다. 때마침 도적이 들었다고 생각하자 그는 누구보다 먼저 앞에 나서며 유천복을 핍박하였다.

야마분종(野馬分鬃) 일초식을 펼치며 유천복을 공격하여 들어갔다. 그러나 그가 유천복의 가슴에 밀치려 손을 대는 순간 뒤로 벌렁 나자빠지는 것이 아닌가? 왕막공은 이내 칠공에서 피를 흘리며 즉사하였다. 군사들이 웅성거리며 뒤로 물러섰다.

"독… 독이다!"

"독을 쓰는 자다! 적이 침입했다!"

"괴, 괴물이다!"

군사들이 저마다 소리치며 뒤로 물러섰다. 유천복은 어느새 온몸을 감싼 천이 타 들어가 자신의 몰골이 드러나 있음을 알았다. 유천복이 여환무단신공을 운용하자 모공에 모여 있던 독이 밖으로 뿜어져 나왔던 것이다.

각귀는 창으로 유천복을 상대하였으나 왕막공은 손으로 유천복의 가슴을 밀었기에 중독되어 죽은 것이다. 두 사람의 공력에도 차이가 있어 순전히 자신의 용력으로만 힘을 썼던 각귀는 오히려 아무 해도 입지 않았지만 내공을 쓴 왕막공은 그대로 즉사한 것이다.

여환무단신공의 오묘함은 상대의 내력에 자신의 내력을 맞춘다는 것에 있었다. 강한 자에게는 강하게, 약한 자에게는 약하게 대응하는 것이었으니 유천복에게는 상대방 무공의 고하가 별반 중요할 리가 없었다.

능초영은 창가에 서 있었다. 코끝이 매캐하도록 비 냄새가 났다. 땀 내나는 바람 한 자락이 벽을 타고 비상하는 능소화의 그늘 밑으로 숨어들었다. 적황색 꽃잎들은 꼼짝도 하지 않은 채 가는 비를 온몸으로 맞고 있었다. 흠뻑 젖은 꽃잎에서 시큼한 술 냄새가 피어오른다.

사람의 후각이란 참으로 이상한 것이어서 머리로는 도저히 기억할 수 없는 일들을 대신 기억해 주기도 하였다.

"도 오라버니는 지금쯤 유 공자와 만나셨을까?"

창밖으로 몸을 내밀어 능소화 한 송이를 따려는 순간 정문 쪽에서 비명이 들려왔다.

유천복이 독을 쓴다는 것이 알려지자 군사들이 웅성거리기만 할 뿐 감히 앞으로 나서지 못했다. 잠시 뒤 누군가가 나오는데 유천복이 보니 능초영인지라 반가움에 왈칵 눈물이 치솟았다.

"능 소저!"

—어쨌거나 만나는 데는 성공했군.

"대체 네놈이 누군데 감히 천왕문에 와서 행패를 부리는 게냐?"

그러나 유천복을 알아볼 수 없는 능초영은 호통부터 친다. 유천복은 능초영이 자신을 알아보지 못하자 서운하기 그지없었다. 자신의 몰골을 돌아보았다. 흉측하기도 하거니와 지저분하기가 이루 말할 수 없다. 몰라보는 것이 당연하리라. 더구나 옷이 너덜너덜하여 알몸이 다 드러나 있어 유천복은 창피해졌다. 팔을 들어 몸을 가리며 눈물만 뚝

뚝 흘렀다.

능초영을 보니 마지막으로 뵌 아버지의 얼굴이 떠올랐다. 천금방으로 떠날 때 종남산 자락까지 따라나와 배웅을 하시던 모습이 마지막이었다. 지금은 어디서 어떤 고초를 겪고 계신지 알 수가 없으니 불초한 자식을 얼마나 원망하실까? 갑자기 복받치는 설움을 이기지 못한 유천복이 한바탕 울음을 터뜨렸다.

능초영과 천왕문의 사람들은 괴인이 갑자기 곡을 하자 이상히 여기면서도 가까이 다가오질 못한다. 실컷 울고 나자 기분이 좀 나아진 유천복은 능초영을 다시 쳐다본다. 산뜻한 백의경장 차림의 능초영은 유천복의 기억 속에서보다 훨씬 더 아름다웠다. 그녀가 도비류를 연모하고 있음을 알지만 자신의 마음을 어찌 거두랴. 유천복은 다시 우울해졌다.

차마 자신이 유천복이라 밝히지 못하고 우물쭈물하고 있는데 각귀가 능초영에게 무어라 말을 건넨다. 각귀는 죽어 넘어진 왕막공을 힐끔 쳐다보았다. 죽는 순간까지도 몹시 고통스러워 보였다. 각귀는 자신이 유천복에게 발길질을 한 것을 떠올리고는 몸서리를 쳤다. 저 괴인이 불현듯 자신에게 해를 끼치지 않을까 걱정이 되어 유천복에게는 시선조차 주지 않았다. 어쩌면 쳐다보기만 해도 중독이 된다고 생각하고 있는 듯했다. 각귀의 말을 들은 능초영의 목소리가 뾰족하니 높아졌다.

"뭐라고? 유가장의 유 공자? 설마! 유 공자, 그대예요?"

능초영이 각귀를 밀치며 다가왔다. 주위가 일순 소란스러워졌다. 그러나 능초영의 부드러운 말투에 유천복은 금방 체면도 잊고 황급히 고개를 끄덕였다.

"맞소! 내가 유천복이오, 능 소저. 낙양에서 금곡춘청을 함께 구경하던 바로 그 유천복이란 말이오."

능초영은 금곡춘청이란 말을 듣자 의심이 가셨는지 반색을 한다. 능초영이 미소를 머금자 주위가 환해진 것 같았다. 유천복은 넋을 잃고 그녀가 사뿐사뿐 걸어오는 것을 보고 있었다. 군사들과 뒤이어 나온 천왕문의 문도들은 능초영이 유천복에게 가까이 다가가자 너나 할 것 없이 소리쳤다.

"소저! 그자는 독을……!"

그러나 능초영은 아랑곳하지 않고 손을 덥석 잡았다. 유천복은 흠칫했지만 왕막공과 같은 일이 일어나지 않았다. 그제야 자신에게 해를 입히려는 자에게만 독기가 뿜어져 나온다는 사실을 알았다.

능초영은 유천복의 손을 끌고 안으로 들어갔다.

"미안해요. 요 며칠 흉흉한 소문이 나돌아서 다들 신경이 곤두서 있어요. 유 공자님은 병을 고쳤나요? 그런데 이 꼴은?"

유천복에게서 그간의 사정을 다 들은 능초영은 차마 믿기지 않는다는 표정이었다. 미간을 찌푸리는 능초영의 모습이 마치 한 떨기의 복사꽃처럼 아름다웠다.

유천복은 반짝거리는 능초영의 눈동자를 멍하니 보고 있었다. 팽소연이 지금 이 같은 유천복의 모습을 보았더라면 가슴이 찢어지는 듯하겠으나 다행히도 그녀는 지금 황산으로 가고 있었다.

능초영은 탁자에서 일어났다.

"그럴 리가 없어요. 아버님은 지금 호법들과 출타 중이세요."

유천복은 멍해졌다. 그렇다면 유가장에서 본 능운겸의 가짜 가죽은 어찌 된 것일까? 적들은 납치한 사람의 가짜 행세를 하려던 것이 아니었단 말인가?

어리둥절한 것은 능초영도 마찬가지였다. 그녀는 유천복을 보자마자 도비류의 안위에 대해 물었는데 그가 말도 없이 사라졌다는 말을 듣고는 실망한 기색을 감추지 못하였다. 능초영은 아버지보다 도비류의 일이 더 걱정되었으나 내색은 하지 않았다.

"가짜 행세를 하려 한다구요? 그럴 리가요? 그자들이 천왕문을 우습게 아는군요. 절대로 그 같은 일은 벌어지지 않을 것이니 유 공자께서는 너무 심려치 마세요. 그리고 유 장주님에 관한 일은 저희도 백방으로 알아볼게요."

능초영은 그 자리에서 지필묵을 들어 몇 자를 적었다. 손짓을 하자 곧 총관인 듯한 자가 나타났다.

"뇌 총관님, 지금 당장 이 서찰을 아버지께 전해주세요. 그리고 수하들을 시켜 유가장의 일을 은밀히 알아보도록 지시하세요."

뇌 총관이 허리를 깊숙이 숙이며 밖으로 물러갔다. 유천복은 능초영이 일사천리로 일을 지시하는 모습을 보며 속으로 감탄하였다. 평소의 아리따운 모습과는 달리 과연 일문의 후계자라기에 손색이 없었다.

'능 소저는 나보다 나이도 어린데 저토록 어른스럽구나. 그에 비하면 나는 아버지가 어디 계신지 여태 행방도 알지 못하니… 사내라고는 하나 계집보다 나을 것이 하나도 없다.'

유천복은 그간 자신의 행적을 되돌아보니 한숨만 나는지라 절로 침울해졌다. 능초영은 유천복이 유가장의 일로 그러는 줄 알고 위로를 했다.

"유 장주님에 대한 것은 곧 연락이 있을 거예요. 요즘 들어 강호의 정세가 심상치 않은 것이 걱정이군요. 천왕문에는 며칠 전부터 괴상한 서신이 날아들어 경계가 삼엄하기 이를 데 없어요. 유 공자님께서 담장을 넘지 않은 것은 아주 잘한 일이에요. 담장 안쪽으로 수십 장이나 되는 구덩이가 파여 있는 데다 그 안에는 도검과 장창이 박혀 있어 하마터면 큰일 날 뻔하였어요.”

능초영의 말에 무지자가 헛기침을 하였다. 유천복은 창과 검이 박힌 자신의 모습을 상상하다가 몸을 부르르 떨었다.

“그러나 아버님도 안 계신데 이 같은 일이 자꾸 벌어지니 아무래도 할아버지를 뵈어야 할까 봐요. 할아버지는 벌써 십오 년째 천룡각(天龍閣)에서 나오지 않고 계세요. 절대로 찾지 말라고 하셨지만 본 문에 화급이 닥쳤으니 어쩔 수 없이 금계(禁戒)를 깨야겠어요.”

입술을 깨물고 있던 능초영이 무엇인가 결심한 표정으로 일어섰다. 유천복은 엉거주춤하게 능초영을 따라 일어섰다.

그때 갑자기 정문 쪽에서 펑 하는 소리가 들려왔다. 일순 소란이 일더니 군사들이 실 끊어진 연처럼 안으로 날아 들어와 처박혔다. 능초영의 안색이 어두워졌다. 상처 입은 문도들이 화급한 표정으로 달려왔다. 얼굴에는 낭패한 기색이 역력했다.

“소저! 지금 정문에서 일단의 괴인들이 찾아와 난동을 부리고 있으니 안전한 곳으로 몸을 피하시지요!”

“괴인들이라니요?”

“아마도 서신을 보낸 자들인 것 같습니다.”

“그자들이 아마도 아버지께서 출타 중이신 걸 알고 온 것 같군요. 흥! 그러나 나 능초영이 있는 한 누구도 천왕문을 모욕하지 못할 것이에요.”

정문으로 나가자 이미 부서진 대문 자리에 낯선 자들이 서 있었다.

유천복은 능초영 옆에 나란히 섰다가 아는 얼굴들이 보이자 황급히 뒤로 물러났다.

천왕문의 정문에 있는 이들은 두공과 흑립인들, 그리고 하얀 백삼에 긴 머리를 날리며 사이한 분위기를 풍기고 있는 여자… 바로 혈매화 소취란이었다. 분처럼 흰 얼굴과 새빨간 입술이 달빛 아래에서 더욱 기묘하게 빛나 보였다.

—어라? 저 여자는 그 요녀잖아?

유천복은 소취란을 보자 기겁을 하며 군사들 사이로 몸을 숨겼다. 아니, 저 여자가 어떻게 해서 이곳으로 온 것일까? 혹시 내가 이곳에 있는 줄 알고 왔을까?

하늘을 보니 음울한 달빛이 얼굴을 내밀고 있었다. 유천복은 심장이 벌렁벌렁 하여 감히 얼굴을 내밀 생각조차 못했다.

"당신들은 대체 누구지요?"

능초영이 날카롭게 소리쳤다.

"능 소저, 오늘부터 천왕문이란 이름은 강호에서 사라질 것이오."

두공이 뒷짐을 진 채 아무렇지도 않게 말하였다. 그 말에 욱하던 젊은 문도들 몇 명이 호기롭게 앞으로 나섰다.

"물러서세요!"

능초영이 소리쳤으나 이미 때가 늦어 두공이 소매를 한 번 휘두르자 비명조차 지르지 못하고 나가떨어져 꼼짝도 아니하였다. 능초영의 얼굴이 창백해졌다.

"능, 능 소저. 바로 저자요, 유가장에서 만난 자가……! 그리고 더 무서운 것은 저 여자라오. 그녀가 바로 혈매화 소취란이라오."

유천복은 어느새 능초영의 뒤에 서서 작은 소리로 말하였다.

"유가장의 쥐새끼는 어디 있느냐?"

카랑카랑한 목소리가 울려 퍼지자 다들 두려운 듯이 서로를 쳐다보았다. 외모만으로도 공포심을 느끼게 하는 여자였다. 소취란은 유천복을 보았으나 알아보지는 못하였다. 유천복은 내심 속으로 안도의 한숨을 내쉬었다. 자신의 용모가 변한 것을 다행이라 생각했다. 소취란이 자신을 찾아 이곳까지 오다니… 정말 무서운 여자였다.

능초영은 소취란이라는 말에 입술을 꼬옥 깨물었다. 할아버지가 은거하신 뒤 천왕문의 명성은 예전만 못하였다. 해마다 찾아오는 손님들의 숫자가 줄어들었고 문도들도 더 이상 늘지 않았다. 검황 능소천이라는 이름은 지난날 무림에 몸담은 사람이라면 가장 존경하는 이름이었다. 그러나 쓰지 않는 칼날은 무뎌지는 법이라고 했던가. 사람들은 보이지 않는 것은 곧 잊어버렸다.

이자들은 이미 천왕문이 종이호랑이라고 생각하고 있는 것이다. 다짜고짜 살초를 전개하여 잔인하게 사람들을 해치는 것은 믿는 구석이 있기 때문일 것이다. 능초영은 두려움을 애써 억누르며 매섭게 소리쳤다.

"어찌 이처럼 무례할 수가 있소? 이곳이 대체 어디라고 생각하는 거요?"

"늙은 호랑이는 이빨이 빠져 죽었는지 살았는지 알 수 없고, 젊은 늑대는 사라졌으니 집 안에 있는 어린 강아지가 뭐가 두려우랴."

두공의 말에 능초영은 안색이 창백해졌다.

젊은 늑대가 사라졌다니… 정말로 아버지가 변괴를 당하였다는 말인가? 능초영이 비록 나이에 비해 어른스럽다고는 하나 경험이 없고 처음으로 이런 상황에 맞닥뜨리자 머리가 어찔했다. 저도 모르게 고개

를 돌려 유천복을 바라보았다. 지금 그녀의 눈에는 유천복이 도비류였
으면 하는 기색이 역력했다.

유천복은 그녀의 눈빛을 알아보았다. 늪에 빠지는 것보다 더 무서운
일이 사람에 빠지는 일이라 하였다. 유천복은 지금이야말로 자신이 나
설 때라고 여겼다. 사내란 여자 앞에서 때때로 이처럼 어리석은 법이
었다. 그는 적어도 능초영의 앞에서 자신이 비겁하게 숨는 모습만은
보여주고 싶지 않았던 것이다.

"내가 유천복이오!"

두공과 소취란이 동시에 소리나는 쪽으로 고개를 돌렸다. 그곳에는
온몸에 화상을 입은 듯한 몰골의 유천복이 있었다. 처음에는 고개를
갸웃거리던 소취란은 이내 유천복을 알아보았다.

"정녕 네놈이 맞구나, 그 목소리!"

말이 끝나기도 전에 소취란이 하얀 화살처럼 쏘아져 들어왔다. 두공
의 예리한 시선이 그 뒤를 따랐다.

―일단 피해!

무지자의 말이 아니더라도 이미 사색이 되어버린 유천복이었다.

소취란은 이를 뿌득뿌득 갈고 있었다. 단 한 번의 손짓이면 저놈의
숨통을 끊어놓을 수 있을 것이다. 그녀의 눈동자는 핏물을 뿌려놓은
듯 붉게 물들어 있었다. 이것은 그녀의 살심이 극에 이르렀다는 뜻이
었다.

그자를 만났을 것이다. 그리고 모든 것에 대해 알았겠지. 추악한 비
밀도……. 죽여야 한다. 반드시 죽여야 한다! 할 수만 있다면 그자마저
도 죽이고 싶었다.

소취란의 붉어진 눈동자 속으로 눈부신 달빛이 투영되었다. 그것은

어머니의 찡그린 얼굴과도 조금 닮은 듯했다.

"엄마! 엄마! 나는 왜 그믐날에는 나갈 수가 없어? 나가면 아이들이 날보고 귀신이래. 우리 집이 귀신들린 집이래. 반병신만 있다는 게 무슨 뜻이야?"

"망할노무 새끼들! 다 지 아비 어미 닮은 후레자식들이라 그런 거야. 그러게 망할 년아, 밖에 나가서 놀지 말랬지! 하라는 일을 안 하구 허구한 날 발정 난 암캐처럼 사내들 꽁무니나 쫓아다니다니…… 썩을 년!"

"내가 언제? 그 새끼들이 쫓아다니며 놀리는 거지. 근데 왜 난 자꾸 생각이 안 나지?"

"이년이 뭘 자꾸 물어. 자꾸 그러면 저 아래 대장장이 황씨한테 시집보내버린다!"

차라리 그때 시집이라도 보내달라고 할 것을…… 어린 마음에 외다리에 오십이 넘은 황씨 아저씨에게 시집보낸다는 말이 너무도 무서워 차마 더 이상 물어볼 수가 없었다. 자신의 저주받은 운명을 그때 미리 알았더라면……. 그 사실을 깨달았을 때 그녀는 이미 사람이 되기를 포기했었다. 자신의 손으로 어머니의 붉은 심장을 산산조각 내며 맹세했었다. 이 저주받을 피가 뜨거워지지 않는 한, 이 피가 몸속을 흐르는 한 누구도 용서하지 않을 것이다.

소취란의 눈가에 붉은 물기가 번져 갔다. 그녀는 다시 유천복을 쏘아보았다. 하얀 얼굴에 붉은 눈물이 흘러내리는 모습은 보기만 해도 심장이 오그라 붙는 느낌이었다.

"네놈이 아무리 모습을 바꾸어도 소용이 없을 것이다. 유가장이 이미 풍비박산이 나 네놈을 찾지 못할까 걱정하였더니, 이곳에 숨어 있었구나!"

유천복은 소취란이 잠시 다른 생각에 잠겨 있는 듯하자 살며시 몸을 움직여 사람들 틈으로 들어가려 하였다. 아무리 능초영 앞이라지만 무시무시한 소취란의 모습을 보자 또다시 간이 졸아붙었다. 방금 전의 호기는 어디로 사라졌는지 금방 마음이 바뀌었다.

그러나 미처 세 걸음도 옮기기 전 소취란이 손이 쭈욱 늘어나는 듯이 보이더니 머리 위로 세찬 바람이 지나간다. 쉭! 하는 소리가 들리자 그만 모골이 송연해졌다. 앞뒤 생각할 겨를도 없이 소리를 지르며 냅다 뛰었다. 소취란에게 잡히기만 하면 죽은 목숨이라 젖 먹던 힘까지 다해 앞만 보고 달렸다.

─저 요녀는 정말 사람이 아닌가 보다. 어떻게 네가 이곳에 있는 줄 알았을까?

마냥 한가한 무지자였다.

"무지자! 나 좀 살려줘."

─벽에다 머리 박으라니까.

화살 맞은 토끼처럼 냅다 앞만 보고 달리는 유천복의 등을 금방이라도 소취란의 빨간 손톱이 할퀼 듯이 달려들었다.

"네 이놈, 거기 섯거라!"

"유 공자님!"

소취란과 능초영이 동시에 소리쳤다.

유천복은 머리를 굴렸다. 속으로 생각하기에도 곧장 도망가면 안 될 것 같았다. 죽을힘을 다해 이리저리 갈지자로 달렸다. 화원이고 관목 숲이고 눈에 들어올 리가 없다.

유천복이 경공을 배울 생각은 안 했지만 막상 코앞에 화급이 닥치자 발에 날개가 달린 듯 움직였다. 방향을 바꿔 달리는 것이 흡사 번개가 번쩍이는 것처럼 사람의 눈을 어지럽게 하였다.

소취란은 유천복을 따라가며 매섭게 장풍을 날렸지만 유천복이 번번이 피하자 얼굴이 더욱 새하얗게 변했다. 공력을 돋우어 속도를 높였으나 유천복은 손에 잡힐 듯 잡힐 듯하면서도 미꾸라지처럼 잘도 빠져나갔다.

유천복은 나뭇가지에 걸려 생채기가 나는 줄도 모르고 뛰다 보니 어느새 사람들과 한참이나 떨어졌다. 거기다 앞에는 깎아지른 듯한 절벽이라 더 이상 달릴 곳도 없었다. 왼편을 보니 작은 연못이 있는지라 다시 그쪽으로 달려갔다.

"이런, 죽일 놈! 잡히기만 하면 반드시 찢어 죽일 테다!"

"내가 뭘 그리 잘못했다구요?"

연못을 사이에 두고 서로 악을 쓰며 몇 바퀴를 계속 돌았다. 유천복이 돌다 보니 절벽의 오른쪽에 그늘진 곳이 보였다. 필시 안으로 통하는 길이 있으리라 싶어 기회를 보다가 몸을 날리려 했다. 그러나 유천복의 눈치를 이미 알아챈 소취란은 얏! 하는 기합 소리와 함께 연못을 훌쩍 뛰어넘어 유천복의 앞길을 가로막았다. 유천복은 황급히 뒤돌아서려 하였으나 달리던 기세라 그대로 몸이 앞으로 나아갔다.

"잡았다, 이놈!"

소취란이 쌍장을 뻗으며 전광석화처럼 달려들었다. 유천복의 어깨를 뽑아버리려 하는 것이다. 막 유천복의 어깨에 손이 닿으려는 순간 유천복이 소취란의 쌍장을 맞받아 쳤다. 펑! 하는 소리와 함께 소취란이 강한 힘에 밀려 멈칫한다. 부상은 입지 않았으나 양손이 얼얼하였다.

'아니, 이놈이 무공을 알고 있었구나!'

소취란이 더욱더 악랄하게 유천복을 할퀴려 덤벼든다. 그때마다 유천복의 아슬아슬하게 그 공격을 피해내었다. 그러나 소취란의 동작은 그보다 몇 배나 빨랐다. 몸을 날려 유천복의 등을 강하게 후려쳤다. 유천복은 등골이 오싹하더니 차가운 한기가 뼛속까지 파고들었다. 추위를 참아보려 애를 썼지만 온몸이 덜덜 떨리며 이빨이 딱딱 맞부딪쳤다.

"이것이 소 형이 말한 음한공이로구나."

소취란의 공력은 음기를 위주로 하고 있어 제대로 격중당하면 살과 근육을 그대로 얼려 버릴 수 있었다. 그러나 유천복은 대부분의 공력을 무위로 돌려 버릴 수 있었다. 그래도 한담에 들어간 듯한 추위만은 어쩔 수 없었다. 온몸이 찌르르 하더니 금세 몸이 뻣뻣해지며 발이 엉켜 그대로 소취란의 발 밑으로 넘어지고 말았다. 소취란의 발등이 보이자 유천복은 뒤로 기어가기 시작했다.

─멍청아! 싸우지 않고 뭐 하느냐?!

무지지는 유천복이 아무런 공격도 하지 않자 짜증이 났다. 이 멍청한 놈은 일이 닥쳐도 도무지 싸울 생각을 안 하는 것이 문제였다.

유천복은 소취란이 너무 무서워 쳐다보기만 하여도 간이 오그라 붙을 지경이었다. 정신이 없으니 손을 겨룰 생각은 꿈에도 하지 못하였다. 게다가 소취란은 또한 소양이니 어찌 손을 겨룰 수 있을까 생각한 것이다.

한편, 소취란도 등을 후려친 손이 은은하니 벌게져 부어오르고 감각이 없자 깜짝 놀랐다. 저 녀석의 등을 후려친 것뿐인데 독에 당한 것이다. 소취란 같은 고수는 원래 어지간한 독에 당할 리가 없었으나 당삼고의 혈독은 그 독성이 가히 천하제일이라 할 만하였다.

소취란은 황급히 손바닥을 베어냈다. 핏방울이 떨어지는 땅바닥마다 치이익 소리를 내며 부글부글 끓어오른다. 소취란도 처음 보는 지독한 독이다. 내공으로 심장을 보호하며 독기를 손가락 끝으로 몰아냈다. 잠시 망설이더니 입술을 깨물며 엄지, 검지, 중지만을 남기고 나머지 두 손가락을 분질러 뜯어내었다. 긴 손톱이 달린 손가락들이 마치 벌레처럼 바닥에 팽개쳐졌다. 소취란은 발끝으로 자신의 손가락들을 으깨어 버렸다. 어느 정도 한기가 가신 후 간신히 일어서던 유천복은 그 모습을 보자 더욱 사색이 되었다.

"소, 소 아주머니!"

자신도 모르게 아주머니라고 불러놓고는 속으로 생각했다.

'내가 소양에게는 형님이라 하였는데 자기보고 아주머니라 했다고 화를 내면 어쩌지? 참, 둘이 서로 만날 일도 없으니 내가 말하지 않으면 어찌 알 수 있으랴.'

"소 누님! 제 몸에 독이 있으니 함부로 만지지 마세요. 더구나 그 손가락은 소 형님 것이기도 한데……."

―누님? 하하, 아예 의남매를 맺어라.

유천복은 천연덕스럽게 소취란을 나무랐다. 제 딴에는 걱정을 해준다고 한 것인데 소취란은 그 소리를 듣자마자 다시 죽기살기로 덤벼들었다.

뒤이어 달려온 두공은 두 사람의 쫓고 쫓기는 모습을 흥미진진하게 보고 있었다. 그는 원래 소취란과 합공을 펼칠 생각으로 쫓아왔다. 그러나 두 사람의 싸움을 보는 순간 마음이 바뀐 것이다. 유천복이 소취란의 공격을 어떻게 피해내는지 궁금하였다.

소취란은 유천복의 몸에서 뿜어져 나오는 독이 지독하다는 걸 알고는 그의 몸에 손이 닿지 않도록 주의하였다. 소취란의 길고 뾰족한 손톱이 휘둘러지자 순식간에 유천복의 드러난 앞가슴과 등에 지렁이 자국처럼 생긴 혈선이 수십 줄 그어졌다. 쓰리고 아프기는 하여도 아까처럼 하늘이 노래질 만큼 시리고 아픈 통증은 아닌지라 애써 참았다.

"소 누님! 소 형님이……."

"네놈이 내 앞에서 감히 그 이름을 입에 올리다니! 다시는 그 이름을 말하지 못하도록 혀를 뽑아버리고 말 테다!"

"나는 정말 아무한테도 말하지 않았어요. 그리고 나는 소 형님을 좋아해서 소 누님과도 잘 지내고 싶어요."

"호호호! 뭐라고? 그래, 나와 잘 지내고 싶다고? 어떻게 말이냐? 네가 내 심장의 차가운 피를 데워주기라도 하겠다는 말이냐?"

"소 형님이 그랬어요. 소 누님도 불쌍한 분이래요. 그리고 용서하신대요."

"용서라고? 용서?"

소취란의 음성이 잦아들었다. 핏빛처럼 붉게 빛나던 눈동자가 흐려지더니 매섭게 퍼부어지던 공격이 잠시 힘을 잃었다. 소취란은 용서라는 말이 가지는 의미를 알고 있었다. 어머니를 죽인 것은 그녀였다. 그러나 그이기도 했다. 그런데 누가 누굴 용서한단 말인가? 원해서 태어난 것이 아니었다. 자신들은 피해자였다. 정작 용서를 빌 사람은 자신들을 이 꼴로 만들어놓은 자였다. 아버지라는 이름으로 모든 만행을 저지른 자, 그자를 죽이기 전까지는 누구도 용서할 수 없고 용서받을 수 없었다. 그녀는 세상 모든 것을 증오하였다.

소취란의 눈빛이 다시 붉게 물들었다. 그녀는 아까보다도 무섭게 유천복을 할퀴려 했다. 소취란은 자신이 무기를 쓰지 않는 것을 이때만큼 한스러워한 적이 없었다. 그녀의 눈에 연못가로 늘어진 버들가지가 눈에 띄었다. 적당한 가지를 잘라 손에 잡으니 당장에 검 대신으로 손색이 없었다. 나뭇가지로 검을 대신할 생각이었다. 그러다 이내 생각이 바뀌었는지 나뭇가지를 세차게 땅바닥에 팽개쳤다. 나뭇가지가 횡으로 땅을 파고들더니 이내 모습을 감추었다.

처음에는 그저 신기했었다. 의부는 검을 잘 다루는 무사였다. 퉁명스럽기만 한 어머니와는 달랐다. 조르는 그녀를 어깨에 태우고 말처럼 달리기도 하고 나무를 깎아 목검을 만들어주며 검술도 가르쳐 주었다. 목검이 어째서 두 개인지는 알려고 하지도 않았다.
어머니가 집을 비우던 날, 의부는 갑자기 돌변했다.
소취란의 붉은 눈동자가 심하게 흔들렸다. 삼십여 년이나 지난 일인데도 어제 일어난 일처럼 선명하였다. 몸이 부들부들 떨리며 복받쳐 오르는 구역질, 술 냄새에 뒤섞인 뜨거운 입김이 그녀의 온몸을 훑고 지나가는 듯했다. 지금도 기억이 생생하였다. 옷을 찢어내는 소리와 함께 끊임없이 귓속을 파고드는 소리…….
"아버지니까 괜찮아. 너도 아버지가 좋지? 내가 만져 주기를 은근히 바랬던 게지. 흐흐…… 벌써 여자가 다 되었군."
의부의 손이 닿는 곳마다 소름이 끼쳤지만 움직일 수가 없었다. 마치 거미줄에 걸린 나방이 된 느낌이었다. 의부의 눈초리에 가슴이 메스꺼워졌으나 소리칠 수도 없었다. 땀에 젖어 번들거리는 얼굴이 살갗에 닿을 때마다 차가운 한기로 온몸이 떨려왔다.
"이런, 몸이 차구나. 내가 데워주지. 흐흐! 그놈도 너를 꼭 빼어 닮았단다. 너처럼 예쁜 놈이지."

그놈이 누구를 말하는지 그녀는 알 수 없었다. 단지 이 악몽의 순간
이 빨리 끝나기만 바랄 뿐이었다. 의부의 징그러운 입술이 가슴을 더
듬고 못이 박힌 투박한 손이 여린 다리 사이에서 느껴졌다. 아프지는
않았다. 그저 생소한 이물감으로 이빨을 꽉 깨물었을 뿐이다.

'제발 엄마가 오기 전에 빨리 끝나야 할 텐데…….'

어렴풋이 느낀 생각이었다. 그리고 그녀의 생각은 곧 현실이 되어
나타났다. 미친 말처럼 그녀 속으로 돌진하던 의부는 단 한 번의 움직
임을 끝으로 더 이상 움직이지 않았다. 잠시 기다렸지만 의부의 몸뚱
어리는 더욱 무겁게 그녀를 짓누를 뿐 움직이려 하지 않았다.

그리고 어머니가 들어왔다. 벌거벗은 채 의부의 몸 밑에 깔려 있는
자신을 내려다보는 어머니의 표정을 그녀는 보았다. 비록 어떤 일이
일어났든 간에 죄는 그녀에게 있다고 어머니의 눈초리는 분명히 말하
고 있었다. 그리고 미친 듯이 매질이 시작되었다. 그녀가 애지중지하
던 목검이 흉기가 되어 그녀에게 사정없이 내려쳐졌다. 목검이 살을
파고들어 간 자리마다 시커먼 피멍이 생겨 흡사 뱀이 몸을 휘감고 있
는 듯이 보였다. 원망은 없었다. 그저 눈이 확 뒤집힐 만큼 아팠다.

"이 화냥년아! 대체 무슨 짓을 한 거냐! 아비를 이 꼴로 만들다
니…… 이 죽일 년아! 널 낳았을 때 그냥 죽여 버려야 했어, 이 괴물 같
은 년! 사내인지 계집인지도 모르는 년이 오입질로 아비를 죽이다
니……!"

어머니의 절규는 남편을 빼앗긴 아내 이상도 이하도 아니었다. 자신
의 딸에게 사정없이 매질을 하는 어머니에게 아무 말도 할 수가 없었
다. 아니, 살을 찢는 아픔 때문에 아무 생각도 할 수가 없었다. 왜 자신
이 매를 맞아야 하는지 억울했을 뿐이다. 진실을 말해도 소용없다는

것을 알았다. 정신을 차려보니 이미 목검은 어머니의 심장을 꿰뚫고 있었다. 끄르륵 하는 소리를 내며 어머니의 부릅뜬 동공이 크게 확대 되었다.

"네년은… 여자도 남자도 아닌 요물이지……. 그놈은 효자래도 네 년은… 네년은…… 부모 잡아먹을 년…… 끝내…….”

끄윽 하는 소리와 함께 어머니의 입에서 피거품이 뭉글뭉글 솟아 나 왔다. 그녀는 한쪽에 쓰러진 의부를 보았다. 검은 털이 부슬부슬한 벌 거벗은 몸뚱이에는 새하얀 서리가 앉아 있었다.

이상한 일이었다. 오뉴월인데 왜 아버지는 얼어 죽었을까? 그때는 몰랐었다. 적어도 그가 남긴 서신을 보기 전까지는. 어머니는 그자만 을 자식으로 생각했던 것이다. 어머니에게 아들은 기둥이었으나 딸은 요물이었다.

생각이 거기에 이르자 소취란이 더욱 미쳐 날뛰며 이를 갈았다. 그 녀는 원래 넓은 도포 자락 같은 옷을 허리띠로 질끈 동여매고 있었는 데 불현듯 허리띠를 풀어 쥐었다.

하늘거리는 허리띠가 그녀의 손에 이르자 마치 검처럼 꼿꼿해졌다. 넓은 옷자락을 휘날리며 반공에 뛰어올라 허리띠로 채찍질을 하는 모 습이 흡사 곰을 부리는 재주꾼 같았다.

졸지에 곰이 되어버린 유천복은 채찍을 피해 미친 듯이 땅바닥을 굴 렀다. 소취란이 허리띠를 휘감았다 다시 풀어내는 동작은 느린 듯하였 으나 닿은 곳마다 나무가 부러지고 바윗돌이 박살났다. 한 방이라도 맞는 날에는 온몸의 뼈가 부서져 즉사를 면치 못할 것이었다.

"아이고! 누님! 저 좀 살려주세요~"

유천복이 울부짖으며 살맞은 망아지처럼 이리저리 펄쩍펄쩍 뛰었다.

"유 공자, 유가장에서 보여주었던 놀라운 실력은 다 어디로 간 것이오?"

유천복은 그제야 연못 한 켠에 서 있는 두공을 보았다. 그의 모습을 보자마자 능초영이 어떻게 되었을까 걱정이 되었다.

"나는, 나는 정말 싸우기 싫다구요."

─싸우기 싫다구요~ 그 소린 이제 정말 지겨워. 난 앞으로 상관 안 할 테니 네가 알아서 하라구.

무지자는 한숨을 내쉬었다.

소취란은 좌로 우로, 횡으로 종으로 유천복을 압박하여 절벽 구석으로 몰아갔다. 마침내 유천복은 더 이상 갈 곳이 없어지고 말았다. 뒤를 돌아다보았다. 끝을 알 수 없는 천길 낭떠러지였다.

소취란의 새빨간 입술이 웃는 듯이 벌어졌다. 유천복의 살이 문드러져 피가 튀고 뼈가 드러나는 것을 보는 상상만으로도 즐거웠던 것이다. 마침내 부드러운 허리띠가 뱀 대가리처럼 유천복을 노리고 날아들었다. 유천복은 으악 소리를 지르며 눈을 꼭 감았다. 허리띠가 막 유천복의 살갗을 찢어놓으려는 순간 소취란은 팔에 강한 힘이 와 닿는 것을 느끼고 깜짝 놀랐다. 재빨리 방향을 바꾸어 상대의 요혈을 후려쳤다. 상대가 재빨리 몸을 피했다.

"두공!"

소취란은 자신을 공격한 자가 두공이라는 것을 알자 잡아먹을 듯이 소리쳤다. 어느새 두공이 연못을 뛰어넘어 이쪽으로 다가오고 있었다.

"어째서 훼방을 놓는 것이오?"

"내 유 공자와 잠시 이야기할 것이 있소."

"어림없는 소리! 내 이놈을 반쯤 죽여놓은 후에 물어보시오! 다시 한 번 내 일을 방해하면 그때는 나도 가만있지 않을 것이오!"

"숨만 붙여놓는다면 나도 상관없소."

소취란과 두공이 잠시 한눈을 파는 사이 유천복은 살며시 옆으로 몸을 움직이고 있었다. 그런데 소취란의 허리띠와 두공의 장력이 한꺼번에 몰려드는 것이 아닌가? 이젠 정말 끝이구나 싶은 생각이 들었다. 아픈 것을 걱정할 때가 아니었다. 손을 뻗어 허리띠를 움켜쥐었다. 한 발을 뒤로 지탱하며 두공의 장력을 대항하려 하였다. 유가장의 일 이후 두공에게는 어느 정도 자신이 생긴 유천복이었다. 그런데 갑자기 발밑이 허전해지며 몸이 아래로 쑥 꺼졌다.

"앗!"

머리 위에서 동시에 높고 낮은 소리가 들려왔다. 유천복은 세찬 바람과 함께 주위의 경물이 쏜살같이 위로 솟구쳐 올라가는 것을 보았다. 자신이 다시 두공의 진법에 갇힌 것이 아닌가 하는 생각이 들었다.

—미친놈아! 뒤로 물러서면 어떻게 해?!

무지자의 목소리마저도 귓전에 웅웅 울렸다.

"뭐라고?"

—너 떨어졌다.

이해를 못한 유천복이 다시 물어보려는데 몸이 어딘가에 강하게 부딪치며 큰 충격이 밀려들었다. 왼쪽 어깨가 부서지듯 아파왔다.

"아얏! 이게 뭐야?"

유천복은 그제야 두공의 장력에 대항하기 위해 뒤로 한 걸음 물러서려 했던 것을 떠올렸다. 손에 감긴 하얀 천이 보였다. 그리고 보니 자신은 지금 소취란의 허리띠에 대롱대롱 매달려 있는 형국이었다. 위를 올려다보니 멀찍이 소취란과 두공의 모습이 보였다.

"유 공자, 줄을 잡고 경공을 펼쳐 올라오시오."

"흥! 누구 마음대로. 잘 가거라!"

두공과 소취란이 번갈아 한마디씩 했다. 그 순간 잡고 있던 허리띠가 느슨해졌다. 소취란이 말과 함께 허리띠를 놓아버린 것이다.

"으아아아악!"

"아니!"

두공의 목소리에 안타까움이 배어 있었다. 순식간에 유천복의 몸이 어두운 절벽 아래로 사라졌다. 그는 유천복이 죽는 것보다 그의 무공에 대해 알 기회가 없어진 것을 대단히 애석해하였다.

"수옥의 무공에 대해 알 수 있는 기회였는데……."

미련없이 돌아서는 소취란에 비해 두공은 오래도록 절벽 아래를 내려다보고 있었다. 얼마나 깊은지 알아보기 위해 돌멩이 하나를 던져보았으나 한참이 지나도 떨어지는 소리는 들리지 않았다. 어쩌면 끝이 없는 무저갱일지도 몰랐다.

잠시 뒤 귀를 찢는 듯한 울음소리와 함께 한 떼의 편복(蝙蝠)들이 아래로부터 올라와 하늘로 사라졌다. 절벽 아래쪽은 깊은 심연만이 불길하게 일렁거렸다. 그 속에서 살아 나온다는 것은 기적에 가까운 일이었다. 두공은 다시 한 번 혀를 차며 몸을 돌렸다.

이곳은 천왕문에서도 가장 안쪽에 있는 금역이었다. 바로 검황 능소천의 거처인 천룡각이 있는 곳이었기 때문이다. 연못 위로 깎아지른 듯이 높이 솟은 바위가 보였다. 백여 장은 될 법한 그 위에 이슬아슬하게 한 채의 작은 전각이 걸쳐져 있었다. 그곳이 바로 천룡각이었다. 그리고 그 천룡각이 솟은 바위 아래 폭이 일 장 정도 되는 균열이 생겨 있었다.

십오 년 전 검황 능소천은 천룡각에 들어가며 자신이 스스로 나오기 전까지는 그 누구도 찾아오지 말라고 엄명을 내렸다. 근 십여 년 동안 천룡각은 아무도 드나드는 이가 없었다. 처음에는 능운겸이 안부를 여쭙기 위해 간간이 들렀으나 능소천은 대꾸조차 없었다. 걱정이 된 능운겸은 은밀히 천룡각을 샅샅이 뒤졌다. 그러나 능소천의 모습은 어디에서도 찾아볼 수 없었다. 능운겸은 크게 당황하였다. 강호에 검황의 실종이 알려지면 천왕문의 위세가 크게 떨어질 것을 걱정한 능운겸은 아버지의 실종을 비밀에 붙였다. 그렇기 때문에 그 균열이 언제 어떻게 생긴 것인지, 얼마나 깊은지 아무도 아는 이가 없었다. 강호에는 검황 능소천이 우화등선했을 것이라는 소문이 퍼져 있었다.

유천복은 자신의 몸이 한없이 아래로 추락하는 것을 느끼고 있었다. 도대체 어디가 끝인지 알 수 없을 정도로 오랜 시간이 지난 것 같았으나 그래도 아직 바닥은 보이지 않았다. 갑자기 시커먼 새들이 세찬 날갯짓과 함께 유천복에게 달려들었다.

―꼴 좋다.

유천복의 비명 소리가 절벽에 부딪쳐 끊이지 않고 메아리쳤다. 아무리 손발을 허우적거려도 나무뿌리 하나 손에 걸리는 것이 없었다. 밀려드는 공포심 때문에 정신이 나갈 지경이었다.

"무지자, 살려줘!"

유천복이 애걸복걸하자 무지자의 마음도 약해졌다. 사실 아끼는 너무 화가 나서 그냥 이대로 유천복을 절벽 아래 떨어뜨려 피곤죽을 만들 생각이었다. 그러나 그렇게 되면 자신은 또 어떻게 될지 알 수 없는 노릇이었다. 무룡천 밑을 떠돌던 공수의 사령이 생각나자 더욱 기분이 나빠졌다. 멍청한 유천복의 혼령과 더불어 절벽 밑을 떠도는 고혼이 되느니 사지 멀쩡한 유천복의 몸에 빌붙어 있는 것이 그로서도 맘 편할 일이었다.

—으휴, 내 팔자야. 최대한 몸을 가볍게 한다고 생각하면서 숨을 크게 들이마셔 봐. 그리고 온 신경을 바닥에 집중해라.

유천복은 무지자의 말대로 눈을 감은 채 온몸의 근육을 이완시켰다. 그러자 미세한 말초 혈관 끝까지 나른한 기운이 뻗치는 것이 느껴졌다.

배꼽 아래 묵직한 느낌이 차츰 흩어지기 시작하더니 손끝에서 무엇인가 빠져나가는 것이 느껴졌다. 그러자 몸이 가벼워지며 떨어지는 속도가 현저히 줄어들기 시작했다. 마치 물속을 유영하는 기분이었다.

—원래대로라면 네 몸은 지금 떨어지는 나뭇잎이나 깃털과 다를 바가 없어야 하지만, 아직 완전한 것이 아니니 밑에서 생기를 찾아 네 몸을 의탁하라구.

유천복의 신경은 바닥을 샅샅이 헤집었다. 처음에는 차갑고 축축하기만 하던 절벽 아래에 수없이 많은 꿈틀거리는 기운이 느껴졌다. 땅 위의 기운이 온화하고 따스한 것이라면 절벽 아래에서 느껴지는 기운은 어둡고 음습한 것이었다. 그러나 유천복은 그것이 무엇을 뜻하는 것인지 상상하려 하지는 않았다.

유천복은 살며시 몸을 뒤집어 아래를 보았다. 주위는 한 치 앞을 분간치 못할 정도로 어두운데 마침 드러난 달빛에 널찍한 바위가 눈에 들어왔다. 저도 모르게 소리를 질렀다.

"바닥이다!"

무심코 입을 여는 순간, 몸이 다시 무서운 속도로 아래를 향해 처박혔다.

─입을 열면 기가 흩어지잖아! 잘 나가다 마지막에 꼭 이 꼴이군. 공중착월(空中捉月)!

발이 땅에 닿았다고 느낀 순간 둔탁한 아픔이 발목에 느껴졌으나 유천복은 다시 공중으로 뛰어올랐다. 자신도 모르게 두 번이나 펄쩍펄쩍 뛰고 나서야 멈출 수 있었다. 그러나 곧 한쪽 발목을 움켜쥐며 땅에 쓰러졌다.

"아야야~ 내 발목이 부러졌나 봐."

─멋지게 해냈군. 그런데 넌 잘해야 될 때는 엉망이고 안 해도 될 것은 반드시 해내는 걸 보면 정말 희한하다니까.

무지자의 말대로였다.

무지자가 애써서 일러준 것은 번번이 실수하면서 별로 기대하지 않았던 것은 의외로 쉽게 터득하는 유천복이었다. 지금도 형영구공의 일초를 잘 따라 하다가 마지막에 입을 여는 바람에 그만 기가 흩어져 버렸다. 죽는 것은 면했지만 무게를 느끼며 떨어진 탓에 한쪽 발목이 부러지는 것만은 막을 수가 없었다.

유천복은 발목을 잡고 죽는다고 소리를 질렀다.

"무지자, 네가 가르쳐 주는 게 항상 이 모양이니까 내가 배우려 하지 않는 거야. 제대로 가르쳐 주는 법이 없잖아. 이왕이면 발목이 안 부러지게 했어야지."

하늘을 올려다보았다. 까마득히 위에 실낱같이 희미한 달빛이 한줄기 비칠 뿐 도대체 얼마나 깊은 곳에 떨어졌는지 짐작조차 할 수 없다. 눈앞이 캄캄해졌다.

"소 누님이 정말 허리띠를 놓아버릴 줄은 몰랐는데…… 소 형님을 봐서라도 어쩌면 그럴 수가 있담. 발목이 너무 아파."

발목은 금방 퉁퉁 부어올랐다. 유천복은 도저히 못 움직이겠다고 버텼지만 무지자의 잔소리에 결국은 기다시피 하여 바위 쪽으로 움직여 갔다. 지금 유일하게 지표로 삼을 수 있는 것이라고는 그 바위뿐이었다. 절벽 아래의 바위들은 대부분 둥글거나 뾰족하고 축축한 이끼로 덮여 있었다. 유독 그 바위만이 네모 반듯하고 윗면은 반질반질하여 침상처럼 보였다.

유천복은 지친 몸을 바위 위에 눕히자마자 금방 코를 골며 잠에 곯아 떨어졌다. 언제 어디서나 먹고 자는 것 하나는 규칙적인 인간이었다. 무지자는 혀를 끌끌 차고 싶었으나 자신의 혀가 아닌지라 뜻을 이룰 수는 없었다.

유천복은 돌아누울 때마다 온몸이 욱신거려 저도 모르게 신음을 흘렸다. 이윽고 부스스 눈을 뜨자 하얀 새의 날개처럼 보이는 희미한 하늘이 눈에 들어왔다. 날이 훤히 밝았는데도 절벽 아래는 간신히 한줄기의 빛이 스며들 뿐이었다. 축축하고 습한 곳에서 잤기 때문인지 유천복은 일어나자마자 연신 재채기를 터뜨렸다. 머리가 어찔하고 코끝이 찡~하더니 맑은 콧물이 주르륵 흘러내렸다.

"에취! 에취! 여기가 어디지? …그럼 그게 꿈이 아니었단 말이야?"

날이 밝자 적은 빛이나마 들어와 주위의 경물을 그런대로 식별할 수 있었다. 유천복은 이곳이 불과 반경이 십여 장밖에 되지 않는 좁고 협소한 호리병 구조라는 것을 알 수 있었다. 이런 곳에 떨어졌는데 발목 하나만 부러진 것은 그야말로 천우신조라 할 수 있었다.

"난 아마 굶어 죽을 거야. 아버지~"

유천복이 울먹거렸다.

—네 아비도 이미 황천을 떠돌고 있을지 모르지. 그래, 너 같은 놈은 차라리 죽는 것이 나을지도 모르겠구나. 힘이 있어도 쓸 줄 모르는 바보 같은 놈.

그 말이 무지자가 한 마지막 말이었다. 유천복은 밤마다 헛소리를 하며 악몽에 시달렸다.

유천복은 팽소연의 웃는 얼굴을 보고 반갑게 손을 내밀었다. 그러자 팽소연은 사라지고 새히얀 얼굴에 빨간 입술과 손톱을 번뜩이며 소취란이 나타나 채찍으로 그를 후려쳤다. 아버지와 능초영이 귀신이 된 흉측한 몰골로 그를 원망하는가 하면 아삼과 마유가 번갈아 그를 조롱하였다. 도비류의 처량한 얼굴이 두공의 냉막한 표정으로 바뀌기도 수차례였다.

닷새째가 되던 날 새벽, 머리가 맑아지며 더 이상 잠이 오지 않았다. 한두 개 보이는 별들마저 그날 따라 보이지 않았다. 문득 적막감이 찾아들었다. 뜻밖의 외로움은 구멍난 둑으로 넘쳐 흘러드는 밀물처럼 순식간에 가슴을 채웠다. 유천복은 눈가가 시큰했다. 닷새 동안 거의 매일 울었으니 이제 눈물이 나지 않을 법도 하련만 또다시 눈물이 줄줄 흘러내렸다.

마치 부르기라도 한 듯 아련한 얼굴 하나가 떠올랐다. 동그란 눈, 오뚝한 코, 앵두 같은 입술…… 유천복은 선뜻 그 얼굴이 누구인가를 알아채고는 깜짝 놀랐다. 그런데 완전한 모습을 떠올리려고 하면 할수록 모습은 더욱더 흐릿해졌다. 한번 생각이 미치자 미칠 듯한 그리움과 안타까움은 더해만 갔다. 팽소연의 모습이 떠오를 때마다 설명하기 힘든 동통이 폐부 깊숙이 찾아들었다.

"무지자, 배고파……."

유천복은 무지자가 대답해 주기를 기다렸으나 머리 속에서는 아무 말도 들려오지 않았다.

"팽 소저는 황산으로 갔을까?"

역시 대답이 없었다.

"무지자?"

아무 소리도 들려 오지 않자 유천복은 놀랍고 당황스러웠다. 항상 혼자가 아니라고 생각했는데, 언제부터 무지자가 말하지 않았었지? 기억이 나질 않았다.

"무지자, 어디 있어? 장난치지 마."

마치 엄마 잃은 아이처럼 울먹거리며 유천복은 바위에서 내려왔다. 그동안 한 번도 혼자라고 생각해 본 적이 없었다. 유가장을 떠나올 때도, 천금방에서 나올 때도, 봉호문을 떠나올 때도 항상 누군가와 같이 있었다. 물론 곁에 아무도 없었을 때에도 유천복에게는 무지자가 있었다.

유천복은 완벽하게 세상에 혼자 버려진 듯한 느낌이 들었다. 이곳에서 외롭게 죽어가도 아무도 알지 못할 것이다. 아버지는 물론 팽소연도 그가 죽었다는 사실을 모를 거라는 생각이 들자 공포스러웠다. 시린 어깨를 양손으로 부비며 불안한 듯 주위를 둘러보았다. 주변의 모든 것이 갑자기 살아 움직이는 것처럼 보였다. 유천복은 겁이 나서 허겁지겁 일어섰다.

내딛는 발이 마치 허공을 딛는 것처럼 휘청거렸다. 벽면을 짚고 한 발자국씩 힘겹게 발을 옮겼다. 얼마 걷지 않았는데도 입술이 바짝바짝 마르고 식은땀이 온몸을 적셨다.

손을 옮긴 곳이 물컹 하였다. 세모꼴의 머리에 새파란 눈을 빛내며 작은 뱀 한 마리가 유천복을 노려보았다. 금방이라도 달려들 듯 반이나 꼿꼿이 일어서 있었다.

"무지자! 뱀이야!"

유천복은 무지자를 소리쳐 부르며 옆으로 물러섰다. 몸이 절벽 틈으로 쑤욱 들어간다. 원래 절벽 사이에는 작은 균열이 생겨 있었다. 축축한 주변의 흙이 유천복의 무게로 부서지며 조금 커다란 틈이 생겼다. 유천복은 벌어진 곳으로 손을 넣어보았다. 손가락 끝에 서늘한 바람이 느껴졌다.

"무지자, 이 안쪽이 비어 있나봐. 그래, 어차피 이래 죽으나 저래 죽으나 마찬가지야. 혹시 또 알아, 이곳이 나가는 길일지……."

주문처럼 중얼거리며 손으로 주변의 흙을 파내기 시작했다. 다행히도 습기 찬 흙은 쉽게 부서졌고 얼마 안 가 사람 하나가 들어설 만한 공간이 나타났다. 유천복은 절벽에 떨어진 뒤 처음으로 희열을 느끼며 안으로 들어섰다. 퀴퀴한 바람이 어디선가 불어왔다.

무지자는 속으로 웃고 있었다. 역시 자신의 짐작대로였다. 의지할 곳이 사라지면 이 멍청이가 무슨 일이든 스스로 할 것이라 생각했다. 가만히 앉아서 죽음을 기다릴 수는 없었던 모양이다.

한 치 앞도 구별하기 힘들 만큼 어두운 곳이었으나 유천복은 별 어려움 없이 앞으로 나아갔다. 신공을 익힌 뒤 이목이 영민해진 탓이었다.

절뚝거리며 얼마나 온 것일까? 유천복은 숨이 가빠졌다. 절벽 안쪽은 공기가 희박한 탓인지 눈앞으로 색색깔의 현란한 빛들이 나타났다 사라졌다. 안으로 들어갈수록 매캐한 냄새 때문에 숨을 쉴 수가 없었다.

정신은 맑아졌으나 몸이 제대로 말을 듣지 않았다. 비틀거리던 유천복의 발 밑이 푹 꺼지며 몸이 아래로 빨려 들어갔다.

〈3권으로 이어집니다〉